O Segredo das Terras Altas

FIONA VALPY

O Segredo das Terras Altas

Tradução
Úrsula Masula

Principis

Esta é uma publicação Principis, selo exclusivo da Ciranda Cultural
© 2023 Ciranda Cultural Editora e Distribuidora Ltda.

Traduzido do original em inglês
The skylark's secret

Texto
Fiona Valpy

Editora
Michele de Souza Barbosa

Tradução
Úrsula Masula

Preparação
Walter Sagardoy

Produção editorial
Ciranda Cultural

Diagramação
Linea Editora

Revisão
Nair Hitomi Kayo

Design de capa
Ana Dobón

Imagens
Helen Hotson/shutterstock.com

Dados Internacionais de Catalogação na Publicação (CIP) de acordo com ISBD

V212s	Valpy, Fiona
	O segredo das terras altas / Fiona Valpy ; traduzido por Úrsula Massula. - Jandira, SP : Principis, 2023.
	320 p. ; 15,50cm x 22,60cm. - (Fiona Valpy)
	Título original: The Skylark's secret
	ISBN: 978-65-5552-826-8
	1. Literatura inglesa. 2. Ação. 3. Aventura. 4. Clássicos. 5. Realeza. 6. Ladrão. I. Massula, Úrsula. II. Título. III.. Série.
2022-0912	CDD 820
	CDU 821.111

Elaborado por Lucio Feitosa - CRB-8/8803

Índice para catálogo sistemático:
1. Literatura inglesa 820
2. Literatura inglesa 821.111

1ª edição em 2023
www.cirandacultural.com.br
Todos os direitos reservados.
Nenhuma parte desta publicação pode ser reproduzida, arquivada em sistema de busca ou transmitida por qualquer meio, seja ele eletrônico, fotocópia, gravação ou outros, sem prévia autorização do detentor dos direitos, e não pode circular encadernada ou encapada de maneira distinta daquela em que foi publicada, ou sem que as mesmas condições sejam impostas aos compradores subsequentes.

Esta obra reproduz costumes e comportamentos da época em que foi escrita.

*Para o povo de Loch Ewe,
ontem e hoje.*

Lexie, 1980

    Hoje é um daqueles dias, no limiar do início de verão, quando céu e mar são banhados por raios de sol. Dias como esses são tão raros nas Terras Altas da Escócia que ficam gravados na memória, guardados como talismãs contra a longa escuridão invernal. Abotoo o casaco de Daisy e ponho uma boina de lã sobre seus cachinhos. Mesmo com o sol nos aquecendo, os ventos nas colinas ainda podem gelar nariz e orelhas, deixando-os rosados como cerejas. Coloco-a no cangaru para bebê e então o prendo em meus ombros. Daisy dá risadinhas, adorando a sensação de estar nas alturas, enroscando os dedinhos em meus cabelos. Começamos então nossa caminhada.
    Subo a passos firmes, deixando as águas de Loch Ewe para trás. Minha respiração fica mais difícil à medida que a trilha se torna mais íngreme, serpenteando entre os pinheiros às margens do riacho, que murmura amistosamente enquanto segue seu curso até a encosta. Por fim, emergimos da escuridão que se forma sob a copa das árvores, alcançando a claridade das terras mais elevadas. Com as panturrilhas ardendo, paro por um momento, mãos nos quadris, respirando aquele ar tão puro e gélido quanto as águas. Viro-me para olhar o caminho que já percorremos.

Os aglomerados de cabanas brancas que margeiam a estrada aqui e ali ao longo do lago ainda são visíveis, mas em apenas alguns passos desaparecerão, quando os braços das colinas cobertas pelas urzes nos envolverem em seu enlace.

Ao longo da trilha, parcialmente escondidas entre os arbustos de sorveiras-bravas e bétulas, prímulas viram suas faces para o sol, enquanto as tímidas violetas tentam esconder as suas. O caminho nivela um pouco, e Daisy e eu cantarolamos enquanto seguimos, nossas vozes ecoando no ar.

> *E juntos todos iremos*
> *Para a montanha tomilhos apanhar*
> *Entre a urze florescente*
> *Você vai, garota, a gente acompanhar?...*

Ainda mais no alto, quando esgotamos nosso repertório musical, uma cotovia irrompe do abrigo de um tojo de flores amarelas, disparando como um pequeno foguete na imensidão azul acima de nós. Contra o silêncio, sua música parece suspensa, cada nota executada com perfeita clareza, criando um cordão de melodias. Daisy e eu ficamos imóveis e não damos um pio, apenas ouvindo o cantar da cotovia até a ave se transformar em um minúsculo ponto sobre as colinas e sua música ser engolida pelo vento.

O caminho se torna uma trilha estreita e relvada, mais habituada às patas das ovelhas e dos cervos do que às solas de botas. Por fim, fazemos a curva e lá está a lagoa, abrigada em seu declive na encosta. Daisy balança os bracinhos, animada, e sorri com a visão. Hoje, as águas estão praticamente imperceptíveis. Em uma mágica transformação, suas profundezas de turfas negras são agora ocultas por uma manta de ninfeias, cujas pétalas foram persuadidas pelo calor do sol a se abrir.

Tiro o canguru, esfregando meus ombros para aliviar a dormência, e o encosto contra os resquícios de líquen de uma das paredes de pedra da velha cabana do bosque enquanto desamarro as fivelas, liberando Daisy.

Ela imediatamente dispara, com as perninhas rechonchudas e as galochas vermelhas afundando na terra musgosa. Eu a agarro, abraçando-a e enterrando meu rosto no calor de seu pescoço.

– Na-na-ni-na-não, senhorita Ligeirinha! A água pode ser perigosa, esqueceu? Vem, segure aqui a minha mão, e nós duas vamos lá dar uma olhada.

Andamos lentamente à beira d'água, espiando por entre os juncos e as largas folhas dos íris-amarelos, onde os rastros de uma lontra marcam a terra úmida, o vinco revelador de uma pesada e sinuosa cauda entre as pegadas das afiadas garras do animal na lama.

Depois de explorarmos o lugar, nos acomodamos sentadas sobre o meu casaco, uma ao lado da outra, escondendo-nos do frio com a ajuda da parede da cabana. O teto dessa antiga construção – o lar de alguém em outros tempos, talvez? Ou o abrigo de verão de algum pastor? – desmoronara completamente, sobrando apenas as ruínas das paredes e uma lareira enegrecida embaixo da chaminé. Enquanto Daisy brinca de preparar chá com a flor da ninfeia que lhe dei, conversando animadamente consigo mesma e me servindo uma xícara imaginária, contemplo a encosta ao lado da lagoa para onde as águas mais extensas do braço de mar se espalham abaixo de nós. A luz desliza por toda a superfície como uma pedra saltitante, estilhaçando-se em fragmentos que deslumbram, em especial os olhos mais habituados ao cinza do céu invernal.

Deve ser mais um truque proporcionado pela mesma luz porque, por um instante, penso ter visto carcaças de grandes navios ancorados ali. Talvez sejam fantasmas, sombras daqueles anos em que o lago era um local de agrupamentos secretos deixadas para trás. Pisco e elas desaparecem, restando apenas as águas e a ilha com o mar aberto além.

Uma nuvem atravessa a face do sol, e, com a mudança de luminosidade, subitamente me dou conta do quão profunda e escura a água da lagoa é, escondida sob seu manto de ninfeias. No cume da colina acima de nós, uma corça-vermelha nos observa em silêncio, saindo sorrateiramente quando levanto os olhos na direção dela. E, das encostas, ouço o canto da cotovia mais uma vez. Gostaria tanto que houvesse uma letra acompanhando sua música, que, por meio dela, a cotovia pudesse me contar tudo o que sabe.

Pois este lugar – escondido acima do mar, nos braços das colinas –, é também um lugar de segredos. Um lugar onde vidas começaram e terminaram. Um lugar onde as únicas testemunhas foram as cotovias e os cervos.

Lexie, 1977

Enquanto me apresso pelas ruas, desviando-me da multidão, o relógio da Piccadilly Circus me conta o que eu já sabia: estou atrasada. E esta audição é minha grande chance de atuar como protagonista em uma produção da West End. Na pressa, acabo batendo o bico da minha bota em um calçamento irregular e tropeço. Arquejo com a repentina dor que sinto e acabo trombando com outro pedestre.

– Desculpe-me – murmuro, mas o homem nem se dá ao trabalho de levantar a cabeça, seja pelo nosso encontrão, seja pelo pedido de desculpas, e então seguimos, apressados, imersos na correria de nossas atribuladas vidas. Já me acostumei a isso, à impessoalidade da metrópole, embora a princípio, muitos anos atrás, eu tenha achado a mudança para Londres bastante penosa. Sentia tanta falta da Cabana do Guardião que chegava a doer. E da minha mãe, ainda mais. Ela era minha amiga, minha confidente, minha maior apoiadora. Penso nela com frequência, sozinha naquela pequena cabana pintada de branco ao lado do lago.

Já a cidade é tomada por pessoas, luzes e ruídos do trânsito. Mesmo uma simples xícara de chá não tem o mesmo sabor que a da nossa casa nas Terras Altas escocesas, com a chaleira que ficava em nossa pequena cozinha sendo incrustada por resíduos de calcário cor de muco, que se misturavam à água enquanto ela fervia.

Contudo, ao mesmo tempo, uma parte de mim se sentia aliviada por ter ido embora de Ardtuath. O anonimato da cidade grande era bem-vindo após a claustrofobia de viver em uma comunidade minúscula, onde todos faziam questão de saber sobre sua vida, e ninguém hesitava nem por um segundo em emitir opiniões sobre o assunto. Minha nova vida me proporcionou uma liberdade que nunca tive em casa, e eu estava determinada a seguir minha caminhada rumo a um futuro brilhante, sem olhar para trás.

Rapidamente, fiz amigos na escola de teatro que frequentava como bolsista e comecei a me adaptar. As longas horas de aulas extenuantes – dança, canto, atuação – e a animação da vida urbana logo substituíram minha velha realidade por uma nova, muito mais superficialmente glamourosa, pois, claro, essa realidade não era nem um pouco glamourosa de fato. De perto, os figurinos e as maquiagens perdiam a magia sob os holofotes, revelando sua improvisada cafonice. Nós nos trocávamos em camarins abarrotados, competindo por espaço em frente ao espelho, entre uma desordem de roupas, delineadores e grampos de cabelos, onde, no final, tudo era coberto por uma fina camada do pó que usávamos para assentar nossa maquiagem e tirar o brilho da pele. O ar pesava com os odores de suor e perfume vencido, além da úmida fuligem carregada por nossos casacos, vinda das ruas de Londres. Isso sem contar as trocas de farpas entre os atores, causando pequenos ataques de nervos antes da apresentação. Mas tudo seria esquecido em um instante, com a adrenalina disparada junto ao toque de cinco minutos para o início do espetáculo.

Pouco a pouco, acostumei-me a caminhar por quilômetros e mais quilômetros pelas ruas londrinas, seu ar carregado com as baforadas de sete milhões de pessoas e os céus entrecortados por retângulos cinzas, vistos entre os prédios. Tão diferente dos céus de Loch Ewe, que arqueiam das colinas até o horizonte em uma amplitude que não parece ter fim. Fui me adaptando, também, ao clima londrino. Ou, melhor, à falta dele. As estações na cidade são marcadas mais pelas mudanças nas vitrines das lojas do que por qualquer alteração climática real: mesmo no meio do inverno, a cidade parece gerar seu próprio calor, que se eleva das calçadas úmidas e irradia das paredes de tijolos das casas. No início, por vezes, eu sentia falta da sensação de natureza crua que o clima escocês traz, o poder liberto de um vendaval no Atlântico, o frio de tirar o fôlego de uma manhã límpida e gelada e as primeiras ondas de calor, tênues, esquivas, de um dia de primavera. Mas logo enterrei meus casacos de tricô no fundo das gavetas da quitinete em que morava, substituindo-os pelas blusas justas e saias esvoaçantes de algodão que as outras estudantes vestiam, tanto mais apropriadas ao ar abafado das salas de audição como mais eficientes para prender a atenção de um agente ou produtor. E aprendi a tomar café em vez de chá, mesmo com uma xícara de café londrino custando mais do que uma jarra inteira do café instantâneo comprado por mamãe no mercadinho de Aultbea.

Entro no beco que há ao lado do teatro e abro a porta de entrada para o palco. Meu estômago revira de nervoso, e engulo a bile que sobe pela minha garganta, que em nada ajudará minha voz. Os últimos meses têm sido estressantes, com o término da minha participação em *Carrossel* e o reinício de todo aquele extenuante processo de audições. Digo a mim mesma que a ansiedade que sinto é totalmente compreensível, dada minha situação profissional e minhas preocupações sobre como continuarei pagando o aluguel com meu saldo bancário cada vez menor. Por baixo de tudo isso, contudo, está outra terrível constatação, cuja ficha caiu lenta mas inexoravelmente nas últimas semanas: Piers está perdendo o interesse em mim. Talvez, quem sabe, se eu conseguir este papel, ele volte a me amar? Talvez possamos recuperar toda a paixão e a excitação dos nossos primeiros dias e tudo fique bem.

Junto-me aos outros que já se reuniram nos bastidores e tiro minha jaqueta, passando os dedos por entre os cabelos para ajeitar meus indisciplinados cachos loiros-acobreados, deixando-os com uma aparência minimamente arrumada. "Desculpa", articulo com os lábios para a assistente de produção, que risca meu nome em sua prancheta. Ela me lança um sorriso, breve demais para ser verdadeiro, e então se afasta. Reconheço uma ou duas das outras candidatas: o mundo dos musicais é restrito. Evitamos, porém, encontrar os olhos umas das outras, concentrando-nos em manter nossos nervos sob controle enquanto ouvimos a primeira candidata fazer um teste para a protagonista feminina. A competição pelo papel será acirrada – a imprensa já está alvoroçada com as notícias do *revival* da peça na Broadway, e os ingressos para as apresentações de Londres já estão se esgotando.

Tento respirar fundo e focalizar o papel de Maria Madalena, mas minha atenção vagueia para outra audição, há dois anos, em outro teatro. Era uma produção de *A Chorus Line*, dirigida pelo brilhante Piers Walker, uma estrela em ascensão na cena teatral de West End.

Fui a escolhida por ele no teste, e, ao final daquele exaustivo dia, Piers me convidou para tomar um drinque. Foi quando ele me disse que me queria na peça mesmo eu sendo mais uma *cantora-que-poderia-dançar* do que uma *dançarina-que-poderia-cantar*, originalmente o que procuravam. Disse que eu tinha uma luz diferente, que o lembrava Audrey Hepburn em versão ruiva. Que nunca havia encontrado alguém como eu. Que eu tinha um talento raro. Que ele poderia me ajudar em minha carreira. E, naquela noite, enquanto nos deitávamos em meio ao emaranhado de lençóis da minha tosca quitinete, disse que eu seria sua musa e que, juntos, abriríamos caminho até o topo da indústria teatral.

Sorvi as palavras dele com tanta avidez quanto a taça de vinho que tomei no *pub* atrás do Drury Lane. Como fui ingênua: ambos subiram direto à minha cabeça. A paixão acabou, dois anos depois, e a cortina da vida real se abriu. Nos últimos tempos, Piers tem chegado cada vez mais tarde do teatro e, em mais de uma ocasião, mencionando o nome de uma jovem estrela que, como ele gosta de destacar para mim, realmente *pega* a visão dele e é um verdadeiro *sonho* para se dirigir. Comecei a perceber que Piers precisa da afirmação de uma plateia mais do que eu. A vida é um espetáculo para ele, e, assim como as produções que dirige, cada um de seus relacionamentos parece terminar antes que seu caráter de novidade passe e ele siga para o próximo. Ainda assim, agarro-me à esperança de que serei eu a responsável por mudar isso. De que serei eu a fazê-lo querer permanecer.

Minha ansiedade constante está me cobrando um preço alto. Noites insones e uma sensação de náusea na boca do estômago acabaram afetando minha voz, embora eu não admita isso para ninguém. Talvez eu tenha exagerado um pouco, tentando várias partes que exigiam mais do meu alcance vocal. Mas não posso me dar ao luxo de deixar essa dúvida mexer comigo agora. Preciso superar isso hoje e executar uma apresentação que me levará à conquista do papel feminino principal em "Jesus Cristo Superstar".

– Alexandra Gordon – a assistente de produção chama meu nome.

Piso no palco e respiro fundo, determinada que, mesmo com meu coração palpitando contra meu esterno como as asas de um pássaro capturado, minha voz voará livre mais uma vez, tão naturalmente quanto o planar das cotovias sobre as colinas de minha antiga terra.

* * *

Consigo o papel. E, por algumas semanas, Piers é tão atencioso quanto costumava ser, trazendo-me flores e levando-me para jantar. *Vai ficar tudo bem, penso*, com um grande suspiro de alívio. Quando os ensaios começam, porém, parece ser cada vez mais difícil alcançar as notas altas. O diretor está apreensivo, e, quando vem falar comigo, percebo a preocupação em seu olhar, a preocupação de talvez não ter feito a escolha certa. E, então, é a vez de a *coach* vocal vir até mim um dia e me perguntar se estou bem.

– Estou, sim – respondo, forçando um sorriso bem mais animado do que realmente me sinto. – Os últimos meses foram difíceis, mas estou voltando aos trilhos. Tenho sentido um mal-estar no estômago também, só que já está melhorando. Além disso, eu estava um pouquinho fora de forma, mas minha voz ficará completamente boa assim que eu me recuperar.

Espero ter soado convincente. Estou me sentindo muito enjoada depois de ter me forçado a engolir um pedaço de torrada e uma xícara de café esta manhã, mas segui em frente, determinada, e vim trabalhar.

– Está bem. – Ela me lança um olhar de dúvida. – Só que, Alexandra, já vi isso acontecer antes. Espero que não se importe de eu perguntar, mas você está grávida?

No segundo em que ela diz isso, desperto. É como se eu já soubesse o tempo todo, mas não quisesse admitir para mim mesma. Automaticamente, minhas mãos vão ao meu ventre enquanto o sangue se esvai do meu rosto. Uma Maria Madalena gestante não se encaixará no papel – apesar de, presumivelmente, esse ser um risco envolvido em sua profissão. Perco o jogo das pernas, e as paredes parecem desabar ao meu redor. A *coach* vocal me senta em um banquinho no canto da sala de ensaio e pressiona minha cabeça contra meus joelhos para me impedir de desmaiar.

– Isso pode acontecer – ela explica. – Na gravidez, é possível que as alterações hormonais façam as cordas vocais incharem, o que pode afetar seu alcance. E, quando se faz muito esforço para alcançar as notas, isso pode causar sangramentos. Você deveria ver um especialista, Alexandra. E, definitivamente, descansar sua voz um pouco.

* * *

A fúria de Piers irrompe como uma tempestade no Atlântico.

– Mas que desastre – diz, quando conto as notícias a ele naquela noite, depois de ter ido ver um médico que confirmou tanto a minha gravidez quanto o fato de eu ter algo que se parece com uma lesão em uma das minhas cordas vocais.

Estico-me para pôr os braços em volta dele, desesperadamente precisando do conforto de um abraço, mas ele me afasta.

– Você vai ter de se livrar disso – diz ele, com o calor de sua fúria se transformando em uma raiva fria, profunda, enquanto se vira para se servir de uma dose generosa de uísque.

Por um momento, fico confusa e penso que Piers está falando sobre a lesão. Mas então fico em choque, horrorizada, quando me dou conta de que ele se refere, na verdade, ao bebê. O aborto já é legal há dez anos aqui, mas nem mesmo cheguei a cogitar essa opção. Já sinto uma conexão com esta criança, uma conexão ao mesmo tempo ferozmente protetora e amorosamente terna.

Ele toma um gole do uísque e continua:

– Se livra disso aí e, se precisar de uma cirurgia na garganta, eles podem resolver. Você não vai querer perder o papel.

Minha cabeça é preenchida por ruídos brancos e não consigo raciocinar direito. Então, em meio à confusão e ao medo, ouço a voz da minha mãe, cantando uma canção sobre amores e perdas na cozinha da Cabana do Guardião.

Vai partir e me deixar agora?
Abandonar seu amor verdadeiro?

Sei a resposta para essa pergunta: não há dúvidas do que Piers fará. Ele já abandonou este relacionamento. E então o ruído em minha cabeça desaparece, e não há dúvidas para mim, também. Eu terei este bebê e o criarei por conta própria. Talvez minha voz se cure a tempo. A *coach* disse que existe uma chance de isso acontecer, contanto que os danos que eu tenha causado não sejam muito ruins. Precisarei ver um especialista para saber. Mas, agora, isso irá esperar alguns meses. Tenho algum dinheiro guardado com o qual, apertando-me aqui e ali, poderei viver até o bebê nascer e aí, então, retomar minha carreira. Ela não está acabada, está apenas em modo de espera. Afinal, outras cantoras já conciliaram suas vidas profissionais e maternais. Por que eu não poderia fazer o mesmo?

A essa hora, o uísque já afrouxou a língua de Piers, e, quando lhe digo para ir embora, ele vomita uma enxurrada de injúrias tão amargas que me deixa com medo do que ele possa fazer ao nosso bebê. Ele me diz que não quer nada comigo nunca mais na vida, que sou egoísta por tomar essa decisão, que sou tão egocêntrica como todas as outras atrizes que ele conheceu.

– Provavelmente, esse bebê nem é meu.

Ele põe a jaqueta e, ao passar pela porta, fuzila-me com o olhar:

– Não é de se espantar que tenham te dado o papel. Claramente conhecem uma vadia quando veem uma.

Bato a porta para suas palavras odiosas com um ruído surdo. Os resquícios do som ecoam pelas paredes. E então caio no chão e me deito em posição fetal nos ladrilhos encardidos do corredor, meus joelhos dobrados para proteger a fagulha de uma nova vida que cresce em meu ventre, enquanto choro de soluçar com as mãos no rosto.

Sinto-me completamente sozinha.

De uma coisa tenho certeza, porém: minha vida agora é aqui, em Londres. Voltar para a Escócia não é uma opção.

Lexie, 1978

Felizmente, Daisy pegou no sono em sua cadeirinha desde que passamos pela cidade de Inverness. Sei que isso significa que não será fácil fazê-la dormir mais tarde, mas prefiro a paz desses quilômetros finais. Desligo o toca-fitas, já farta da nossa combinação de canções de ninar e músicas dos *shows* da West End, tocadas à exaustão nos dois dias em que já estamos na estrada. Sinal de rádio aqui é algo inexistente, então o que me resta é ouvir o barulho do motor e meus próprios pensamentos enquanto a sinuosa estrada nos leva rumo a noroeste.

Uma sensação de pavor se aloja bem na boca do meu estômago quando nos aproximamos da costa. Não voltei aqui desde que fui embora, doze anos atrás. Claro, mamãe foi me visitar várias vezes quando eu tinha uma carreira e, pelo jeito como ela falava, era de se pensar que a viagem de trem no vagão-leito fosse o maior evento nessas ocasiões, e não assistir à sua única filha se apresentar em *Oklahoma!* e *Carrossel*. Acho que sempre dei como certo que ela estaria aqui, na pequena cabana de pedra às margens de Loch Ewe, se um dia eu quisesse voltar. Só que voltar era algo que eu definitivamente nunca quis fazer.

Mas é exatamente isso que estou fazendo, relutante, mas sem outra opção. E é tarde demais. Mamãe se foi. Ainda não consigo absorver a peremptoriedade dessas palavras. Como seguirei sem ela? Nós duas formávamos um time. E, contanto que tivéssemos uma à outra, não precisávamos de mais ninguém. Foi ela quem me deu a confiança de que eu precisava para ir embora, encorajando-me a me candidatar para a escola de teatro e ajudando-me a fazer a minha mala quando a hora chegou. Mesmo separadas por tantos e tantos quilômetros, eu sempre a sentia ao meu lado quando pisava no palco para cantar. E agora estou aqui, por conta própria, com minha bebê, sobre a qual sei que será referida às minhas costas como uma *cria sem pai*. Há insultos piores, claro, e, sem dúvida, esses também serão colocados na roda. Haverá cochichos nas ruas e todo tipo de sinais de desaprovação na entrada da igreja. E dirão como a história tem um jeito irônico de se repetir. O que seria de se esperar de uma garota nascida fora dos laços do matrimônio e que foi embora vagabundear nos teatros da cidade grande? "Mas que ela tem uma bela voz, ah, isso ela tem", eles admitiriam; mas então balançariam suas cabeças e diriam "Como se isso tivesse feito diferença, no fim das contas."

Daisy acorda, assustada, quando o carro começa a chacoalhar ao passar por um mata-burro. Ela começa a chorar, lamentando-se quando ainda se vê presa à cadeirinha. Depois tenta se soltar e dá um belo de um chilique.

– Está tudo bem, meu amor. Estamos quase lá. Só precisamos parar na mercearia pra comprar algumas coisinhas.

É tão tentadora a ideia de atravessar direto a aldeia, passando pelos portões que sinalizam a entrada da desértica Ardtuath, indo sem paradas para a Cabana do Guardião, onde eu poderia aproveitar os resquícios finais e preciosos de anonimato por mais algumas horas. Mas estou louca por uma xícara de chá – e por algo mais forte também, digamos. Além de precisar comprar comida para o jantar. Não haverá nada na casa, que já está vazia há meses.

Para ser bem honesta, o simples pensamento de destrancar a porta da cabana e adentrar a escuridão silenciosa e fria daqueles cômodos, antes tão cheios de vida e luz, me aterroriza. Parar para fazer compras atrasará o momento em que eu finalmente terei que encarar a dura realidade das coisas que tenho por tanto tempo ignorado. Perda. E culpa. E luto.

Estaciono em frente à mercearia e resmungo, sentindo o nada agradável aroma exalado pela minha definitivamente *longe-de-estar-limpa-e-cheirosa* Daisy, que agora berra a plenos pulmões.

– Desculpe-me, meu tesouro, você vai precisar esperar só mais uns minutinhos antes de irmos para casa.

Balanço Daisy em meu quadril, enquanto rezo para que a loja esteja vazia. Abro a porta e o sino toca, abafado por Daisy, que está fazendo um trabalho muito melhor do que ele em anunciar nossa entrada. Minhas preces claramente não foram ouvidas, assim como a maioria delas. Várias cabeças se viram na nossa direção.

– Olha quem está aqui! Lexie Gordon! Enfim, de volta a Ardtuath!

Os berros de Daisy cessam por um momento enquanto ela toma ar, e, com isso, o cumprimento soa alto em meio ao silêncio repentino que pairou sobre a loja, lembrando-me de que Alexandra Gordon, estrela de musicais, cujo nome pôde ser visto estampado nas bilheterias da West End, já se foi: aqui, eu sou e sempre serei Lexie.

– Estávamos aqui agora mesmo comentando que não reconhecíamos o carro, pensando ser de alguém de fora. E olha só para essa garotinha linda, o orgulho e a alegria da vovó. Que ela descanse em paz – diz Bridie Macdonald, que se alvoroça à nossa volta, com suas palavras me encobrindo como uma onda. Quando finalmente para de falar para respirar, ela recua ligeiramente, as narinas se mexendo quando o rico aroma vindo da fralda de Daisy as alcança.

– Olá, Bridie – respondo, balançando vagamente a cabeça na direção dos outros para cumprimentá-los também, um borrão de rostos em volta da caixa registradora. Estou atormentada demais para conseguir distinguir quem é quem. Faço malabarismos com Daisy, colocando-a em meu ombro, enquanto pego uma cesta e começo a vasculhar os apertados corredores em busca do que preciso. Bridie está na minha cola, despejando uma enxurrada de perguntas e tagarelando distrações para Daisy, que voltou a berrar.

Respondo o mais educadamente que consigo: "Sim, estou de volta"; "Sim, acho que ela não está muito apresentável depois de um dia inteiro dentro de um carro"; "Só parei para pegar algumas coisas, mas, assim que sair daqui, vou levá-la para a cabana e dar um jeito nela".

Pego chá e biscoitos, meu progresso dificultado pelos contorcionismos de Daisy, além das perguntas de Bridie e um conjunto de redes para pesca de camarão em varas de bambu, que acabo derrubando quando tento passar por elas para pegar um leite.

"Não, não tenho certeza de quanto tempo ficarei"; "Não, não tenho planos em especial no momento"; "Não, não voltarei a cantar"; "Sim, vou precisar me desfazer de algumas coisas de mamãe"; "Muito gentil da sua parte, mas provavelmente conseguirei lidar com isso sozinha, obrigada por oferecer ajuda"; "Não, ainda não tenho planos de vender a Cabana do Guardião".

Beirando o desespero agora, atiro mais algumas coisas na cesta: quatro cenouras murchas e um alho-poró escangalhado, além de uma garrafa de água-tônica. Procuro por limões, mas não os encontro, salvo por alguns amarelos e de plástico. Também não há batatas, então pego um pacote de purê instantâneo e, por já estar além do limite de cozinhar qualquer coisa do zero, uma torta enlatada de carne.

Finalmente, chego ao caixa. O grupo ali perto não parece ter a mínima pressa em seguir sua vida, satisfeito em deixar Bridie me fazer as perguntas dela, assim como em ouvir minhas respostas. O julgamento deles paira sobre minha cabeça como um gavião de olho em sua presa. Coloco a cesta no chão e ajeito minha empapada e fedida filha, agradecida por, pelo menos, ela estar quieta agora. Apenas quando olho por cima do ombro é que me dou conta de que o silêncio dela tem um motivo: as moedas de chocolate que Bridie dá a ela, os quais Daisy devora e babuja dentro da minha jaqueta de camurça. Comprei-a em outros tempos, quando tinha dinheiro e um estilo de vida que combinavam com tais peças luxuosas. Hoje, apenas a visto porque não tenho como comprar nenhuma roupa mais prática. Mas estou ciente de como devo parecer nela. Assim como sua dona, esta jaqueta não pertence a este lugar.

Sorrio para Morag, que está atrás do caixa. O grupo de mulheres assiste à cena, avaliando cada item registrado e colocado em uma caixa de papelão, cujo logotipo impresso me lembra...

– Ah, e uma garrafa de gin, por favor.

Morag pega uma garrafa de uma das prateleiras abaixo dela, enquanto eu cuidadosamente evito olhar para qualquer uma das outras mulheres. Seus julgamentos silenciosos agora pesam ainda mais no ar. Pago pela compra e só então levanto os olhos, lançando um sorriso para o grupo.

– Olá, Lexie – diz uma jovem mulher loira segurando um carrinho de bebê. Dentro dele, uma criança imaculadamente bem-arrumada, apenas um pouco mais velha do que Daisy, observa tudo com seus grandes olhos azuis. Levo um segundo para reconhecê-la.

– Elspeth? Ei. Que bom te ver. E você tem um bebezinho também?

Fomos amigas nos tempos de escola, mas perdemos contato quando fui para o sul.

Ela assente. Mas não faz nenhuma tentativa a mais de engajar uma conversa.

Sem jeito, abaixo-me para pegar a caixa de compras, equilibrando Daisy em meu outro braço, que sorri beatificamente para Bridie, Morag, Elspeth e as outras mulheres, com suas bochechinhas coradas e os cílios molhados e espetados pelas lágrimas derramadas.

– Deixe eu lhe dar uma mãozinha – oferece Bridie.

Ela tenta tirar a caixa de minha mão, mas balanço a cabeça. Se Bridie vir meu carro abarrotado até o teto com meus pertences, aí, sim, será uma dádiva completa para ela: assim como tem certeza de que faço um péssimo trabalho em criar minha filha sem pai, Bridie saberá que voltei em definitivo para Ardtuath, sem teto, com o rabo entre as pernas, minha carreira acabada e, além de tudo isso, atrasada demais para cuidar da minha pobre e abandonada mãe em seus últimos dias de vida.

– Não se preocupe, eu dou conta. Você poderia apenas abrir a porta para mim, por gentileza? Obrigada.

Enquanto equilibro a caixa no capô do carro e procuro pelas chaves em minha bolsa, a torta enlatada cai e bate no asfalto. Por trás das janelas da mercearia, vários rostos se viram na nossa direção.

Abro a porta do carro e coloco Daisy em sua cadeirinha. Como era de se esperar, ela expressa sua indignação com todas as forças. Luto para afivelá-la, enquanto seus bracinhos se agitam, mas não digo uma palavra sequer, pois, se eu fizer isso, não tenho muita certeza se conseguirei me segurar, seja de xingar em alto e bom som, seja de me debulhar em lágrimas.

Viro-me para pegar a torta do chão. E encontro Elspeth parada ali, com seu bebê e os grandes olhos dele me encarando inescrutavelmente de dentro do seu carrinho.

– Toma – diz Elspeth, segurando a lata amassada.

– Obrigada. Não é bem um jantar, mas terá que ser isso mesmo por hoje – respondo, com meu constrangimento e minha humilhação me fazendo gaguejar nervosamente.

Elspeth balança a cabeça, olhando através dos vidros do carro e observando a caixa de utensílios de cozinha e a luminária de mesa espremidas contra o vidro. Ela parece estar prestes a me dizer algo, mas pensa melhor e vira o carrinho.

– Até mais.

– Sim – respondo, enquanto fico ali parada, sem graça, vendo-a levar seu cheiroso e bem-arrumado filho pela rua, passando então pelo portão de uma das casas com vista para o porto e manobrando o carrinho de bebê pela porta da frente, pintada de amarelo.

Levo meus rígidos membros de volta para o banco do motorista e respiro fundo antes de colocar a chave na ignição.

– Vamos lá, Daisy – digo, o mais animada que consigo, esperando que minha filha não note a hesitação em minha voz. – Cabana do Guardião, aí vamos nós.

* * *

O som de batidas à porta me faz acordar na manhã seguinte. Depois de ficarmos acordadas até de madrugada, eu e Daisy finalmente caímos em um sono profundo, quando a aurora já começava a se espalhar pelo céu além das colinas.

Nossa conturbada noite se deveu em boa parte à recusa de Daisy em dormir na escuridão silenciosa e desconhecida da cabana, tão diferente do cenário a que ela estava acostumada, dentro de seu próprio berço em seu próprio quarto: o zum-zum de fundo do trânsito e o brilho de uma cidade poluída, que diluía a escuridão para um tom laranja e desbotado. Após finalmente tê-la trocado, e alimentado, e esperado o aquecedor de imersão esquentar a água o bastante para um curto banho, e a aprontado para dormir, Daisy estava mais desperta do que nunca, curtindo toda a novidade em estar na minúscula cabana repleta com as coisas de minha mãe. Para impedi-la de causar a destruição dos enfeites e das fotos que há aos montes na sala, tentei abrir a tampa amassada da lata de torta enquanto, ao mesmo tempo, fazia malabarismos apoiando Daisy em meu quadril.

Após uma luta de vários minutos com um velho abridor de latas e o metal amassado que blindava meu jantar, e após um corte no meu dedo que fez meu sangue pingar por toda parte, por fim, admiti minha derrota. Enrolando um bolo de papel higiênico em volta do meu machucado, desliguei o forno e me servi de uma taça de gim e tônica. E então levei Daisy para o quarto e arrumei a cama, de uma maneira um tanto desajeitada, com minha mão machucada. Alguém deve ter vindo aqui, já que o colchão estava sem as roupas de cama, lavadas e empilhadas ordenadamente no armário.

Sei que havia um berço no sótão, o mesmo em que dormi nos pés desta mesma cama, neste mesmo quarto, quando era bebê, mas, a essa altura, eu não tinha a menor condição de pegar a escada no depósito, encontrar o berço no sótão e montá-lo. Então o que fiz foi colocar Daisy em um ninho feito de cobertores e me enroscar ao lado dela na cama para finalmente dormirmos. Mas não, ela não queria nem saber disso. Agora limpa, confortável e bem alimentada, Daisy era uma nova mulher, pronta para se divertir depois de seu longo e entediante dia dentro do carro. Mesmo no alto da minha exasperação, não consegui deixar de rir enquanto ela rolava de um lado para o outro, bagunçando as cobertas à nossa volta.

Tentei cantar para ela, mas minha voz desafinada só fez trazer lágrimas aos meus olhos, então achei melhor parar. Peguei o coelhinho azul de pelúcia dela – seu favorito – da bolsa de brinquedos, além de um livro ilustrado. O que ela tinha em mente, no entanto, estava mais para uma ginástica e então a coloquei em cima da minha barriga, com suas perninhas trabalhando como pistões, na tentativa de cansá-la. Meia hora depois, meus braços doíam quase tanto quanto minha cabeça. Aquele gim foi uma péssima ideia, eu me dei conta. Peguei Daisy e a taça pela metade e fui até a cozinha. Larguei a taça na mesa, ao lado da garrafa, e depois fui para a sala olhar pela janela.

As velhas vidraças da cabana sempre deixavam um pouco de vento entrar, então envolvi Daisy no xale que mamãe fizera para a neta quando ela nasceu, com bordados de conchas tão delicados quanto a mais fina renda. Dei tapinhas nas costas dela, tentando fazê-la dormir, sentindo a suave lã branca sob meus dedos. Por um momento, uma imagem de minha mãe sentada ao lado da lareira – e, em seu colo, um novelo desta mesma lã, fina como uma teia de aranha, enquanto suas agulhas de tricô trabalhavam a todo vapor – ameaçou me derrubar mais uma vez. Balancei a cabeça e fechei os olhos com força, cansada demais para derramar mais lágrimas.

A lua se levantava sobre a cabana, formando um caminho iluminado através do lago. A maré estava alta, e eu conseguia ver a água batendo

suavemente na areia logo depois da beira da estrada. Alheia ao meu cansaço choroso e sentimental, Daisy tagarelava e tagarelava, apontando seu dedinho rechonchudo para a janela e dando nome a cada nova coisa que avistava, à sua maneira bem prática.
— Esse – ela dizia – e esse também.
Ocasionalmente, o silêncio da noite era quebrado pelo grasnado de um maçarico-real, vindo da costa. Enquanto eu conversava baixinho com minha bebê, beijando seus cabelos recém-lavados e balançando-a gentilmente em meu ombro, um som baixo vindo do lago nos fez olhar para lá. Era um pequeno barco de pesca, que deslizava pela faixa de luar, deixando uma trilha de estrelas dançando em seu rastro onde a hélice havia provocado a fosforescência.
— Esse – disse Daisy, agora com ênfase.
— Lindo, não é? É um barco.
— *Baco* – ela disse dessa vez, e eu sorri.
— Isso mesmo, garota esperta.
Olhamos para as águas até as luzes pararem de dançar e tudo se tornar silencioso mais uma vez.
— Agora vamos, docinho, hora de ir para a cama.
Daisy tinha outros planos, porém.
Por volta das duas da manhã, tanto eu quanto ela estávamos reduzidas a lágrimas de exaustão. Apenas depois de Daisy chorar até dormir que enxuguei minhas próprias lágrimas no lençol, enrosquei-me ao lado dela, puxando o xale sobre nós duas e mergulhando, enfim, no sono mais profundo...

* * *

A princípio, as batidas na porta que me acordam se misturam ao meu sonho, e emerjo lentamente das profundezas do sono, flutuando em direção à superfície e à luz do dia enquanto o barulho persiste, puxando-me para cima.

Com cuidado para não incomodar Daisy, desenrolo-me dos cobertores e coloco o roupão que está pendurado atrás da porta do quarto. Abro a porta, pronta para confrontar a pessoa descortês que faz tanto barulho a essa maldita hora da manhã.

As palavras morrem em meus lábios assim que vejo o homem parado à minha frente, contornado pelas águas do lago, cinzentas como metal líquido, o vento bagunçando-lhe os cabelos.

Pega de surpresa, passo a mão nos meus próprios cabelos desgrenhados e aperto um pouco mais a faixa do roupão em volta da minha cintura.

– Posso lhe ajudar? – digo com a voz fria, apesar do meu sorriso caloroso.

– Olá, Lexie. Sou o Davy Laverock – ele me diz, parando de falar logo em seguida como se a menção ao seu nome fosse significar algo para mim. Um embaraçoso silêncio paira entre nós enquanto reviro meu cérebro à procura de alguma lembrança. Nada. Nadica. Exceto "laverock" ser a palavra escocesa usada por mamãe para se referir às cotovias que se aninhavam nas colinas acima do lago. Olho para ele, sem expressão.

Ele desvia o olhar, e seu sorriso fraqueja levemente. Em seguida, ele me estende uma sacola.

– Bridie me pediu para trazer isso.

Pego a sacola das mãos dele e olho lá dentro. Ela está pesada, cheia de *squatties*, as chamadas lagostas achatadas parecidas com os lagostins que os pescadores costumam pegar em seus cestos. Minha boca saliva ao ver o emaranhado de carapaças de tom coral: embora não haja demanda comercial por elas, são absolutamente deliciosas, fervidas na água tirada diretamente do lago e servidas acompanhadas por maionese ou manteiga de alho. O trabalho que dá para extrair a carne de suas caudas blindadas é recompensador, mesmo com uma ou duas unhas quebradas no processo.

– Obrigada. E obrigada a Bridie também.

– Ela disse que você acabou de voltar. Pensou que talvez fossem úteis para você.

A "rádio-fofoca" já está em pleno funcionamento, então.

Continuamos parados, naquele momento embaraçoso, e eu observo o rosto dele em busca de quaisquer dicas que ajudem a me lembrar de onde o conheço. Ele tem o semblante aberto e alegre de um homem completamente seguro de si, e olhos em um tom azul-ardósia, emoldurados pelas intempéries do tempo. Ele claramente é da região e pensa que eu sei quem ele é, daquele jeito cheio de certeza, típico do pessoal daqui, como se soubessem exatamente quem todo mundo é.

– Sinto muito pela sua mãe – ele finalmente diz. – Está tudo certo aqui na casa? Sei que Bridie veio aqui algumas vezes, mas, se precisar de ajuda para qualquer coisa, é só me pedir.

Ele olha para além de mim ao dizer essas palavras. A expressão dele muda, e sinto que sua atenção foi atraída por algo lá atrás.

Olhando em volta, vejo a garrafa de gim ao lado da taça pela metade. Sei o que ele deve estar pensando. Ainda mais a essa hora da manhã. E então olho para o relógio da cozinha, dando-me conta de que é mais tarde do que eu pensava, quase dez. Ainda assim, olho para ele com um ar desafiador.

– Olha, aquilo ali não é o que parece. Foi o mais longe que cheguei no jantar da noite passada.

Ele dá de ombros.

– Não estou te julgando.

Aham, sei. Dou meia hora, no máximo, para a fofoca chegar até Bridie.

– Bom, espero que aproveite os *squatties*. Se quiser mais, vou pescar quase todos os dias com os cestos. É só me deixar uma mensagem no cais.

Afrouxo um pouco, ao perceber o quão indelicada fui.

– Obrigada, mesmo. Com certeza vou aproveitar, sim.

– Imagina, não é nada. Bom, te vejo por aí, então.

Observo-o caminhar na direção de uma Land Rover, assobiando um trecho de uma música enquanto vai. Ele tem os ombros largos e o jeito de andar típicos dos pescadores. Reconheço a canção. Mamãe costumava cantá-la tanto para mim. Ele entra no carro e o liga, olhando de relance para a cabana e acenando ao sair.

Pego a taça e jogo o que restou do gim da noite passada na pia. A garrafa, guardo em um armário. Depois, coloco as lagostas achatadas na geladeira, quando percebo que estou murmurando um dos versos da música que ele assobiava, e que agora se repete sem parar na minha cabeça. Até tento cantar uma parte do refrão: "Vai partir e me deixar...", mas paro quando minha voz falha de emoção.

Algo se agita nas profundezas da minha memória. Talvez *houvesse* algo de familiar naqueles olhos azuis-ardósia dele, mas não consigo identificar o quê. Tento agarrar esses meus pensamentos turvos, mas eles fogem para além do meu alcance, escorregadios como peixes.

Encho a chaleira com a água da torneira e a coloco no fogão para ferver. Enquanto tiro o velho bule de seu lugar na prateleira, uma onda de tristeza quebra sobre mim, apertando meu peito. A voz de mamãe parece preencher a cozinha, cantando a mesma música, e agarro o bule contra meu coração.

Ó, cave minha cova, grande e profunda
Na minha cabeça e nos meus pés, ponha rosas ali
E, no centro, uma pomba,
Faça com que todos saibam que de amor morri...

Ela sempre tinha um bule a postos, sempre me trazendo uma xícara de chá, quisesse eu ou não. Mas a visão dele me faz compreender que não eram apenas xícaras de chá que ela me servia. Eram alguns dos sinais de pontuação que ajudavam a dar sentido à nossa história juntas: aquelas pequenas pausas e conexões às quais não dei o devido valor. Aquelas xícaras de chá eram mais uma de suas formas de dizer que me amava, várias vezes ao dia.

Com a letra da música ainda ecoando em minha cabeça, vou até a sala e pego a foto de meu pai na cornija da lareira. Seus olhos escuros são incompreensíveis, escondidos nas sombras da fotografia, a única que tenho dele. Seu nome era Alec Mackenzie-Grant. Ele era da Marinha e morreu antes de eu nascer. Mas pouco sei sobre ele. Quando amolava mamãe para me contar histórias sobre meu pai, ela sempre comentava da gentileza dele, de como ele a amava e do quanto também teria me amado se tivesse chegado a me conhecer. No entanto, quando eu a pressionava para me contar mais, quando eu a perguntava sobre os pais dele e da vida dele como filho do grande senhor de terras, em sua grande casa, ela imediatamente se tornava evasiva e mudava de assunto, dizendo "Eu já lhe contei sobre a vez em que Alec e seu tio Ruaridh saíram para pescar cavalas e viram um tubarão-frade?", e, embora já tivesse ouvido aquela história uma centena de vezes, eu simplesmente a deixava contá-la mais uma vez.

Apenas quando cresci foi que me dei conta do quão difícil esse assunto devia ser para ela, vislumbrando a vida que poderia ter tido como a senhora da Casa Ardtuath e, talvez, lamentando-se pela vida que não pôde me dar. E foi então que também aprendi a parar de fazer aquelas perguntas que só a faziam parecer tão triste. No entanto, nunca deixei de me perguntar sobre meu pai – quem ele realmente era e por que mamãe ficava tão relutante em falar sobre o lado dele da família. Coloco o retrato no lugar, próximo a outro, dela. Nem mesmo tenho uma foto dos dois juntos, e pensar nisso me entristece ainda mais.

A chaleira apita quando a água começa a ferver, chamando-me de volta ao aqui e ao agora, e enxugo uma lágrima com a manga do meu roupão. Já na cozinha, aqueço o bule, pego as folhas na lata de chá em cima do balcão e as deixo em infusão. Um chá decente, do jeito que minha mãe, Flora, sempre fazia.

E então ouço Daisy revirando na cama. Apresso-me para ir pegá-la e fazer com que seu dia comece com um sorriso.

Flora, 1939

Flora Gordon adicionou turfa ao fogão e colocou a água na chaleira para ferver. As águas do lago apenas começavam a ganhar um tom cinzento-pérola sob a luz da aurora. Seu pai estaria em casa a qualquer minuto, depois de dar aos animais sua alimentação matinal, e certamente querendo tomar seu café da manhã com uma xícara de chá quente.

Ela ouviu os passos do pai, acompanhados das passadas mais leves das patas de Braan. O labrador preto estava sempre ao seu lado, quer ele estivesse checando os pôneis no campo ou os cães de trabalho no canil atrás da casa da fazenda, quer estivesse na colina observando as aves de caça e as corças, pelas quais, como guarda-caça da Fazenda Ardtuath, ele era responsável.

Flora cantarolava baixinho, e a chaleira se juntou a ela, murmurando e apitando. Colocou no fogo a panela de mingau de aveia que havia ficado de molho por toda a noite, adicionou uma pitada de sal e deu uma boa mexida. Em seguida, aqueceu o bule e retirou as folhas da caixa de chá, seus movimentos rápidos e ágeis com a eficiência adquirida pelo hábito.

Braan entrou correndo, o rabo balançando, buscando por um carinho de Flora antes de afundar seu focinho na tigela com seu próprio café da manhã.

— Tudo bem, papai? – perguntou, esperando que a resposta fosse o usual aceno de cabeça silencioso, enquanto ele se sentava na ponta da mesa e esticava os pés protegidos por grossas meias de lã ao calor do fogo.

Nesta manhã, porém, seu pai foi para a janela observar o lago.

— Parece que temos visitas – disse, apontando a cabeça na direção da água.

Limpando as mãos no pano de prato pendurado ao lado do fogão, Flora se juntou a ele.

Na quietude dos primeiros raios de sol, uma linha de navios surgiu. Seus cascos cinzas moviam-se lentamente, mas com tamanha força que quebravam facilmente as ondas. Era como se o ar em volta deles vibrasse, agitando as aves-marinhas que os sobrevoavam. Flora contou cinco deles, que pareciam ter se materializado como leviatãs emergidos das profundezas do lago, despertos de seu repouso pela declaração, há apenas dez dias, de que o Reino Unido entrara em guerra contra a Alemanha.

Seu pai pegou o binóculo que estava no parapeito da janela e olhou ao redor. Sem nada dizer, então o passou a Flora. Os navios estavam carregados de armamentos e antenas e, à medida que se aproximavam, o ruído de seus motores podia ser ouvido.

— Aqui será então o lar da Frota Doméstica, imagino – disse o pai de Flora.

Ela estremeceu, em um misto de emoção e apreensão.

— Mas o que eles fariam aqui? A guerra é a centenas de quilômetros.

O pai olhou astutamente para ela.

— *Era* a centenas de quilômetros, minha filha. Não mais.

— Será que Ruaridh está ali entre eles? O senhor acha que sim? – perguntou Flora, com o coração disparando diante desse pensamento. Seu irmão se juntara à Marinha Real dois anos antes, e ela mal o vira desde então. Como tantos rapazes que cresceram naquela região costeira, ele se sentia tão em casa na água quanto nas colinas.

— Acho pouco provável. Na última carta, ele disse que estava em Portsmouth, designado para os destroieres. São menores que aqueles navios ali. Mas quem sabe? Ele pode estar destacado em qualquer lugar a uma hora dessas.

Enquanto os dois observavam, o navio da frente manobrou lentamente até parar e lançou âncora, acompanhado do barulho de suas correntes. Flora entregou o binóculo de volta ao pai.

– O que o senhor acha que estão fazendo aqui em Loch Ewe?

– Sei tanto quanto você, minha filha. Mas tenho certeza de que logo vamos descobrir.

Iain se afastou da janela, não sem antes a filha notar seu semblante. Embora a postura dele fosse ereta e seus modos tão calmos como de costume, Flora via o quanto a guerra o aterrorizava. Ele já temia o que poderia acontecer ao seu filho, distante, na Inglaterra, e, agora, a chegada desses navios de guerra nas pacíficas águas do lago abaixo da Cabana do Guardião fez com que essa sensação de pavor batesse à sua porta. A presença de seu alto e hábil pai, que conhecia tão bem este lugar – o homem para o qual o senhor de terras confiara a supervisão da Fazenda Ardtuath, uma figura tão respeitada na comunidade –, sempre a deixou segura. Contudo, aquele lampejo de medo em seus olhos a fez sentir que uma fenda havia se aberto sob seus pés, abalando o equilíbrio de suas vidas.

Como se sentisse a inquietação dela, Braan empurrou seu focinho na palma da mão de Flora, confortando-a. Ela então se afastou da janela e colocou o mingau nas tigelas que os esperavam.

* * *

Os correios estavam tão cheios que a fila dava voltas dentro do pequeno estabelecimento. A impressão era de que metade da aldeia ou tinha alguma carta para enviar naquela manhã ou uma repentina necessidade de comprar um envelope ou um selo. Flora entrou na fila, mas ninguém parecia estar com pressa de chegar ao balcão para ser atendido pela senhorita Cameron, a gerente da agência. Em vez disso, o que se ouvia era um murmúrio de conversas para lá e para cá, que girava inteiramente em torno da chegada da Frota Doméstica às suas portas.

– Aquele grande navio no centro é o *HMS Nelson* e está levando o senhor Churchill a bordo – disse a senhora Carmichael, uma fonte de informação para a maioria dos assuntos, não apenas àqueles diretamente relacionados ao seu importante papel como presidente da filial local do Instituto Rural de Mulheres Escocesas. Com todos os três filhos partindo para a guerra junto ao regimento de infantaria Argyll e Sutherland Highlanders, era consenso que, portanto, ela também tinha propriedade para dissertar sobre assuntos militares. E agora que seu marido, Archibald Carmichael, havia assumido o papel de encarregado da defesa contra ataques aéreos, sua fonte de informações locais era sem igual.

– O que será que eles estão fazendo aqui em Loch Ewe? – perguntou Bridie Macdonald, que era a primeira da fila no momento e se ocupava lambendo selos. Ela então entregou suas cartas para a senhorita Cameron. – E um punhado de balas de menta também, por gentileza.

Depois de pegar o comprido pote de balas da prateleira atrás dela, a senhorita Cameron as pesou, transferindo-as da balança para um saco de papel branco e torcendo os cantos para fechá-lo.

– Aqui está – disse, e então separou na caixa registradora as moedas com que Bridie havia feito o pagamento.

– Archie diz que se trata de assunto altamente confidencial – respondeu a senhora Carmichael.

– Provavelmente, estão procurando lugares para servir como base da Frota e, assim, ficarem em prontidão para nos defender caso haja uma invasão dos submarinos alemães vindos do norte.

– Shhhh, Bridie. Você sabe, como eles dizem : "conversas descuidadas custam vidas".

Bridie estava a ponto de chamar a atenção para o fato de que a própria senhora Carmichael havia acabado de anunciar a quaisquer agentes alemães que pudessem estar casualmente na fila, seja para comprar selos ou doces, que o Primeiro Lorde do Almirantado em pessoa estava em um daqueles navios no lago. Contudo, pensou melhor e, em vez disso, apenas jogou uma bala na boca. A senhora Carmichael não era muito diferente, tanto em compleição física quanto em temperamento, daqueles navios de guerra, e Bridie, por sua vez, não era nem corajosa nem idiota o bastante para se atrever com ela.

– Em vez de ficar fofocando, você bem que poderia ir à associação esta tarde e nos dar uma mãozinha. Estamos tricotando cachecóis para nossos garotos da infantaria, e toda ajuda é bem-vinda. Posso contar com você? E com você, Flora?

Impossível dizer não a Moira Carmichael. As duas garotas assentiram, obedientemente.

– Muito bem. Às três horas em ponto. Tragam suas agulhas. A lã, nós iremos fornecer.

Ela pegava sua cesta quando ouviram o barulho da porta se abrindo.

– Ah, Mairi, podemos contar com você também?

Flora se virou para cumprimentar a melhor amiga com um sorriso.

Mairi Macleod mexeu os ombros alegremente.

– Contar comigo para quê?

– Vamos tricotar cachecóis para os soldados – disse Bridie, entrando na conversa, enquanto a bala estalava contra seus dentes. – Três horas em ponto, na associação.

– Espero então que todas as três estejam lá na hora marcada – disse a senhora Carmichael, saindo majestosamente.

A fila avançou, preenchendo o buraco que havia se formado.

– Teve notícias do Ruaridh? – Mairi perguntou.

Flora balançou a cabeça.

– Não, desde a semana passada – respondeu enquanto levantava o envelope em sua mão. – Vou mandar uma carta para ele.

Olhando pela janela em direção aos navios ancorados na baía, Mairi disse:

– Quanto tempo será que ficarão aqui?

Uma nuvem de fumaça escura subia da chaminé de um deles, e, de outro, pequenas lanchas eram baixadas nas águas cor de chumbo. Também havia sinais de atividade no convés dos outros navios, com gente indo de um lado a outro.

— Não faço ideia — respondeu Flora. — Talvez estejam apenas de passagem, indo para outro lugar.

Mas as palavras de Bridie ainda ecoavam em sua cabeça. Estariam eles buscando uma base para seus navios? Seria isso algo mais permanente? Bem, somente o tempo — e talvez a senhora Carmichael — poderia dizer.

* * *

Flora e Mairi se sentavam no calor do fogão e conversavam enquanto tricotavam. Os novelos de lã cinza entregues no encontro da associação há dois dias rapidamente eram transformados em cachecóis, feitos sob medida com as exatas especificações da senhora Carmichael.

— Esse cinza é um pouco sem graça — suspirou Flora enquanto colocava suas agulhas de lado e punha a água da chaleira para ferver.

— Também acho, mas deve ter a ver com alguma norma.

— Ah, mas certamente um pouquinho de cor não fará mal. Olha, tenho aquele resto de novelo vermelho. Vou colocar uma listra colorida, apenas uma, no final. Assim, não importa o soldado que usar este cachecol, ele saberá que queríamos alegrá-lo.

Mairi sorriu e remexeu em seu cesto de costura, tirando de lá um novelo de lã amarelo.

— Boa ideia. Mesmo uma listra ou duas já darão mais personalidade aos cachecóis.

Do lago, a sirene de um navio fez com que uma enxurrada de borrelhos viesse subindo da costa, assustada. Nos últimos dois dias, mais navios chegaram, incluindo um que diziam estar lançando redes antissubmarinas na desembocadura de Loch Ewe.

— O que está acontecendo agora? — perguntou Mairi, levantando a cabeça e se esticando para ver pela janela.

– Mais navios chegando – respondeu Flora, distraidamente, enquanto colocava uma mecha solta do seus cabelos loiros acobreados de volta na trança que descia por suas costas. – Talvez o palpite da Bridie estivesse certo. Parece mesmo ter muitos deles agora.

A faixa de água entre a costa e a ilha estava lotada de embarcações de todos os tamanhos, desde os grandes navios de guerra com suas proas verticais e torres altas até os menores e mais rápidos destroieres e cruzadores. Os pequenos barcos que zumbiam de um lado a outro entre a frota reunida pareciam minúsculos ao lado dos imponentes cascos cinzentos.

Já mais lentos e pesados do que os barcos, dois rebocadores também iam de um lado a outro, ao longe, em direção à embocadura do lago. Havia rumores, os quais Bridie ouvira da senhora Carmichael, de que colocariam uma barreira, do final da ilha até as rochas, em cada uma das margens opostas, com o objetivo de proteger o porto, impedindo a passagem de quaisquer submarinos alemães que, por ventura, conseguissem atravessar as redes.

Flora colocou o chá para infundir e pegou suas agulhas de novo, inserindo um fio de lã vermelha e trabalhando habilmente outra linha de pontos perfeitos. Quando a porta da frente se abriu, ela mal levantou a cabeça, já esperando Braan vir correndo na frente de seu pai. No segundo seguinte, porém, levantou-se em um pulo só, jogando as agulhas para o lado e abrindo os braços para o jovem em seu uniforme azul e branco da Marinha, parado na entrada da cozinha.

– Ruaridh! – ela gritou. – Ah, meu irmão, queríamos tanto que você estivesse em um daqueles navios. Papai ficará contente.

Seu irmão sorriu, pegando-a e balançando-a até Flora não ter certeza se estava tonta pelos rodopios ou pela alegria em vê-lo. Colocando-a de volta no chão, Ruaridh foi até Mairi para abraçá-la também.

– Fico feliz em ver que estão se mantendo ocupadas. Alguma chance de eu conseguir uma xícara de chá? – disse, com naturalidade, como se tivessem se visto pela última vez naquela mesma manhã, e não há três meses, desde sua última licença.

– Por quanto tempo vai ficar? – perguntou Mairi.

– Quase nada. Apenas por uma hora. Vamos acompanhar o *Nelson* para o norte. Partimos hoje à noite – respondeu Ruaridh, sentando-se à mesa e esticando suas compridas pernas.

– Qual é o seu navio? – perguntou Flora, enquanto lhe passava uma xícara.

– O *Mashona*. Ele está ali, perto da ilha. Veem aqueles destroieres? O *Mashona* é aquele do lado direito.

– Você vai voltar?

– Difícil dizer agora – respondeu Ruaridh, soprando o chá e dando um gole logo em seguida. – Tudo depende de onde as coisas estiverem acontecendo. Mas só sei que, por ora, é maravilhoso poder estar sentado aqui na minha casa com minhas duas garotas favoritas.

– Não encontrou ninguém em Portsmouth, então? Uma garota em cada porto, como dizem – provocou Mairi.

Embora Flora secretamente tivesse esperanças de que um dia sua melhor amiga e seu irmão fossem se tornar um casal, no fundo, ela sabia que Mairi era mais como uma segunda irmã para Ruaridh.

– Ah, eles nos mantiveram ocupados demais, treinando a gente para lidar com coisas chatas, tipo uma guerra, então, infelizmente, não tenho nada a relatar com relação a essa frente.

Nesse momento, a porta se abriu e Braan entrou em disparada, latindo de alegria ao avistar Ruaridh, que se inclinou em sua cadeira para acariciar as orelhas do labrador.

– Bom garoto. Onde está seu dono?

– Aqui! – exclamou Iain, tirando sua touca e enfiando-a no bolso de seu casaco ao cruzar a porta.

– Sabia que tinha algo acontecendo quando Braan saiu correndo colina abaixo. Achei que pudesse mesmo ser você, meu filho.

Ruaridh se levantou, abraçando o pai, e Mairi começou a juntar suas coisas, guardando-as em sua cesta.

– Estou de partida – disse ela. – Melhor eu ir andando para ajudar mamãe com o jantar e as crianças.

Mairi era a mais velha de seis, com as idades dos irmãos variando entre quatorze e cinco anos, fato que possivelmente explicava seu bom humor paciente e aparentemente inesgotável. Os pais de Mairi trabalhavam duro, lidando com ovelhas e vacas leiteiras, que mantinham os Macleods ocupados desde o amanhecer até o anoitecer, todos os dias. Flora invejava Mairi e sua grande família, mas a amiga sempre brincava que ficaria muito feliz em trocá-los por um irmão mais velho como Ruaridh, que poderia apresentá-la a seus amigos.

– Cuide-se, Ruaridh Gordon. E espero encontrá-lo em breve.

– Tchau, Mairi. Bom ver você.

Ruaridh olhou para seu relógio.

– Não poderei ficar muito, Papai, só mais alguns minutos. Tenho que voltar até às cinco. Mas eu não poderia deixar passar a chance de vir para casa, nem que fosse por apenas meia hora.

Após terminar seu chá, Ruaridh se levantou, recolocando firmemente seu chapéu e se inclinando mais uma vez para um último carinho em Braan.

– Até breve, papai.

– Sim, meu filho, até breve.

Flora sentiu o oceano de palavras não ditas, pois não havia necessidade de dizê-las, se movimentando por baixo daquela prática despedida. Ela pegou seu grosso casaco de lã do cabideiro perto da porta.

– Vou acompanhar você de volta ao cais – disse, querendo aproveitar seu tempo precioso juntos o máximo possível.

E então irmão e irmã começaram a descer a trilha, chegando à via principal, que contornava as águas do lago. Havia mais tráfego do que de costume – jipes e caminhões indo e voltando com soldados e marinheiros –, e os dois constantemente precisavam pisar no gramado às margens da estrada para dar passagem aos veículos que vinham em alta velocidade. Ruaridh contava a Flora sobre a vida em alto-mar e seu trabalho como sinaleiro enquanto passavam pelos portões principais da fazenda, quando uma buzina os fez se virar e olhar para o motorista. Viram um elegante sedã vinho vindo na direção dos dois, chacoalhando ao passar pelos buracos.

– É o Alec! – Ruaridh saltou para frente quando o carro parou ao lado deles, apertando a mão do jovem, que também usava uniforme da Marinha e os saudava.

– Ruaridh. Você está aqui também! E Flora – disse Alec, apertando a mão de cada um. – Há quanto tempo! É tão bom ver os dois de novo. Permitam-me apresentar minha noiva, Diana Kingsley-Scott.

A elegante jovem sentada no banco do passageiro parecia um pouco entediada, mas acenou languidamente com sua mão adornada por um enorme anel de noivado de safira.

– Parabéns! Não sabíamos da novidade – disse Ruaridh batendo no ombro de Alec.

– Fiz o pedido semana passada. Aí pensamos que deveríamos vir e contar aos meus pais antes de o anúncio oficial ser publicado no The Times amanhã.

O sorriso de Alec Mackenzie-Grant em nada mudou desde os tempos em que os três passavam horas e horas juntos quando crianças, fazendo covis de piratas no bosque acima da Casa Ardtuath e navegando em barcos de papel nas águas do riacho. Alec não era como os outros garotos que ficavam no pátio da minúscula escola primária que frequentaram, garotos que ignoravam Flora por considerá-la irrelevante devido ao combo de ser um ano mais nova e menina. Ela se lembrou de como ele a incluía nas brincadeiras dos meninos; de como correu para apoiá-la quando Flora confrontou Willie McTaggart pelo *bullying* cometido pelo garoto contra Bridie; e de como a escolhia para fazer parte de seu time nas aulas de educação física. Ele e Ruaridh foram melhores amigos durante todos aqueles descontraídos anos, antes de Alec ir para a escola preparatória aos dez. E, embora suas respectivas circunstâncias educacionais os tenham separado durante o período letivo daquele ano em diante, a amizade entre o filho do senhor de terras e o filho do guardião da fazenda permaneceu firme durante as férias até o momento em que Alec fora para a universidade e passara a ficar todo o tempo na casa da família em Londres ou visitando amigos na Inglaterra durante férias e feriados. Mesmo com o afastamento dos dois, os anos pareceram não ter se passado agora que ele estava de volta.

– Para onde estão indo? – Alec perguntou.

– De volta ao cais em Aultbea – respondeu Ruaridh. – Consegui uma horinha para ir ver papai e Flora. Zarpamos hoje para acompanhar o *Nelson*.

– Que bom saber disso – Alec sorriu. – Estarei a bordo. Você está em um dos destroieres, não está? Fantástico! Entre, vamos lhe dar uma carona. A não ser que prefira ir andando, claro – disse Alec, olhando em seguida para Flora. – E fique à vontade para vir também se quiser, Flora. Sei como nosso tempo com a família é precioso.

– Claro, e então alongo minhas pernas no caminho de volta – Flora respondeu. Os Gordons entraram no carro, que cheirava a couro novo.

– Só estou levando Diana de volta a Achnasheen para pegar o trem.

– Onde a senhorita Kingsley-Scott chama de lar? – Ruaridh perguntou educadamente.

– Kensington – disse ela. A insipidez de seu tom não era convidativa a mais perguntas.

Houve um breve e estranho momento de silêncio, e então Alec disse:

– Diana está cogitando trabalhar na área diplomática. Fazer a parte dela para o esforço de guerra.

– Flora esteve tricotando a tarde toda, fazendo a parte dela também – disse Ruaridh.

Flora corou de vergonha. Aquilo parecia tão desinteressante em comparação a "trabalhar na área diplomática".

Enquanto Alec dirigia, Flora permaneceu em silêncio, ouvindo os homens compararem suas respectivas experiências na Marinha. Sentiram falta um do outro em Dartmouth, onde Ruaridh recentemente havia completado seu treinamento de sinaleiro, logo após Alec completar o seu na Escola

Naval e ter sido designado como subtenente para a Frota Doméstica; e eles devem ter estado ao mesmo tempo em Portsmouth no mês passado, embora seus caminhos não tenham se cruzado, entre toda a confusão de navios.

Chegando ao promontório antes de Aultbea, Alec saiu da estrada e desligou o carro, baixando os vidros para deixar o ar do oceano preenchê-lo. E, naquela quietude repentina, os quatro permaneceram em silêncio, ouvindo o som tranquilo das ondas e os grasnados das aves-marinhas. Por alguns minutos, ninguém nada disse. Diana batucava sua unha bem-feita impacientemente na bolsa de pele de crocodilo em seu colo.

Flora olhou para o lado, observando o perfil do irmão. A largura de seus ombros era destacada pela gola de sua túnica naval, e, por baixo do quepe, seus cabelos loiros-claros estavam cortados bem rentes ao couro cabeludo, deixando-o tão diferente.

Os olhos de Flora então mudaram de foco, agora nas costas de Alec. Os ombros dele eram igualmente largos, mas seu quepe estava no banco de trás, ao lado dela, e seus cabelos pretos e lisos eram bagunçados pelo vento. Pensar nos dois embarcando em seus navios para encarar os perigos no oceano cruel e implacável a enchia de medo. Flora engoliu em seco, na tentativa de aliviar o aperto em sua garganta enquanto os imaginava deixando a segurança das colinas de Loch Ewe e partindo rumo ao norte, em meio às ondas do mar aberto. Piscando para espantar as lágrimas, Flora viu de relance o sorriso de Alec pelo retrovisor. Ele a observava, atento ao modo como Flora olhava para eles, seus olhos ainda os mesmos do amigo da infância que, para ela, sempre foi seu campeão e protetor.

Ele se virou para olhar para ela, descansando o braço na parte de trás do banco do motorista.

– E como seu pai está?

No início de sua juventude, Alec passava mais tempo com o guarda-caça da fazenda do que com seu próprio pai. O interesse de *sir* Charles se resumia apenas a caçar e pescar com os amigos de Londres que convidava quando vinham para o norte. Além disso, estava frequentemente fora de

Ardtuath, a negócios na Inglaterra, deixando *lady* Helen e seu filho por conta própria.

– Ele está bem – respondeu Flora, sorrindo, e subitamente se dando conta do seu casaco de lã folgado no corpo e dos fios de cabelos rebeldes, soprados pelo vento, que haviam escapado de sua trança. Colocando uma mecha atrás da orelha, ela continuou: – Ocupado, agora que está administrando a fazenda também, mas ele gosta disso, acho.

Quando o encarregado anterior de *sir* Charles deixara o emprego para se alistar há algumas semanas, o pai de Ruaridh e Flora discretamente entrara em cena para manter tudo funcionando perfeitamente para *lady* Helen na ausência do marido.

Alec assentiu.

– Mamãe disse que ele está fazendo um excelente trabalho. Mas acredito que meu pai estará de volta em breve. Ela está tentando fazê-lo passar mais tempo em Ardtuath, pois se preocupa com a segurança dele em Londres.

A buzina de um dos navios ressoou nas águas, fazendo Alec se virar para frente mais uma vez.

– Acho que está na hora de irmos – disse Diana, apontando para o fino relógio dourado em volta de seu pulso.

Alec assentiu, ligando o carro e dando ré. O grupo fez o percurso final até o cais em silêncio, quando Alec parou ao lado de uma pilha de cestos para os Gordons saírem. Estendendo uma das mãos para Ruaridh, ele disse:

– Até breve do outro lado, então, meu amigo. Bom saber que você não estará distante.

Ao mesmo tempo, virou-se e estendeu a outra na direção de Flora, unindo os três por um instante e dando um aperto reconfortante nos dedos dela.

– Fique bem, Flora. E me tricote um daqueles cachecóis, por favor, se tiver tempo. Ele certamente será muito bem-vindo nos mares do norte – disse ele, que, com uma saudação, manobrou o carro e saiu, deixando os irmãos se despedirem entre os dois.

Depois de dar adeus a Ruaridh, Flora assistiu do cais o irmão entrando na lancha que o levou ao *Mashona*. A brisa havia ficado mais forte com o frio da noite que se aproximava, e Flora apertou o suéter no corpo enquanto caminhava de volta na direção da Cabana do Guardião. Quando chegou ao pequeno cemitério, Flora empurrou o portão e entrou, passando por entre os teixos esculpidos pelo vento e as lápides de granito até chegar a uma que ficava um pouco acima da colina.

Ela então se ajoelhou entre os tufos de algodão, cujas cabeças brancas e macias se curvavam sobre o cobertor musgoso que cobria o túmulo.

– Olá, mamãe. Ruaridh veio nos visitar. Ele está bem. Vai partir hoje à noite em um daqueles navios lá fora, indo para o norte.

Retirando alguns musgos da lápide, Flora traçou com as pontas dos dedos as letras com os nomes de sua mãe e da irmãzinha que jamais chegou a conhecer, morta com a mãe em seu nascimento, quando Flora tinha apenas dois anos.

– Alec voltou também – disse, parando de falar, perdida em seus pensamentos.

E então sussurrou logo antes de ir embora:

– Cuide deles.

E o vento agarrou-lhe as palavras, lançando-as nas águas escuras do mar.

Lexie, 1978

Daisy simplesmente adora o cemitério. O musgo sob suas mãozinhas e seus joelhos é macio, e ela engatinha pelo gramado, rindo dos tufos de algodão que coçam seu nariz e a fazem espirrar. Estou tentando ter um diálogo sério com o letrista sobre o que entalhar na lápide de mamãe.

– Apenas "Flora Gordon" e as datas, acho.

– Ah, então a senhorita não deseja nenhuma mensagem? "Em memória a uma amada mãe e avó", talvez? "Jamais será esquecida", algo do tipo?

Mal posso pagar pelo mínimo, e sei que ele cobra por letra, então recuso educadamente. Os coveiros já providenciaram para que a urna contendo as cinzas dela seja enterrada no túmulo onde estão os pais de mamãe. A lápide dela será colocada próxima à de seus familiares, onde há três nomes gravados, "Seonaig e Isla e Iain", em homenagem aos meus avós e a uma tia minha que faleceu antes de mamãe ter a idade de Daisy hoje, um pensamento que me perturba até o âmago.

O letrista me apresenta então algumas amostras de fontes, e escolho aquela que mais se aproxima das inscrições na lápide de meus avós. Ele me pede para escrever o nome de mamãe e as datas em um caderno antes de partir, acenando alegremente para Daisy, que o ignora enquanto tenta se levantar usando uma lápide de granito como apoio. Suas perninhas bamboleiam, e ela se desequilibra e cai, com sua fralda amortecendo a queda. Daisy murmura algo para si enquanto sai engatinhando para mais explorações.

Vou até ela para pegá-la do chão úmido. Daisy ainda está com os olhos fixos em um anjo de pedra primorosamente entalhado, que guarda o memorial dos Mackenzie-Grants.

– É o nome do seu vovô aí, está vendo?

Passo os dedos pelas letras do nome do meu pai – o dele e o meu, tão parecidos. Lembro-me de como, nos domingos de verão, quando ainda era pequena, eu e mamãe costumávamos vir aqui para colocar ramalhetes de flores silvestres no túmulo de nossa família. E de como ela sempre pegava uma flor – uma campânula, um cravo-do-mar ou uma margarida – e a depositava aos pés do anjo.

Finalmente, hoje temos um dia claro e fresco, e é um alívio poder sair de casa. Daisy e eu estamos com uma vontade absurda de sair de casa, depois de quase uma semana de chuvas praticamente ininterruptas, que atacaram as janelas da cabana de todos os ângulos possíveis. Aproveitei então os últimos dias para arrumar algumas coisas em casa. Desci o berço e o montei, então tanto eu quanto Daisy podemos dormir mais confortavelmente. Também embrulhei a maior parte dos enfeites de mamãe em jornais e depois os coloquei em caixas, agora em segurança, fora do alcance de certos dedinhos curiosos. Além disso, consegui separar e guardar muitos dos meus próprios pertences para que a cabana não pareça tão entulhada de coisas. O sótão está cheio até o teto? Está. Mas pelo menos as caixas estão fora de vista. Separar, desempacotar, reempacotar e lutar contra aquele monte de caixas no sótão fizeram eu me sentir tão velha e empoeirada quanto as tábuas de seu piso. Ainda estou dolorida, consequência da longa viagem que fizemos, por ter levado tudo do carro para a cabana e depois subido e descido as escadas não sei quantas vezes. Mas minhas dores físicas em nada se comparam à dor do vazio dentro de mim, que parece ter se incrustado nos meus ossos.

Grata por estar aqui na encosta, respiro fundo o ar, que cheira à alga marinha e turfa, e inclino minha cabeça para trás para seguir o voo de uma águia cujas asas estão completamente abertas, pegando carona no vento enquanto faz grandes círculos sobre nossas cabeças. Ela voa baixo o bastante para que eu consiga ver seu bico curvado e as marcas em seu peito. Instintivamente, pego Daisy, abraçando-a com força. Aponto o pássaro para ela, e observamos enquanto ele voa para longe.

Daisy aponta seu dedo na direção da água.

– *Baco* – diz ela.

– Isso mesmo, garota esperta. É um barco.

Pergunto-me se não seria o de Davy. Aqueles *squatties* que ele nos deu estavam absolutamente deliciosos. Talvez devêssemos ir até o cais e deixar uma mensagem para ele, pedindo por mais. Ainda não consegui reconhecê-lo, embora definitivamente sinta como se o conhecesse de algum lugar. Quem sabe eu simplesmente não o pergunte quando o encontrar de novo?

Flora, 1939

– Encham a vasilha de água, garotas, e a coloquem no fogão.

A senhora Carmichael estava totalmente à vontade ali, indo de um lado a outro do salão e conduzindo suas tropas. As integrantes do Instituto Rural estavam em peso no local, preparando-se para receber um ônibus de refugiados vindos de Clydeside. Algumas das crianças tinham parentes em Loch Ewe e, naturalmente, ficariam com eles. Outras, no entanto, vinham como parte de um plano do governo de evacuar crianças para áreas rurais. Os estaleiros de Glasgow seriam alvos certos para bombardeios alemães, e as famílias foram encorajadas a agir agora, antes de quaisquer ataques.

Os saltos de Moira Carmichael batiam com vontade nas tábuas do piso enquanto ela se alvoroçava, consultando sua prancheta e garantindo que tudo estivesse em ordem, e, no meio de tudo, dando instruções à sua assistente, Marjorie Greig, esposa do médico local, que, na opinião da senhora Carmichael, era uma das poucas mulheres em quem se podia confiar durante uma crise.

A porta se abriu, deixando soprar uma rajada do ar marítimo.

– Ah, aí está você, Mairi. E essa é a leiteira de seu pai? Obrigada, minha querida. Coloque-a lá na cozinha, por favor.

Riscando mais um item de sua lista, ela foi na direção de Flora e Bridie, que estavam com dificuldades para abrir a longa mesa com cavaletes.

– Coloquem essas mesas aqui! Não, não assim, coloquem de ponta a ponta. E em seguida essas cadeiras, por favor.

Depois, afastou-se para verificar os suprimentos extras que começavam a ser descarregados de uma van na porta da associação.

– Ela está igualzinha a um garron[1] com esses sapatos – Bridie sussurrou, com uma risadinha, enquanto ela e Flora reorganizavam os móveis.

– Shhhh, Bridie, você sabe como ela tem a audição de um gato selvagem – repreendeu Flora, sem, no entanto, conseguir deixar de rir. De fato, o ir e vir da senhora Carmichael pelo salão soava um pouco como os cascos do robusto pônei das Terras Altas que seu pai usava para trazer do alto da colina as carcaças das corças.

Quando finalmente tudo estava organizado, e uma grande panela de batatas cozinhava no fogão, a senhora Carmichael convocou todas as mulheres para as instruções finais.

– Certo, damas, estamos claras? Cada criança receberá uma tigela de sopa, e então, quando terminarem, vocês duas aí servirão o picadinho com purê de batata. Uma grande colherada de cada, nas mesmas tigelas que elas usaram para tomar sopa. Margaret, você pode trazer os copos de leite, o pão e a manteiga. Apenas uma fatia para cada, lembre-se, senão acabaremos ficando sem. Marjorie e Jean, vocês distribuirão as cestas enviadas pela Cruz Vermelha para as famílias que receberão as crianças. Os itens são: duas latas de leite, uma daquelas latas de carne curada, uma barra de chocolate e dois pacotes de biscoito por criança. Isso ajudará até conseguirmos as cadernetas de racionamento delas. Ficarei na mesa perto da porta, cuidando de tudo e garantindo que as famílias certas acolham

---

[1] Tipo de cavalo ou pônei. O termo ocorre na Escócia e na Irlanda, e geralmente se refere a um animal de tamanho inferior. (N.T.)

as crianças certas para elas. Garotas – ela chamou, acenando para Flora, Mairi e Bridie –, vocês três venham e fiquem do meu lado. Não tenho dúvidas de que será um caos quando os pequenos chegarem e precisarei de vocês. Vocês podem ajudar a lavar as mãos e os rostos delas também. Só Deus sabe em que estado essas pobres crianças serão mandadas para nós.

Os comandos de repente foram interrompidos por um ruído alto vindo de fora.

– Mas quê!? – exclamou a senhora Carmichael saindo em disparada, seguida pelas outras mulheres.

Nos fundos do salão, uma tropa de soldados descarregava chapas de ferro da traseira de um caminhão.

– Sargento, o que vocês pensam que estão fazendo? Sabiam que estamos esperando um ônibus cheio de crianças chegar a qualquer momento?

– Desculpe, senhora, estou apenas seguindo ordens – respondeu o sargento, sorrindo alegremente para a senhora Carmichael, nem um pouco intimidado.

– Ora, mas vão largar todo este metal aqui? Há um terreno inteiro à disposição em Mellon Charles. Vocês não têm nenhum lugar melhor para armazenar isso lá?

– As chapas não serão armazenadas, senhora. Elas servirão para a nova ampliação do espaço. Aqui mesmo.

– Ampliação? Ninguém me falou nada sobre nenhuma ampliação! Quem lhe deu essas ordens?

– O comandante, senhora. A Marinha de Sua Majestade designou o porto daqui como Porto A. Para a Frota. Ponto de montagem e outras coisas do tipo – respondeu o sargento, apontando na direção do rio, onde o número de navios continuava a crescer diariamente.

– Francamente! Alguém deveria ter dito isso antes. Estamos prestes a receber trinta crianças de Clydeside, e agora Loch Ewe se tornará também um alvo. Vocês não podem simplesmente ir designando lugares como portos assim, sem critério.

– Compreendo, senhora. Mas isso a senhora teria que ver com o senhor Churchill. Foi ele quem fez a designação.

O silêncio pairou no ar, com Moira Carmichael refletindo cuidadosamente sobre bater de frente com o Primeiro Lorde do Almirantado.

Ela respirou fundo.

– Está bem, façam o que têm de fazer. Teremos que dar um jeito, suponho. Afinal, há uma guerra acontecendo.

O sargento fez continência e se voltou aos seus homens.

– Certo, rapazes, se apressem. Vamos descarregar esses materiais antes que as crianças cheguem.

A senhora Carmichael se virou, abanando as mãos para que as mulheres voltassem para dentro do salão, mas cedeu o suficiente para instruir a Flora, Mairi e Bridie:

– Enquanto esperamos pelo ônibus, preparem uma bandeja de chá e levem para eles. Acho que gostarão de uma xícara depois de terminarem o serviço.

Enquanto dispunha as xícaras em uma bandeja, Bridie fazia especulações sobre a ampliação do salão.

– Vocês sabem o que isso significa, não sabem? Haverá muito mais soldados e marinheiros por aqui. E bailes. Imaginem só!

– Bridie Macdonald!

Bridie pulou de susto, batendo as xícaras umas nas outras, com seus estridentes sons ecoando pelo salão.

– Um pouco menos de imaginação e muito mais de concentração não lhe fariam mal – declarou a senhora Carmichael de seu posto próximo à porta.

– Minha nossa! Você tem razão, Flora – sussurrou Bridie. – Ela tem *mesmo* a audição de um gato selvagem!

* * *

O ônibus estacionou em frente à associação duas horas depois, despejando sua carga exausta e nauseada. As estradas repletas de curvas cobraram seu preço. O motorista e as mulheres que se voluntariaram para acompanhar as crianças ao seu destino desceram primeiro, com respiros agradecidos pelo ar fresco da Costa Oeste. Havia sido um longo dia, envolvendo a partida logo que o dia raiou, seguida por horas aparentemente intermináveis passadas com o grupo encarcerado no fedor de *lã-molhada-e-vomitada*, consequência inevitável ao se transportar trinta crianças tomadas pelo nervosismo e pela agitação, passando por entre as colinas e em torno dos braços de mar que circundam a costa denticulada.

A senhora Carmichael bateu palmas.

– Em seus postos! – disse, saindo apressada logo em seguida, com sua prancheta para direcionar as crianças na entrada do salão, checando as etiquetas marrons pregadas em seus casacos e riscando seus nomes quando passavam pela porta. As narinas da senhora Carmichael dilatavam ao se aproximar dos pequenos recém-chegados.

– Flora! Mairi! Bridie! Levem as crianças para lavar as mãos e o rosto antes de elas se sentarem, por favor. Vocês precisarão usar um pouco da água quente. E não economizem no sabão!

Flora sorriu para os dois primeiros garotinhos que levou até a pia. O mais velho deles parecia ter por volta de oito anos, mas o mais novo ainda era praticamente um bebê – com não mais do que três ou quatro anos, Flora supôs. Seus cabelos caíam em tufos desgrenhados sobre as orelhas, e os joelhos se mostravam ressequidos e machucados, projetando-se abaixo das bermudas que brilhavam de tão desgastadas. Flora os ajudou a levantar os punhos puídos de seus casacos e, em seguida, a molhar suas mãos na bacia de água morna com sabão. Com uma flanela, limpou as crostas que se acumulavam em seus olhos e narizes e, depois, secou suavemente suas mãos e rostos com uma toalha, evitando esfregar a pele avermelhada e dolorida, onde frieiras ferroavam seus dedos.

– Muito bem! Novinhos em folha. Agora vamos encontrar um lugar para vocês se sentarem e comerem.

– Com licença, senhorita – disse o mais velho dos meninos. – Você será nossa nova mamãe?

O coração de Flora se encheu de compaixão pelos dois garotinhos. Ela balançou a cabeça:

– Não, infelizmente vocês não irão comigo. Será uma das outras damas. Não há lugar em nossa cabana – respondeu ela, enquanto se inclinava para ler seus nomes. – Stuart. E David. Não se preocupem, pois vocês dois ficarão bem. Agora, se sentem aqui que traremos uma tigela de sopa e um pouco de picadinho com purê de batata. Vocês devem estar famintos depois da longa viagem que fizeram. E aí, depois, a moça que cuidará de vocês chegará para levar os dois para sua nova casa, combinado?

Flora então se apressou para ajudar a próxima criança, mas, mesmo enquanto trabalhava, percebeu que os dois a observavam, dois pares de olhos arredondados e acinzentados espiando por cima das xícaras de leite que receberam.

Depois de comerem e rasparem suas tigelas, as crianças começaram a deixar a associação em grupos de dois em dois e três em três, recebendo seus pertences e as caixas doadas com alimentos, sendo então pegos pelas famílias que os hospedariam. Enquanto isso, a senhora Carmichael continuava a dirigir as operações até que, por fim, o salão se esvaziou, exceto pelos dois garotinhos, que ainda se sentavam à mesa. O mais novo, David, havia caído no sono, apoiado no ombro do irmão, esgotado após aquele longo dia saindo de sua casa rumo a este lugar desconhecido. Ao terminar de enxugar os copos e pratos, Flora notou que Stuart ainda mantinha um olhar desconfiado nos procedimentos que se desenrolavam enquanto cuidava de seu irmão mais novo.

Moira Carmichael finalmente deixou seu posto e veio apressada verificar se tudo havia sido guardado corretamente.

– Terminaram? Muito bem, garotas.

– E os dois? – perguntou Flora, apontando discretamente a cabeça na direção do par de aparência desamparada à mesa.

– Não se preocupe com eles – respondeu a senhora Carmichael. Mesmo com toda sua altivez, Flora sabia que ela tinha um coração de ouro e que um alicerce de bondade se escondia sob aquela capa de mandona. – Stuart e David virão comigo. Eu jamais deixaria de cumprir meu dever, com os quartos dos meus filhos à disposição em casa. É isso, então, garotos, peguem suas coisas. Vamos para casa.

Flora lançou um sorriso encorajador para os dois garotinhos que se viraram para olhá-la enquanto iam embora, seguindo a senhora Carmichael como um par de patinhos desengonçados. Com um aceno alegre usando seu pano de prato úmido, Flora se despediu:

– Tchauzinho, garotos, vejo vocês por aí.

Stuart envolveu protetoramente o braço no ombro do irmão, conduzindo-o para sua primeira noite em um quarto estranho de uma casa desconhecida. E o coração de Flora apertou mais uma vez de emoção ao se lembrar de como Alec e Ruaridh costumavam fazer exatamente a mesma coisa quando crianças, no campo de futebol ou planejando a próxima aventura dos dois em sua toca em meio às árvores: outro par de companheiros.

Lexie, 1978

Nos dias em que o clima permite, Daisy e eu criamos o hábito de caminhar até o cais. Ou, melhor, eu caminho, e Daisy, do canguru, ordena que percurso devo fazer. Há sempre tanto para se ver. Ela, por exemplo, gosta de observar as ovelhas no campo atrás da associação, inclinando-se para espiar por trás do meio cilindro ondulado – a extensão feita no salão nos tempos de guerra – e observar o rebanho diligentemente cortar a grama.

– No verão, terá cordeirinhos ali – digo a ela.

– *Linho* – Daisy responde, com aprovação. A fala dela está se desenvolvendo mesmo muito rápido.

Assim que chegamos aqui, eu costumava andar com Daisy pelo caminho mais solitário, que ia da nossa cabana, passando pelos pinheiros, até a Casa Ardtuath. A "Casa Grande", como é localmente conhecida, está fechada a maior parte do tempo, usada ocasionalmente para caça e pesca nos fins de semana. Mas havia algo de tão sombrio na fachada daquela construção, com suas janelas tenebrosas e ameaçadoras, e seu ar de abandono, que me fez querer procurar por lugares mais alegres pelos quais passar. Minha energia já está baixa o bastante, sem a necessidade de mais elementos entristecedores pelo caminho. E foi assim que começamos a passar pela aldeia, o risco de precisar ser sociável um pouquinho menos mal do que o de ser tomada por um completo e absoluto desânimo.

Atravessamos a fileira de cabanas, onde normalmente somos abordadas por algum morador que está trabalhando em seu canteiro de flores ou aparando sebes. Daisy gosta da atenção recebida, mesmo que eu não.

Aceno e sorrio, respondendo às pequenas gentilezas sociais. "Sim, ela está ficando maior a cada dia"; "Sim, obrigada, estamos bem acomodadas"; "Hoje está mesmo um belo dia para uma caminhada, não está?" digo, o tempo todo esperando que meu sorriso esteja fazendo um bom trabalho em disfarçar o quão desesperadamente solitária me sinto. Mesmo sabendo que eu deveria valorizar essas simples conexões diárias, na minha cabeça, elas só servem para enfatizar a minha sensação de não pertencer a este lugar.

Bridie Macdonald está quase sempre por perto. Algumas vezes, andando de um lado para o outro no jardim; em outras, dentro de casa, mas dando batidinhas na janela quando passamos, saindo em disparada logo depois para se juntar a nós, como faz hoje.

– Bom dia, Lexie. E Daisy. Olha só essas bochechinhas rosadas, que coisa mais linda! Estar aqui tomando este ar fresco com certeza faz um bem danado a vocês duas. Muito melhor para os pequenos do que uma cidade grande, não é mesmo, Daisy? Eu estava saindo neste minuto para comprar leite. Vou acompanhar vocês. Esperem só um minutinho enquanto pego minha bolsa.

Respiro fundo, sabendo que agora nosso progresso será ainda mais lento enquanto ela me faz todo tipo de perguntas, do estado de conservação da Cabana do Guardião ao paradeiro do pai de Daisy – "limite" sendo um conceito desconhecido por Bridie Macdonald. E o interrogatório será interrompido em intervalos regulares enquanto ela para para cumprimentar um vizinho e trocar informações locais: "Ficou sabendo que Marjorie ficará de folga para a operação dela semana que vem? Pois é, demorou, não é?"; "Aparentemente, estão consertando a estrada em Poolewe. Terá todo tipo de atrasos, então saia com antecedência se precisar passar por lá"; "Por acaso Euan colocou aquele barco dele pra funcionar de novo? Ah, ele está na água hoje, não está? Atrás de vieiras? Bem, diga a ele que vou levar meia dúzia se ele tiver disponível"; "Você conhece a Lexie Gordon, não conhece? Sim, sim, ela voltou – enfim, de volta para o lugar onde pertence. E esta aqui é a pequena Daisy. Ela não é maravilhosa?"

Há algo de posse na forma como Bridie diz todas essas coisas. Chego a me sentir um pouco irritada, e tenho de lembrar a mim mesma de que ela foi uma das mais antigas amigas de mamãe e, desde sempre, uma pessoa importante na comunidade. É apenas algo natural, e as intenções dela são boas. Por trás do meu sorriso, porém, minhas defesas estão erguidas: uma parede de tijolos emocional que uso para manter as pessoas afastadas.

Andamos a passos lentos pela estrada que leva ao lago.

– E então, Lexie, o papai da pequena Daisy se juntará a vocês em breve?

– Não, o trabalho dele o segura em Londres. – Ao menos, pude responder isso com toda honestidade.

– Puxa, que pena. Vocês sentirão falta dele – ela comenta, com os olhos mais uma vez correndo na direção da minha mão esquerda, que, obviamente, não tem nenhum anel, seja de noivado, seja de casamento ou qualquer outra coisa.

Decido que devo colocar tudo às claras. Pelo menos, isso dará fim aos questionamentos dela.

– Na verdade, não estamos mais juntos. Acabou que ele não era um cara do tipo paternal, sabe? E aí nos separamos antes mesmo de a Daisy nascer.

Damos por volta de uns dez passos enquanto Bridie digere a informação. Já estou até me preparando para mais indagações, mas, no fim, tudo o que ela diz é:

– Sinto muito por ouvir isso, Lexie. É duro ter de criar uma criança por conta própria. A pobre Flora soube disso muito bem.

Aproveitando essa bem-vinda tangente, desvio a atenção de Bridie com uma pergunta bem colocada, agora feita por mim mesma.

– Tenho me perguntado mesmo sobre isso. Você deve se lembrar dos anos de guerra, de como meus pais se conheceram, não é, Bridie? De tudo o que aconteceu. Mamãe nunca comentou muito sobre essa época. Sei que meu pai era da Marinha e que morreu em combate, e só. Fora a foto na lareira e o nome dele no túmulo dos Mackenzie-Grants, não sei muita coisa sobre meu pai. Você poderia me contar mais sobre ele?

Pela primeira vez, ela se cala. Talvez eu esteja imaginando coisas, mas me parece que algo em seu semblante normalmente aberto de repente se fecha. É breve – uma expressão de cautela enquanto ela olha para o alto das colinas. Há algo nisso que me faz lembrar o olhar da minha própria mãe quando eu fazia perguntas sobre meu pai.

Ela então se recompõe.

– Claro, minha querida. Traga Daisy à minha casa qualquer dia desses que tomaremos um chá juntas e conversaremos. Ficarei feliz em lhe contar sobre Alec e Flora. Os dois realmente formavam um casal de ouro. Bem, chegamos ao cais. Suponho que levará Daisy para olhar os barcos, não é? Preciso ir andando.

Paro e observo enquanto Bridie sai apressada na direção da mercearia. Ela se vira para trás, acenando para nós duas, antes de sumir porta adentro.

Mais uma vez, seria minha imaginação ou, quando a pergunto sobre meus pais, Bridie responde escolhendo cuidadosamente suas palavras? Toda aquela prudência e o silêncio momentâneo que o precedeu são suficientes para chamar minha atenção. Há algo de misterioso ali, algo que diga respeito ao meu passado? Pois, de uma maneira completamente excepcional, parece haver algo que Bridie Macdonald NÃO está dizendo.

Flora, 1939

A flutuação dos navios, chegando e partindo de Loch Ewe, continuou com a chegada do inverno. Ao longo da costa, nuvens de fumaça de turfa saíam das chaminés das pequenas cabanas brancas, com seu aroma suave e familiar misturando-se aos cheiros mais pungentes de combustível enquanto os navios-tanque reabasteciam as embarcações cinzentas nas águas.

Era uma manhã límpida, tranquila, e, mesmo com o sol baixo de dezembro, o lago era inundado de luz por poucas e preciosas horas. Flora estava aproveitando o bom tempo o máximo que podia, trabalhando em um canteiro ao lado da Cabana do Guardião. Seu garfo mergulhava facilmente no solo escuro, já lavrado por gerações, enriquecido com algas marinhas da costa e esterco dos estábulos da casa grande, que contribuíam para o desenvolvimento das hortaliças, sob a cuidadosa administração de Flora. Após desenterrar as batatas, ela as transferiu, ainda cobertas pela terra argilosa e escura, para um balde. Os legumes faziam barulho ao se chocar com o balde de lata, que foi rapidamente preenchido. Levando-o ao depósito atrás da casa, Flora então despejou as batatas nos caixotes maiores de madeira, onde seriam estocadas durante o inverno. Ruaridh havia sugerido transformar o lugar em um abrigo Anderson, assim como fizeram alguns dos outros agricultores para se proteger em caso de ataques aéreos, mas, na ocasião, seu pai apenas dera de ombros, dizendo que não valeria a pena se dar a tanto trabalho. Olhando para o lago naquele calmo dia de inverno, Flora tendia a concordar com ele. A guerra ainda parecia algo tão distante. E, afinal de contas, o sigilo proporcionado pela posição isolada de Loch Ewe no mapa foi a razão principal para que o lugar fosse escolhido como um porto seguro.

Chegando ao final do canteiro, Flora se esticou, mãos na cintura, tirando depois com o pulso uma mecha de cabelos que havia caído em seus olhos. Um par de garotinhos andava pela estrada, e ela acenou para os dois quando se aproximaram.

— Olá! Stuart e David, não é isso? Como vocês estão?

Os irmãos vestiam roupas que provavelmente eram um ou dois números maiores que os deles. As mangas de seus moletons estavam enroladas e suas bermudas, frouxas abaixo dos joelhos sobre grossas meias de lã. Moira Carmichael deve tê-los vestido com as antigas roupas de seus filhos. Apesar de mal ajustadas, as peças eram de boa qualidade e pareciam muito mais confortáveis e aquecidas do que as poucas trazidas pelos irmãos de Glasgow.

Dois pares de olhos grandes e azuis acinzentados a olharam solenemente.

— Olá, senhorita — disse Stuart, o mais velho. — A gente precisou dar uma volta para sair da aba da senhora Carmichael.

Flora sorriu com as palavras, claramente repetidas como ouvidas.

— Hoje o dia está bom para isso. Gostariam de me dar uma mãozinha arrancando essas últimas batatas? E aí, depois, podemos arranjar para vocês um copo de leite e, quem sabe, até um pedaço de pão de aveia lá dentro de casa?

Os dois balançaram a cabeça e se aproximaram de onde ela estava.

— Você consegue usar o garfo, Stuart? Mexa desse jeito, está vendo? Só revirar a terra assim. David e eu podemos colocar as batatas no balde.

Ela sorriu com o espanto dos meninos quando a primeira garfada desenterrou um punhado delas.

— Puxe todas, assim. Não se preocupe em tirar a terra, está bem? Pois ela ajuda a conservar as batatas por mais tempo.

Com os dois pares extras de mãos, os legumes foram rapidamente colhidos. Ao terminarem, as faces dos irmãos coravam, tanto pelo esforço que fizeram quanto pelo ar gélido.

Flora separou um punhado de batatas e desenterrou também alguns nabos para levar à cozinha. Depois de cozidos e amassados, os legumes acompanhariam o guisado de cervo que ela havia começado a preparar mais cedo e que agora cozinhava lentamente no fogão para que, assim, estivesse pronto para o jantar do pai quando ele voltasse do trabalho.

Ela chamou os meninos para dentro.

– Vamos deixar nossos sapatos aqui do lado de fora. E depois tirar as sujeiras de nossas mãos.

Ao se sentarem à mesa, os garotos pareceram relaxar um pouco, e Flora colocou os copos de leite na frente dos dois.

– Aí está. Vocês mereceram.

Após passar manteiga nas fatias do pão de aveia e espalhar geleia de amora sobre elas, Flora as entregou aos irmãos.

Stuart deu uma mordida e depois um gole no leite.

– Hummm, que gostoso. Nossa mãe fazia esse pão de vez em quando. Mas lá na casa da senhora Carmichael a gente come mais o pão normal mesmo com banha.

– E então, vocês estão se adaptando bem? Deve ser uma mudança e tanto para os dois, vindo da cidade para cá.

– Davy não gosta do escuro. A casa é tão grande e de noite a gente ouve tudo quanto é barulho. Mas a escola é legal. Ficamos todos em uma sala só, então posso cuidar do Davy e ter certeza de que os outros garotos não vão mexer com ele.

– Eles mexem com vocês?

– Não, na verdade não. Era pior na minha escola antiga. Mas lá era mais fácil fugir da aula porque ninguém prestava atenção. A gente até tentou fazer isso outro dia, mas aí a senhora Carmichael, que estava pregando avisos do que fazer se tivesse um ataque aéreo, viu a gente no cais pescando.

Ela deu uma coça em nós dois. Eu e o Davy tivemos que voltar na mesma hora para a escola e pedir desculpas para a senhorita Anderson.

Tentando manter uma cara séria, Flora disse:

– Bom, mas vocês precisam mesmo ir para a escola. Meu irmão sempre queria ir pescar, também, mas ele sabia que os dias de fazer isso eram nos finais de semana e nos feriados.

– Onde seu irmão está agora, senhorita?

– Na Marinha. Em algum daqueles navios lá fora – respondeu Flora, que não tinha ideia de em qual deles Ruaridh estava no momento.

Ela esperava que o irmão estivesse atracado em segurança e tentava não pensar nele patrulhando as águas hostis do norte, onde submarinos alemães se escondiam nas profundezas.

– Quando eu crescer, quero entrar para a Marinha – comentou Stuart.

– O Davy pode vir também, e aí vamos ficar juntos. Talvez até no mesmo barco que o irmão da senhorita está.

– Sim, pode ser. Mas, para isso, vocês têm que estudar. Sabe por quê? Porque precisam saber todo tipo de coisa para se alistar.

Flora cortou mais uma fatia do pão de aveia para cada um dos irmãos e encheu novamente seus copos, lembrando-se de como Ruaridh e Alec se sentavam ali daquele mesmo jeito, naquela mesma idade, devorando suas comidas antes de saírem correndo porta afora para dar continuidade a quaisquer aventuras que tivessem começado naquele dia. Flora estava prestes a alcançar o pote de geleia quando um estrondo abafado fez os três se virarem na direção da janela.

– O que foi aquilo? – perguntou Davy, assustado, ao finalmente abrir a boca.

– Foi uma bomba, senhorita? São os alemães invadindo?

Flora observou o lago, mas não conseguiu perceber nenhum sinal de explosão a princípio. Enquanto olhava, porém, uma nuvem de fumaça escura surgiu, e vários dos navios começaram a mudar seus cursos, seguindo na direção da boca do lago.

— Acho que não, mas tem alguma coisa acontecendo. Não se preocupem — completou ela ao perceber o medo estampado no rosto de Davy. — Estamos melhor protegidos aqui do que na maioria dos outros lugares. O pessoal da Marinha cuidará de nós, vocês verão. Vamos calçar nossos sapatos para ir lá ver o que aconteceu? Aqui, tomem esses pães para comerem no caminho, mas, olha, não deixem o lanche atrapalhar o almoço de vocês, senão a senhora Carmichael virá atrás de mim!

Ao chegarem, o alvoroço já havia se instalado em volta do lago, porém era impossível saber exatamente o que estava acontecendo. O principal foco parecia ser uma região que ficava após a boca do lago, mas estava tampada pela ilha. Os três caminharam em direção ao cais, sendo ultrapassados por vários veículos militares que iam na mesma direção.

Flora avistou Bridie e Mairi em meio à pequena multidão que se aglomerava no lugar.

— O que aconteceu? — perguntou ela.

— Dizem que foi o *Nelson*. Acertou uma mina submarina.

O pânico inundou as correntes sanguíneas de Flora. O navio de Alec.

— Foi muito ruim? Ele chegou a afundar?

— Acho que não — respondeu Bridie. — Mas o navio foi perfurado. Vai demorar um pouco para conseguirem trazê-lo de volta.

Flora empalideceu com a visão de uma frota de ambulâncias descendo a toda velocidade a estrada. Após estacionarem no fim do cais, vários homens uniformizados desceram, apressando-se para retirar seus equipamentos médicos e colocá-los em uma lancha. Assim que desceram a escada anexa ao muro do porto e o último deles entrou, a lancha acelerou na direção do acidente.

— Isso não parece nada bom — comentou Mairi, fazendo uma careta.

Flora torceu as mãos, frustrada por não poder fazer nada, e ainda por cima sem saber se Alec estaria entre os feridos ou não.

— Afastem-se, agora! Vão para suas casas! Todos que não pertencerem à Marinha deverão evacuar o local imediatamente — gritava o senhor Carmichael, com seu capacete *ARP* firmemente preso à cabeça, impondo sua autoridade. Ele então avistou os dois garotos saltitantes, contagiados pela emoção do drama que se desenrolava nas águas.

– Stuart e David Laverock, o que os dois estão fazendo aqui? Vão para casa agora.

Flora sorriu para os irmãos e acenou com a cabeça.

– Melhor irem andando ou a senhora Carmichael ficará preocupada com vocês. E já está quase na hora do almoço – disse, enxotando-os delicadamente na direção da casa ao lado do cais.

Já ela e Mairi caminharam com Bridie até a casa dos Macdonalds, onde as três pararam por um instante, assistindo à cena que se desenrolava no lago. Navegando muito lentamente e bastante inclinado para um dos lados, a maior parte do *Nelson* agora podia ser vista, flanqueada de perto por dois destroieres, em direção ao porto.

– Sabem de uma coisa, meninas? Nós deveríamos nos alistar – disse Bridie. – Um dos marinheiros com quem eu falava no cais me contou que estão recrutando *wrens*, as oficiais do Serviço Feminino da Marinha Real. Ao que parece, estão precisando de motoristas e coisas do tipo.

– Mas a gente não sabe dirigir – apontou Flora.

Bridie gesticulou como se não fosse nada de mais.

– Ah, mas isso podemos aprender. E deve haver outras coisas que a gente possa fazer também.

Mairi balançou a cabeça:

– Ela tem razão. Não podemos simplesmente ficar aqui só assistindo enquanto esses navios são explodidos bem na nossa porta.

Flora se lembrou das ambulâncias correndo a caminho do cais. Se Ruaridh ou Alec precisasse de ajuda, ela seria uma das primeiras a chegar lá. Seu coração se apertou mais uma vez ao fazer uma oração silenciosa, pedindo para que Alec não estivesse entre as vítimas do navio abatido enquanto o gigante se arrastava em direção à costa.

E o pensamento nos homens feridos ali dentro a fez tomar sua decisão.

– Tudo bem. Esta tarde, então. Passem lá em casa depois do almoço, e aí vamos até o acampamento dos militares perguntar.

Lexie, 1978

Cada superfície da sala de mamãe está coberta por porta-retratos. Antes da chegada do Furacão Daisy, eles eram intercalados por dezenas de bichos de porcelana e todo tipo de quinquilharias de vidro, mas essas tiveram que ser guardadas. Daisy agora domina a arte de rastejar incrivelmente rápido e se levantar quando acha qualquer coisa onde se apoiar. Sendo assim, todos os itens de valor e quebráveis que ficavam nas prateleiras mais baixas e na mesinha de centro precisaram ser movidos para longe de seus dedinhos exploratórios.

Mantive apenas um dos enfeites, um minúsculo cavalo branco que sempre foi o favorito de mamãe. Eu o pego, passando meu dedo indicador por entre as linhas que formam sua longa crina antes de cuidadosamente colocá-lo entre dois dos porta-retratos.

Muitas das fotos são de cada estágio da minha infância, e depois, na minha carreira nos palcos. Falo com Daisy conforme passamos por elas, e ela olha uma a uma educadamente enquanto as levanto.

– Essa aqui sou eu com meu balde e minha pá na praia, em Slaggan Bay. Um dia vamos lá fazer um piquenique, no verão, combinado? E essa aqui é sua mamãe na apresentação da escola, fazendo um solo. Uma das minhas primeiras aparições no palco. Esta aqui parece ser do *Carrossel*, uma foto de divulgação minha como Louise Bigelow. E aqui uma bela foto da sua mamãe com sua vovó em Londres, está vendo?

– *Ma*? – pergunta Daisy, apontando para a foto.

– Sim, isso mesmo, meu amor. Essa é a mamãe. E sua vovó, Flora.

Fico impressionada com o quanto praticamente poderíamos nos passar por irmãs, com minha mãe parecendo tão jovem. Compartilhamos os mesmos cachos loiros-acobreados. No caso dela, um pouco desbotados e transformados em uma bela trança, enquanto o meu caía sobre os meus ombros. Estávamos do lado de fora do Teatro Real em Drury Lane, paradas em frente a um pôster de *Chorus Line*, com produção de Piers e peça na qual eu tinha acabado de conseguir meu papel. Olhando de perto, dá até para ver meu nome no letreiro, para onde minha mãe está apontando. Meu nome londrino, digo. Aquelas aulas de dança eram de matar, eu me lembro; as minhas pernas doíam por meses. Mas valia a pena. Minha carreira estava em ascensão naquela época, e eu recebia papéis cada vez maiores, expandindo meu repertório.

Nesta foto, vejo como pareço radiante. Minha felicidade tinha um pouco a ver com a nova produção. E muito com o fato de minha mãe ter ido me visitar. Sempre adorei passear por Londres com nós duas juntas, compartilhando minha nova vida com ela, que estava há milhares de quilômetros de distância – literal e metaforicamente falando – da Cabana do Guardião na costa de Loch Ewe. O maior motivo da minha alegria transbordante, no entanto, era por eu ter recentemente conhecido o Piers.

Olhando para minha expressão na foto, sinto pena daquela garota que uma vez fui. Ela parecia tão incrível, preciosa, a escolhida entre tantas outras atrizes e cantoras. Não tinha ideia do abismo do qual ela se aproximava.

A peça foi um sucesso. Com meu primeiro cachê, fui às compras e levei para casa uma linda jaqueta de camurça que tanto cobicei na vitrine da loja pela qual passava todos os dias a caminho do teatro. No instante em que a coloquei no meu corpo, eu me senti como uma estrela. Como alguém que tinha vencido na vida, uma garota que conseguiu se desvencilhar de sua personalidade anterior e se tornar uma pessoa completamente diferente. E onde a jaqueta está agora? Pendurada no fundo do guarda-roupa, uma peça inútil que nada tem a ver com o lugar para onde vim, amassada e manchada, tão abandonada quanto sua dona. Estou precisando levá-la para uma lavagem a seco, mas isso envolveria um dia de viagem até Inverness e depois outro para ir buscá-la. E pensar no quanto isso me custaria, em combustível e lavanderia, sem contar o trabalho para levar Daisy, me derrota.

Suspiro e coloco o porta-retrato de volta em seu lugar no aparador. Daisy fica incomodada, como se sentisse a minha mudança de humor. Pego então outra foto. Esta agora é de minha mãe, vestida em seu uniforme azul-escuro das *wrens*. A seriedade de sua farda feita sob medida contrasta com a informalidade de sua pose, recostada no capô de um jipe militar, cabelos ao vento. Imagino que ela tivesse uns vinte anos, talvez? O mais marcante, porém, são os olhos dela. Assim como o meu no retrato anterior, eles estão brilhando, irradiando a mais pura alegria enquanto olha para quem quer que estivesse tirando a foto. Engulo em seco quando as lágrimas ameaçam rolar e cair nos cachinhos de Daisy. Mamãe parece tão leve, mesmo que aqueles fossem tempos difíceis.

Tenho quase certeza de que essa pessoa era meu pai, ainda que eu saiba tão pouco sobre ele. Lembro-me então da conversa com Bridie Macdonald na estrada outro dia e me pergunto, mais uma vez, o que será que ela está tão relutante em revelar? Decido então que, na próxima vez em que eu passar pela casa dela, baterei lá e me convidarei a entrar. E a farei me contar o que ela sabe. É minha história, afinal de contas, a história dos meus pais.

Passo a ponta do meu dedo sobre o rosto de minha mãe, delicadamente traçando os contornos de seu sorriso.

Sim, eu penso, deve mesmo ter sido meu pai atrás da câmera. Porque sei o quanto ela o amou. Não havia mais ninguém no mundo que poderia fazê-la parecer daquele jeito.

Flora, 1939

– Levante suavemente o pé da embreagem e pressione o outro pé no acelerador ao mesmo tempo.

O veículo deu uma guinada para frente, tirando do lugar alguns tambores que haviam sido colocados ali para delimitar um percurso para as aulas de direção.

– Oops, desculpe – disse Bridie, com um sorrisinho.

O tenente, que estava no banco do passageiro, respirou fundo, puxando o freio de mão para parar o veículo antes que sua motorista de primeira viagem pudesse causar mais estragos.

– Eu deveria receber um adicional de periculosidade por esse trabalho – resmungou. – Ensinar vocês, *wrens*, a dirigir é muito mais perigoso do que estar no convés de um navio embaixo de um vendaval escala 8, se querem saber.

No banco de trás, Flora e Mairi agarravam-se à borda dos bancos que corriam ao longo das laterais do caminhão, tentando não gritar, em uma mistura de nervosismo e vontade de rir.

– Certo, vamos tentar mais uma vez. Lembre-se de como suas amigas fizeram. Lentamente, suavemente. Eu disse SUAVEMENTE!

Desta vez, com um forte barulho de marchas, o caminhão arrancou aos trancos na direção de um conjunto de abrigos Nissen que ficava na beira do campo, por pouco não atropelando o comandante, que havia saído para assistir aos procedimentos do dia.

– Acho que agora estou pegando o jeito desse negócio de controle de embreagem – Bridie gritou por cima do ronco do motor enquanto batia os dois pés nos pedais. – Só me deixa tentar de novo.

O tenente respirou fundo mais uma vez. Seria uma tarde longa aquela.

– Vamos fazer uma pausa – disse ele, virando-se para Flora e Mairi. – Podem ir para o escritório. Vocês duas passaram. E então assinou seu nome ao final de alguns formulários, entregando-os a elas. – Dê isso aqui ao oficial que está lá na mesa. Ele informará os detalhes das funções que serão atribuídas a vocês. Agora – continuou, apoiando a mão no painel e voltando-se para Bridie –, vamos tentar de novo

Estava escuro dentro do lugar, onde uma escrivaninha improvisada fora colocada ao lado da pequena janela que permitia a entrada de apenas um quadrado da luz invernal. Foram necessários alguns segundos para que os olhos de Flora e Mairi se adaptassem à escuridão. As amigas deram um passo à frente e entregaram os formulários ao oficial sentado à mesa, que os pegou sem dizer uma palavra sequer e começou a escrever os dados das duas em fichas para arquivamento. Assim que terminou, o homem olhou para elas.

– Senhorita Gordon, senhorita Macleod. Reportem-se à Casamata Oito. Eles entregarão seus uniformes. Vocês serão designadas para as tarefas gerais de motoristas, o que envolverá dirigir ambulâncias, quando necessário. Bem-vindas ao WRNS.

Apertando os olhos contra a luz ao saírem, Mairi sorriu para Flora.

– Conseguimos!

As duas pararam por um momento, observando, enquanto Bridie parecia progredir em suas habilidades de direção, agora contornando os tambores sem fazê-los rolar em todas as direções.

— Parece que Bridie vai se juntar a nós em breve. E ali está a Casamata Oito – disse ela, apontando para a fileira de edifícios recém-construídos em um dos lados da pequena baía.

Um som de buzina as fez olhar para outro lado. Um carro havia chegado ao acampamento, e um homem uniformizado acenava para chamar a atenção das meninas.

— É o Alec! – exclamou Flora, a alegria iluminando seu rosto como os raios de sol na água.

Ele veio caminhando na direção delas de braços abertos.

— Flora, Mairi. Vocês se alistaram? Que notícia maravilhosa! Fico feliz de ter me esbarrado com vocês pois tenho algo para contar, também. Fui designado para trabalhar aqui, ajudando a comissionar o porto. Precisamos de um bom sinaleiro, e indiquei Ruaridh, já que ele conhece o lugar e cada centímetro do lago como a palma da mão dele. Ainda não há nada definido, mas espero que ele seja transferido.

A onda de esperança que atingiu o coração de Flora foi tão poderosa que a deixou sem palavras.

Alec sorriu para ela.

— Não seria incrível? Todos nós juntos aqui mais uma vez como antigamente? Pode ser até que ele volte a tempo do Natal.

— Essa seria a melhor notícia de todas – respondeu Flora, reencontrando sua voz. – Ter Ruaridh de volta. E você também, Alec. Graças a Deus que você não foi um dos que se machucaram quando o *Nelson* foi atingido.

Contrastando com o cinza do céu e as águas abaixo dele, o rosto e os cabelos de Flora brilhavam, iluminados por seu sorriso. Alec baixou os olhos, subitamente aparentando estar constrangido, com sua confiança habitual o abandonando. Mas ele logo levantou os olhos, encontrando os dela mais uma vez, e juntou coragem para dizer.

— Haverá um baile para comemorar o *Hogmanay*. Vocês duas irão? Posso vir buscá-las, caso queiram.

Flora hesitou.

– Diana virá? – perguntou, mantendo um tom leve.

Os olhos de Alec mais uma vez baixaram, e seu rosto corou levemente. Ele balançou a cabeça.

– A senhorita Kingsley-Scott terminou nosso noivado. Conheceu alguém em Londres, alguém muito mais importante do que um mero subtenente designado para os destacamentos.

Flora prendeu uma mecha de cabelos que havia se soltado de sua trança.

– Sinto muito – disse, palavras contrárias à onda de alívio que na verdade sentiu. Flora ficou um pouco surpresa com a força daquele sentimento, mas disse a si mesma que era apenas porque Alec certamente merecia uma pessoa ao menos um pouco mais calorosa do que Diana. Ela e Mairi se entreolharam, e Mairi confirmou com a cabeça.

– Seria ótimo ir ao baile. Obrigada. E, Alec – Flora começou a dizer, mas se interrompeu, tentando encontrar as palavras certas, mais uma vez tomada pela emoção. Teve que se contentar com um simples: – Obrigada também por recomendar Ruaridh. Será bom ter vocês dois mais uma vez em terra firme.

Ele as saudou, depois deu meia-volta e marchou para se reportar a seu comandante. No caminho, virou-se, olhando por cima do ombro para as garotas enquanto as duas seguiam para o outro lado do acampamento, onde pegariam seus uniformes.

* * *

Na véspera de ano-novo, o salão se encheu rapidamente com mais e mais homens chegando, após pararem no bar do Hotel Aultbea para uma cerveja. Eles gritavam saudações e batiam nas costas de seus companheiros de bordo. Alguns rostos, Flora reconhecia do acampamento, mas muitos outros lhes eram estranhos, recém-chegados do mar.

Alec muito galantemente pegou Flora, Mairi e Bridie em suas respectivas casas para o baile de *Hogmanay*, levando-as até o salão e, assim, preservando penteados e saias cuidadosamente passadas. Chegando lá, encontrou cadeiras e trouxe bebidas para elas, apresentando-as a alguns de seus colegas oficiais. Uma pequena banda começou a tocar no fundo do salão, com as notas de um violino elevando-se sobre o burburinho de vozes.

O rosto de Flora se iluminou ao ver o irmão entrando no salão com uma garota. Então foi por isso que ele desapareceu mais cedo. Flora pensou que o irmão tivesse ido para o hotel, cujo bar, recentemente rebatizado de "Taberna das Compotas" havia se tornado um popular ponto de encontro do pessoal da Marinha. Os potes de geleia em questão foram colocados em uso quando os copos do hotel acabaram, a fim de atender ao aumento da demanda de soldados e marinheiros sedentos. Os homens então começaram a levar quaisquer coisas que conseguissem segurar e pudessem ser enchidas de cerveja. Ruaridh havia contado à irmã que um subtenente em especial tomara a iniciativa e conseguira convencer a senhorita Cameron, a gerente dos correios, a se desfazer de um dos grandes potes que, no passado, era repleto de doces, mas, nos últimos tempos, ficava vazio na prateleira de sua loja, resultado do racionamento de açúcar que atingira Loch Ewe. O jarro era enchido com vários *pints* de cerveja e então passado de mão em mão entre aqueles que não haviam conseguido encontrar um recipiente adequado para beber.

Quando Ruaridh e seu par se aproximaram, Alec se levantou e cumprimentou o irmão de Flora.

– Olá, Alec. Mairi. Bridie – Ruaridh acenou na direção das garotas. – Esta é Wendy. E esta é minha irmã, Flora. Wendy é uma *wren*, também.

– Que prazer conhecer todos – ela os cumprimentou, sorrindo. – Ouvi muito sobre vocês.

Flora se perguntou, por um breve momento, quando o par encontrou tempo para tais coisas. Ruaridh parecia andar bastante ocupado em seu posto na estação de sinalização, que ficava na colina depois da Fazenda Tournaig, repassando orientações para a massa de navios que manobrava no lago abaixo.

– Wendy é meteorologista – explicou Ruaridh. – Ela faz as leituras do tempo na estação de sinalização. Foi onde nos conhecemos.

Flora sorriu, tudo começou a fazer sentido.

A banda começou uma música dançante, e Alec lhe estendeu a mão.

– Sera que me concederia a honra da primeira dança, senhorita Gordon?

– Claro, seria um prazer, tenente Mackenzie-Grant – respondeu Flora, achando graça da formalidade dele.

Os dois se juntaram aos que já dançavam na pista, que rapidamente ficou repleta de casais. Flora sorriu para Mairi e Bridie, que dançavam com um par de oficiais. Seguindo seu olhar, Alec se aproximou do ouvido de Flora e sussurrou.

– Que bom. Agora não preciso ser educado e convidá-las para dançar também. Prefiro passar a noite toda só com você.

Flora esperava que o rubor em sua face fosse atribuído à dança e ao calor do salão lotado. Ela se pegava pensando bastante em Alec ultimamente, procurando por ele no acampamento enquanto transportava oficiais de um lado para o outro do cais e esperando que um dia ele pudesse ser um de seus passageiros. Não havia mais ninguém com quem Flora queria dançar, também.

O barulho e o calor reverberavam no salão de teto de zinco conforme a noite avançava e a virada do ano se aproximava. Chegada a hora, o líder da banda interrompeu a música, e todos fizeram a contagem regressiva enquanto os ponteiros do relógio marcavam a chegada do ano de 1940. Houve aplausos e beijos quando um flautista se juntou à banda e começou a tocar "Auld Lang Syne".

– Feliz ano-novo – Flora sussurrou para Alec.

Sem nada dizer, ele a trouxe para perto de si, seus braços um refúgio tranquilo em meio às vozes altas que cantavam e celebravam, e, por um instante, Flora os imaginou sozinhos, isolados em sua ilha de silêncio em meio a um oceano de sons.

– Venham ver isso! – gritou alguém da porta, e os convidados saíram do interior barulhento e iluminado do salão para a noite congelante. Além da costa, na escuridão do lago, luzes piscavam em todos os navios ali atracados. Foi um *show* breve – eles não poderiam arriscar revelar sua posição, mesmo na noite de *revéillon* –, mas brilhante.

Ainda que não necessitasse de decodificação, Ruaridh transmitiu a mensagem:

– Feliz ano-novo.

No salão, a banda continuava a tocar. Alguns voltaram a dançar, mesmo com seus pés já cansados, enquanto outros partiram.

– Gostaria de ficar? – Alec perguntou para Flora.

Ela balançou a cabeça.

– Não posso. Prometi a papai que não voltaria tarde. Sei que ele vai me esperar, então é melhor eu ir andando.

– Eu lhe dou uma carona. Ah, já sei: vamos ser os primeiros visitantes do ano dele, juntos!

Flora sorriu.

– Meu pai adoraria isso. Mas não temos nem bolo nem carvão nem uísque para seguir a tradição.

– Paramos então na minha casa e pegamos algumas coisas. É melhor fazermos isso do jeito certo se for para trazer boa sorte à Cabana do Guardião este ano. Vamos!

Ruaridh, Bridie e Mairi declinaram da carona oferecida por Alec, preferindo ficar na festa, que não dava sinais de acabar. Assim, Flora e ele entraram no carro e seguiram pela estrada vazia até a Casa Ardtuath.

Embora os portões da casa raramente estivessem fechados, sua grandeza era um forte lembrete de que ela se posicionava à parte das cabanas pintadas de branco, seus vizinhos mais próximos. Pinheiros imponentes alinhavam-se no caminho, obscurecendo o céu com uma escuridão própria, ocultando a casa da comunidade ao seu redor.

Ao chegarem, Alec desligou o carro, olhando para as janelas que, aos olhos de Flora, pareciam desassossegadas por trás de suas cortinas *blackout*.

– Melhor não acordar meus pais caso eles já estejam dormindo – sussurrou ele.

Os dois entraram por uma porta lateral, saindo do ar límpido e frio da noite, passaram pelo *hall* de entrada, que estava às escuras, e chegaram, por fim, ao calor da vasta cozinha. Foi então que ouviram um som fraco, ao longe, que os fez parar. Colocando um dedo nos lábios, Alec acenou para Flora o seguir. Ela hesitou antes de passar pela porta, adentrando a parte mais privativa da casa. Parecia estranho estar ali com Alec agora que o relacionamento dos dois mudava. Se, por um lado, Alec estava tão confiante em sua enorme casa, por outro, as cornijas ornamentadas e os pesados e antigos móveis do corredor pareciam pressionar Flora de todos os lados, sufocando e restringindo sua usual sensação de tranquilidade. Ela respirou fundo e cruzou a linha divisória da casa, com a porta de baeta verde se fechando atrás dela com um barulho suave.

Alec abriu a porta da biblioteca, e os acordes de *Nocturnes* de Debussy os atraíram. Em uma poltrona ao lado da lareira, cujas brasas queimavam, já baixas, a mãe de Alec se sentava, mãos dobradas sobre o colo e cabeça recostada contra uma das asas da cadeira enquanto ouvia o gramofone.

– Olá, mãe – disse Alec em voz baixa.

Ela se virou, e então seu distante – e também triste – semblante instantaneamente se abriu em um sorriso ao avistar o filho.

– Alec? E Flora, também, que adorável.

– Feliz ano-novo, *lady* Helen – disse Flora, sentindo ter invadido um momento íntimo. À luz da lareira, Flora notou alguns fios prateados nos cabelos de *lady* Helen, alisado para trás e preso em seu costumeiro e elegante coque. Havia um quê de solidão em seus olhos escuros que surpreenderam Flora. Certamente, agora que o marido estava de volta, ela deveria se sentir menos só, não deveria?

– E para vocês dois também, meus queridos. Como foi o baile?

– Divertido, obrigada por perguntar – respondeu Flora, educadamente.

– Papai já está na cama? – perguntou Alec.

Sua mãe acenou com a cabeça.

– Ele estava cansado. Ficou tão ocupado em Londres desde o Natal, fechando a casa de lá – respondeu *lady* Helen, virando-se para Flora. – Tenho certeza de que seu pai contou que meu marido decidiu ficar em Ardtuath em definitivo, o que é um grande alívio para todos nós. Londres é um alvo tão grande para os alemães. Que privilégio isso é para mim, ter os meus dois homens em casa. Pelo menos, esta guerra teve algum ponto positivo.

Alec atravessou o cômodo na direção da mãe e beijou-lhe a face.

– Eu estava levando Flora para casa. Mas pensamos em passar aqui para pegar um pedaço do bolo de Natal e talvez um pouco de uísque para a primeira visita de Iain.

– Fiquem à vontade, o bolo está na despensa.

A música acabou, com a agulha do gramofone estalando levemente, e *lady* Helen estendeu o braço para desligá-lo. Do andar de cima, ouviram passos pesados no assoalho, que a fizeram congelar por um instante. Levantando-se, ela abaixou a voz e disse:

– Mas não incomode seu pai, Alec. Você sabe como ele pode ser. É melhor eu ir para minha cama também. Boa noite, Flora.

Ela hesitou, e então foi até uma mesa lateral onde havia garrafas e copos em uma bandeja de prata.

– Aqui, meu filho – disse, pegando uma garrafa de uísque. – Dê esta de presente a Iain. Ele a mereceu, com todo o trabalho extra que teve na propriedade. Só Deus sabe como faríamos para administrar este lugar sem um encarregado.

Flora sussurrou um agradecimento, e então *lady* Helen discretamente mandou os dois para a cozinha, fechando a porta com cuidado logo depois. Eles a ouviram subir as escadas e então o ressoar da voz de *sir* Charles, interrogativa, seguida pela suave e apaziguante resposta de *lady* Helen.

Alec cortou uma generosa fatia do bolo de frutas e o colocou em uma cesta de vime, acrescentando a ela um pedaço de carvão que tirou do balde próximo ao fogão e embrulhou em um pedaço de jornal. Flora aninhou a garrafa de uísque ao lado do bolo e acenou enquanto Alec gesticulava silenciosamente em direção à porta.

Já do lado de fora, suas respirações formavam nuvens de fumaça na noite fria. Os dois entraram no carro, e Alec soltou o freio de mão, descendo a estrada sob a copa de galhos de pinheiro e ligando o carro apenas quando estavam quase na estrada.

Ao emergirem de debaixo das árvores, indo na direção norte, Alec e Flora ficaram boquiabertos. Pois, enquanto não estavam olhando, a escuridão do céu noturno havia sido envolta por cortinas de luz que ondulavam no horizonte distante.

Alec estacionou no acostamento.

– Que tal este show para a virada do ano?

Os olhos de Flora brilharam enquanto os lençóis de cores iam do verde ao prateado e ao verde mais uma vez.

– Nem mesmo um apagão pode impedir a aurora boreal.

Ainda olhando para o horizonte, Flora escorregou sua mão por cima da de Alec, cujos dedos se enroscaram nos dela enquanto os dois permaneciam ali, em silêncio, assistindo ao espetáculo. O brilho etéreo banhava a paisagem, transformando as familiares colinas em um outro mundo, sobrenatural, contornando as águas do lago, que refletiam as cores rodopiantes em suas profundezas.

Por fim, as faixas dançantes de luz começaram a desvanecer, tornando-se mais e mais fracas conforme as estrelas tomavam conta do céu e os reflexos finais dos fios coloridos afundavam na água.

Alec se virou para olhar para Flora, observando-a fitar os últimos e pálidos brilhos verdes enquanto eles se dispersavam.

– Você gostaria de sair comigo? No próximo dia em que tivermos uma folga? Poderíamos ir à praia em Firemore, ou para Slaggan Bay, se quiser. Lembra quando fomos para lá com seu pai, muitos e muitos verões atrás?

Flora confirmou.

– Foi em um mês de agosto, acho. Pouco antes de você ir para o colégio. Ruaridh caiu no córrego e ficou encharcado. Tivemos que colocar as roupas dele em cima de uma pedra para secar. Mas acabou que, no fim, todos entramos na água. O dia até que estava quente, então nem ligamos.

– Bom, não nadaremos nesta época do ano, isso é certo. Mas, se nos agasalharmos bem, poderíamos fazer um piquenique – sugeriu Alec, ficando em silêncio por alguns instantes depois, perdido em seus pensamentos. Ele então perguntou: – Você ainda tem aquele cavalo de porcelana?

– Mas é claro – respondeu Flora. – Ele fica na cornija da lareira.

Não havia necessidade de se dizer mais nada, embora Flora se lembrasse claramente do dia em que, muitos anos atrás, ela fora à mata acima da Casa Ardtuath colher pinhas para a fogueira. Chegando lá, ouviu um barulho, um choro abafado vindo do estábulo, e olhou para dentro. Viu Alec sentado com as costas contra as tábuas ásperas da baia do garron, o rosto enterrado nas mãos. Era o dia em que ele seria mandado para uma escola preparatória no sul, a escola local já não mais considerada apropriada para o filho de um senhor de terras.

Quando Flora se aproximou, o pônei branco pendurou seu largo focinho sobre a meia-porta, como se tentasse confortar o menino que chorava. Sem nada dizer, ela se sentou ao lado de Alec e pousou a mão em seu ombro. Ele levantou a cabeça, enxugando os olhos com as costas das mãos, irritado e envergonhado por ter sido pego naquele estado.

– Nunca mais será a mesma coisa, não é? – ele perguntou para ela, a angústia fazendo sua voz falhar. – Tudo será diferente.

– Talvez algumas coisas mudem, sim. Mas isto sempre estará aqui – Flora respondeu, apontando para a paisagem lá fora. – O lago e as colinas. E nós também. Ruaridh, o garron e eu.

Balançando lentamente a cabeça, Alec engoliu o choro e se endireitou.

– Por favor, Flora, você pode não contar isso para ninguém?

Flora nada disse, apenas alcançou a mão de Alec e a apertou como resposta.

Ele se levantou, tirando a palha de seu casaco e forçando um sorriso lacrimejante.

– Vejo você no Natal?

Flora balançou a cabeça.

– O tempo vai voar até lá, você vai ver, Alec.

E quando Alec retornou para as festas de fim de ano, ele de fato havia mudado. Parecia mais confiante, contando animadamente sobre seus novos colegas de escola, as provas e a dificuldade em aprender latim e francês e sua esperança de ser selecionado para o segundo time de rúgbi. Nenhum dos dois jamais voltou a mencionar o encontro no estábulo. Na manhã de Natal, porém, quando Flora saiu para pegar um punhado de gravetos para a lareira, encontrou uma pequena pilha de presentes embrulhados desajeitadamente na soleira da porta. Havia uma descalçadeira de madeira para Iain, que Alec tinha suado para fazer nas aulas de marcenaria da escola, além de um belo canivete com cabo de chifre para Ruaridh. E, para Flora, um pequeno cavalo de porcelana com crina dourada, objeto que, desde então, adquiriu um imenso valor para ela.

Agora, ele levava a mão dela aos seus lábios, beijando-a com gentileza antes de trazer Flora para mais perto e beijá-la mais demoradamente. E então, com um suspiro que era um misto de alegria e arrependimento, Alec ligou o carro.

– Melhor irmos para casa ou Iain sairá atrás de você com uma arma. E a última coisa que quero é ser o homem na mira dele!

Flora deu um sorriso terno.

– Acho que você provavelmente é o único homem em quem ele não atiraria. Meu pai confia em você.

– E você, Flora? Confia em mim?

Flora olhou no fundo dos olhos escuros dele.

– Sempre, Alec. Sempre confiei em você.

Lexie, 1978

Em minha próxima caminhada até a mercearia, passo na casa de Bridie. Ela parece assustada ao me ver parada na porta. Esperava que fosse nos chamar para entrar, brincando com Daisy como de costume, e me convidasse a sentar, contando então suas lembranças dos tempos de guerra – e da história dos meus pais – enquanto tomávamos chá. Mas minhas suspeitas de que ela está evitando essa conversa em particular ficam ainda mais fortes quando, em vez disso, ela rapidamente pega seu casaco no cabideiro ao lado da porta, dizendo:

– Mas em que boa hora você chegou! Estava a caminho do cais para ver se consigo encontrar o Davy antes de ele sair com o barco. Quero pedi-lo para colocar uma linha para pescar um pouco de cavalas. Podemos pedir para você também, o que acha? E, pequena Daisy, gostaria de um belo peixe fresco para o seu chá? Como você está crescendo rápido, não está, princesinha? Não está?

Mais uma vez, tenho a sensação de que Bridie não está em seu estado normal. Longe do feitio dela deixar passar a chance de descobrir mais sobre o triste conjunto de circunstâncias que me levaram de volta à costa de Loch Ewe. Isso só fez crescer minha curiosidade sobre o que ela está escondendo de mim.

Até este momento, eu me sentia um pouco como aquele molusco, a lapa, na companhia de Bridie, reprimindo-me fortemente enquanto ela tentava arrancar mais informações de mim. Contudo, ao que parece, Bridie é igualmente hábil em se fechar. Será necessário um pouco mais de paciência para retirar informações dela. Sem um pingo de vergonha, estou preparada para usar minha filha como isca, se necessário for. Então, a caminho do cais, faço minha jogada.

– Bridie, adoraria levar Daisy qualquer tarde dessas lá na sua casa. Sabe, ela fica um pouco entediada de ficar trancada na cabana nos dias de tempo ruim.

– E tivemos alguns desses na semana passada, não é? Que vendaval foi aquele no fim de semana? Não coloquei os pés para fora de casa.

Recusando-me a ser tão facilmente desviada do assunto com a conversa sobre o tempo, continuo, determinada.

– Foi mesmo. Mas, e então, nós poderíamos ir lá depois? É só dizer o melhor dia. Não tenho nada planejado mesmo. Você foi tão gentil em oferecer. Além do mais, me faria bem conversar com um adulto, só para variar um pouquinho.

Agora encurralada, e incapaz de resistir à ideia de passar um tempo com Daisy, ela morde a isca.

– Ah, sim, claro. Adoraria receber vocês duas. Que tal quinta? Por volta das três? Assim, Daisy já terá dado seu cochilo de depois do almoço.

– Quinta às três, perfeito. Obrigada, Bridie.

– Ótimo, então estamos combinadas. E lá está o Davy. Chegamos bem na hora – diz ela, acenando animadamente para chamar a atenção do pescador enquanto ele se prepara para sair. Davy já está no convés de seu barco, cujo nome, que agora vejo, é *Bonnie Stuart*. E se veste da cabeça aos pés com um conjunto de roupas impermeáveis e um colete salva-vidas laranja.

– Bom dia, damas – ele nos cumprimenta com um sorriso tímido.

O barco puxa a corda que Davy segura esticada ao redor da estaca de amarração do ancoradouro, como se seu barco estivesse impaciente para entrar nas ondas.

A fresca brisa cheira a algas marinhas e à chuva que acabou de cair, soprando os cachinhos de Daisy que escaparam de debaixo da sua touca de lã. Ela ri e estica os braços em direção ao barco, repetindo com entusiasmo sua palavra favorita:

– *Baco*.

– Mas que garotinha mais esperta – Bridie é apaixonada por Daisy. – Ouviu isso, Davy? Ela está começando a falar.

Ele estende a mão para apertar a de Daisy, os dedinhos dela parecendo uma pequena estrela-do-mar enquanto agarram o polegar surrado de Davy.

– Bom, qualquer dia desses, quando o tempo estiver um pouco melhor, eu poderia levar vocês para um passeio de barco, o que acha? – ele pergunta enquanto me encara.

– Nós adoraríamos.

– Lexie me falava agora mesmo o quanto está precisando sair um pouco mais de casa com Daisy, uma vez que ela já ajeitou tudo por lá – Bridie diz, entrando na conversa com todo o seu entusiasmo.

Seguro-me para não lançar a ela um olhar irritado com essa reformulação da minha recente admissão.

– Ah, nada como uma hora ou duas no lago para arejar – diz Davy. – Pode deixar que avisarei quando o tempo abrir um pouco.

Bridie faz então seu pedido – um par de cavalas frescas para cada uma de nós –, e Davy acena ao partir.

– Agora sim – comenta Bridie, evidentemente satisfeita com seu trabalho matutino. – Bom, vou deixar vocês irem à mercearia, então. Espero as duas na quinta, como combinamos.

– Obrigada, Bridie. Não vejo a hora.

Quando me viro para abrir a porta da loja, olho para trás e noto que, em vez de seguir caminho em direção à sua casa, Bridie Macdonald está no portão de uma de suas vizinhas, andando a passos decididos pela entrada para bater na porta pintada de amarelo.

* * *

Chego pontualmente às três da tarde de quinta-feira, conforme combinado, com Daisy em seu carrinho. Quando atravesso o portão de Bridie, porém, percebo que ela me passou a perna. Parado em frente à porta está outro carrinho de bebê. Eu já deveria saber disso: nós, lapas, não revelamos nossos segredos assim tão facilmente. Bato na porta, e Bridie vem correndo atender.

– Entre, entre! E olha só quem está aqui também? Elspeth e o pequeno Jack. Achei que seria bom para Daisy ter companhia da própria idade para brincar com ela. E, claro, você e Elspeth retomarem a amizade que tinham lá atrás. Lembro das duas descendo do ônibus escolar e batendo papo por horas e horas no ponto, fizesse sol, fizesse chuva, antes de irem cada uma para suas casas. Grandes amigas, vocês duas sempre foram.

Observando a expressão educadamente branda de Elspeth, pergunto-me se por um acaso ela não foi pressionada a comparecer a este alegre encontro vespertino ou se veio mesmo de boa vontade. Porque nós duas fomos de fato muito amigas no passado. Sentávamos uma ao lado da outra na pequena escola primária da aldeia, as únicas duas meninas de nosso grupo, defendendo-se das crianças maiores quando as coisas ficavam feias. Fomos para a escola de educação secundária juntas, compartilhando os ônibus da manhã e da tarde, assim como nossos lanches e as respostas dos exercícios. Nas apresentações do coral da escola, Elspeth sempre ficava atrás de mim, e foi o encorajamento dela, na forma de desafio, que me fez tentar pela primeira vez um dos papéis principais.

Aos dezessete, nossas vidas tomaram rumos muito diferentes. A minha, a caminho de Londres, com uma bolsa de estudos para a escola de teatro; a dela, na rodovia à beira do lago, um lugar já tão familiar para nós.

Elspeth conseguiu um emprego no bar do hotel e, nas horas vagas, fazia um curso de contabilidade por correspondência, conseguindo posteriormente ser promovida a um cargo administrativo mais bem pago atrás do balcão da recepção. Perdemos contato pouco tempo depois, embora mamãe tenha me contado de seu noivado e casamento, há alguns anos, com Andy McKinnes – que estava uma série acima de nós na escola –, e então da chegada do pequeno Jack.

Rever Elspeth agora, ajoelhada sobre os padrões amarelos e marrons do carpete da sala de estar de Bridie enquanto mostra ao filho as imagens de um livro de cantigas infantis faz com que eu me sinta culpada em tantos níveis. Sinto-me culpada por eu ter ido, e ela, ficado. Sinto-me culpada por não ter sido uma amiga melhor – não a convidei uma vez sequer para ir a Londres e ficar comigo. Sinto-me culpada por ter sido aquela que parou de escrever, a princípio respondendo às longas cartas dela com bilhetes cada vez mais curtos e, depois, apenas com ocasionais cartões-postais do Big Ben e da Carnaby Street, até o ponto de nossas correspondências diminuírem e acabarem por completo, na ausência de quaisquer interesses em comum. Quando me lembro do nosso encontro na mercearia há algumas semanas, sinto-me culpada, também, que suas competências maternas tenham colocado as minhas no chinelo. E, por fim, ao ver o minúsculo diamante solitário em seu anel brilhando quando ela vira uma página do livro, sinto-me culpada por ela ter feito todo o lance *noivado-casamento-bebê* de uma maneira socialmente aceita, enquanto o que eu consegui fazer foi apenas uma completa bagunça.

Elspeth sorri para mim enquanto coloca os cabelos atrás da orelha, uma mania da qual me recordo vividamente dos nossos tempos de adolescente, sua dureza derretendo um pouco ao ver Daisy apoiada em meu quadril.

– Olá, Lexie. E olá, Daisy, minha querida, você gostaria de vir aqui e ver este livro com o Jack?

Daisy examina os dois, olhos arregalados e cara séria, antes de chegar à conclusão de que aquela parece uma boa oportunidade para se divertir, quando estica os bracinhos na direção do chão. Abaixo para me sentar no carpete também, e Elspeth vira o livro, de modo que Daisy possa ver as imagens.

– Não é maravilhoso? Sabia que os dois se dariam muito bem – cacareja Bridie da porta. – Agora, eles podem se conhecer melhor enquanto preparo o chá – ela completa, indo alvoroçada para a cozinha, satisfeita por sua reunião social ter começado tão bem.

Naturalmente, com Elspeth aqui, não terei como perguntar a ela sobre a história dos meus pais, minha intenção inicial. O que Bridie fez, na verdade, foi espertamente virar o jogo contra mim. Com a ajuda de uma aliada que me conheceu tão bem em um passado distante, esta é a oportunidade perfeita para a própria Bridie *me* questionar sobre meu passado recente.

A contragosto, reconheço os méritos dela. Bridie Macdonald não é boba. Acontece que a maneira correta de arrancar uma lapa de uma pedra é pegá-la de surpresa, então, talvez eu consiga lhe arrancar a verdade qualquer dia desses quando a guarda dela estiver baixa. Só preciso ter paciência e esperar o momento certo.

Forçando-me a sorrir, coloco Daisy em meu colo e discretamente me junto a uma rodada de brincadeiras, consciente da aspereza do meu canto. Se por um acaso Elspeth está surpresa de que isso é tudo o que restou da voz que um dia lotara os teatros da West End, ela é educada o bastante para não demonstrar. Já Bridie, ao voltar com uma bandeja com xícaras de chá e uma jarra de suco de laranja, é menos diplomática.

– É tão bom ouvir a sala cheia de risos dos pequenos – comenta ela, colocando suco nas mamadeiras que trouxemos. – E você cantando também, Lexie. Eu me lembro de quando você cantou aquele solo no concerto de Natal do coral, com apenas sete anos. Sua mãe estava tão nervosa com sua primeira apresentação que achei que ela fosse ter um ataque. E, no final, não havia um olho seco sequer naquele salão. Você foi perfeita!

Ajudo Daisy a levantar a mamadeira e a beber, com cuidado para não derramar suco no carpete.

– E hoje minha voz faz as pessoas chorarem pela razão contrária – digo, tentando disfarçar a angústia que sinto com humor.

– O que aconteceu? – pergunta Elspeth, com naturalidade.

– Acabei forçando minha voz e, com isso, desenvolvi lesões em minhas cordas vocais. Tive que fazer uma operação, mas ela não funcionou, deixando bastante tecido cicatricial. Então é isso: minha carreira de cantora acabou.

– Mas suas cordas vocais vão se recuperar com o tempo?

Balanço minha cabeça em silêncio, incapaz de responder em palavras.

– Mas que pena – diz Elspeth, com seu tom agora abrandando ligeiramente. – Uma interrupção difícil.

Viro-me na direção de Bridie, que está com o bule nas mãos, e sinto-me grata pela distração, pois isso me dá tempo para piscar, tentando afastar as lágrimas.

– Apenas leite. Obrigada, Bridie – agradeço e, voltando-me para limpar o queixo de Daisy com um lenço de papel, continuo: – De qualquer maneira, tudo teria mudado com esta pequena aqui a caminho. Há tantas cantoras na fila para se apresentar nos palcos da West End que não estão nem grávidas nem presas a um bebê.

Bridie agora se acomoda no sofá, e tenho a impressão de que ela está prestes a me fuzilar com tantas perguntas que fariam a Inquisição Espanhola parecer uma agradável conversa ao redor da lareira. Inesperadamente, porém, Elspeth vem ao meu socorro, mudando de assunto com muito tato.

– Então, Lexie, temos um grupo de atividades para as crianças. Você poderia levar a Daisy, se quiser. Somente eu e mais umas duas mães da nossa idade. Nós nos reunimos nas casas umas das outras nas sextas pela manhã. Amanhã é o meu dia, e você será bem-vinda lá em casa.

Lanço um olhar de agradecimento para ela.

– Eu adoraria. E sei que Daisy também.

Jack está ocupado colocando peças nos devidos buracos de uma bola de plástico, confiante pela familiaridade com a brincadeira, enquanto Daisy, solícita, oferece a ele as peças de Lego. Jack a ignora a princípio, concentrado em sua tarefa, mas então dá um sorriso tímido e pega o bloco oferecido a ele, jogando-o por um dos orifícios. Daisy imediatamente lhe oferece outro e sorri, dando-se conta de que está aí uma brincadeira nova e legal.

– Eles estão se dando bem – comenta Elspeth com um sorriso, e sinto o gelo entre nós derretendo um pouco mais. A vida pode ter nos levado a direções diferentes por um tempo, mas quem sabe nossos bebês possam nos unir de novo, reacendendo o calor da nossa própria infância compartilhada?

Mais tarde, depois de o suco de laranja ter acabado e as duas crianças terem alegremente se babujado com biscoitos Playbox cobertos por açúcar, juntamos brinquedos, copos e livros e nos preparamos para ir embora.

– Muito obrigada pelo adorável chá, Bridie – digo, abraçando-a, e realmente com uma vontade genuína de fazê-lo. Surpreendentemente, no fim das contas, essa foi uma tarde agradável, apesar de eu não ter avançado em nada na minha missão de saber mais sobre a história da minha família.

Elspeth e eu colocamos nossos filhos em seus carrinhos e caminhamos juntas um pouco pela rua antes de seguirmos para nossas casas. As crianças estão quietas, esgotadas com toda a socialização de mais cedo. Já nós duas andamos em silêncio por alguns minutos, cada uma perdida em seus pensamentos. Quando nos aproximamos do portão de Elspeth, parando para olhar o céu enquanto o sol poente começa a banhar as nuvens com seus tons vermelhos e dourados, viro-me, olhando nos olhos dela:

– Sinto muito pela forma como perdemos contato, Elspeth. Quando nos vimos na mercearia no dia em que cheguei, fiquei me perguntando depois se você ficou com raiva por eu ter ido embora.

Elspeth observa as águas escuras do lago por um momento, pensativa, e então responde.

– Não, Lexie, não fiquei com raiva por você ter ido embora. Fiquei com raiva por você ter voltado – responde ela, olhando-me diretamente nos olhos. – Você era minha esperança, sabe? A prova de que havia um mundo lá fora, e, ainda que não fosse um mundo do qual eu pudesse ter

feito parte, você me ligava a ele, mesmo depois de termos perdido contato. Guardei todas as suas cartas e os seus cartões. Ainda tenho até hoje alguns dos programas das suas peças e aquele canhoto do ingresso autografado que você me mandou depois de subir no palco na apresentação de *Godspell* e ter conhecido o David Essex – confessa Elspeth, com um sorriso triste. – Então, quando vi você na mercearia aquele dia, foi como se eu tivesse perdido a ligação que tinha àquele outro mundo. Como uma porta que se fechou para sempre. Desculpe-me por não ter sido exatamente receptiva. Sei como deve ter sido difícil para você voltar para cá – Elspeth me diz, vindo me dar um breve abraço. Depois de virar o carrinho de Jack, ela entra no quintal da casa de porta amarela.
– Elspeth?
Ela olha por cima do ombro.
– Obrigada.
Elspeth assente, remexendo em seu bolso em busca de suas chaves.
– Nos vemos amanhã.
No caminho de volta para casa, pego-me cantarolando baixinho. E, depois de Daisy estar alimentada e de banho tomado, coloco-a em meus braços e canto uma canção de ninar, acompanhando o murmúrio das ondas.

"Descanse, minha criança"

Mesmo com as notas saindo desafinadas em alguns momentos, ainda assim é boa a sensação de usar minha voz mais uma vez, assistindo aos cílios loiros de minha filha vibrarem enquanto canto para ela dormir.

Flora, 1940

Foi apenas em março que, finalmente, houve um dia em que tanto Flora quanto Alec tiveram tempo livre para montar uma cesta de piquenique e explorar alguns dos lugares favoritos de suas infâncias. Flora estava enrolando alguns sanduíches de carne no papel quando o carro de Alec estacionou em frente ao portão de sua casa. Ela o observou atravessar o caminho em três passadas galopantes, quando a avistou pela janela da cozinha. O rosto dele se iluminou, e ele a saudou com animação quando Flora abriu a porta. Na ponta dos pés, Flora encontrou os lábios dele enquanto Alec se abaixava para beijá-la.

– Só vou calçar meus sapatos. Fiz alguns sanduíches e separei uma garrafa de água. Está tudo na mesa.

– Consegui pegar um barco emprestado por algumas horas para que a gente possa passear no lago. Pensei em passarmos em Firemore Bay, se você quiser. Há um posto de controle na estrada, mas podemos chegar à praia pela água, desde que não achem que somos inimigos invasores e atirem em nós.

Percebendo o semblante temeroso de Flora, Alec a abraçou.

– Estou só brincando, não se preocupe. Combinei com o oficial responsável e consegui permissão para pegar o barco.

Já no cais, enquanto tiravam as coisas do carro, Moira Carmichael saiu de sua casa.

– Bom dia, Alec. Flora. Não está um dia lindo? Onde vocês estão indo?

– Vamos só dar uma volta pela ilha. E a senhora?

Ela levantou sua bolsa – da qual um par de agulhas de tricô apontava – com um floreio.

– Tenho novas recrutas de Poolewe para o Instituto Rural que precisam de instruções – respondeu, agitando os cílios, surpreendentemente flertando com Alec. – O trabalho nunca tem fim, como dizem!

Esticando o pescoço para olhar na direção do cais, ela gritou, agora com mais de sua habitual rigidez.

– Stuart! David! Estou de saída. Tem pão com banha para o almoço. Voltarei por volta das três. Lembrem-se de cavar o canteiro da horta como eu pedi até eu voltar, entendido?

As duas pequenas figuras, sentadas lado a lado na parte mais alta da rampa, onde penduravam linhas de pesca na água, viraram-se e levantaram seus dedões em sinal de positivo.

– Olha, aqueles dois ali vão me matar a qualquer hora – resmungou a senhora Carmichael. – Archie e eu temos dificuldade em ensinar a eles os modos mais básicos.

– Tem notícias de Johnny, Matthew e Jamie? – perguntou Alec.

Ela sorriu.

– Recebi cartas do Johnny e também do Jamie semana passada. Nada do Matthew. Ele está sabe-se lá onde treinando com o segundo batalhão, foi o que o irmão dele me disse. Mas estão com boa saúde e bem, obrigada por perguntar, Alec. Mande meus cumprimentos para sua mãe, sim? E, por favor, agradeça a ela pela generosa doação para o fundo da cantina.

Isso faz tanta diferença, poder fornecer um pouco de comida caseira para quem está tão longe de casa.

– Sei o quanto os rapazes apreciam isso – concordou Alec. – Mamãe ficou muito feliz por poder oferecer um pouco de apoio.

– Bom, não posso me demorar. Há meias para tricotar.

Guardando a bolsa com seus artigos de tricô na cesta de uma bicicleta encostada na cerca e ajeitando o chapéu firmemente sobre seus cachos grisalhos, Moira a montou com um pouco de instabilidade e saiu cambaleante estrada afora.

Alec levou então a cesta de vime para o cais e a colocou ao lado de Stuart e Davy para pegar o barco.

– Olá, meninos – Flora os cumprimentou. – Conseguiram pegar alguma coisa?

Stuart balançou a cabeça:

– Nadica de nada.

Davy entrou na conversa:

– A gente queria pegar um peixe para a senhora C para ela não ficar tão brava. Não é fácil ter duas bocas para dar comida.

– Shhh, Davy – seu irmão o repreendeu. – Ela vai ficar com ainda mais raiva se pegar você falando isso.

– Mas é isso o que ela fala o tempo todo – protestou Davy, contorcendo-se para se livrar do irmão, que tentava dar-lhe um tapa na orelha.

– A senhora Carmichael na verdade não está brava com vocês, viu? Ela só está ansiosa porque os filhos dela estão lutando na guerra – disse Flora, com um sorriso tranquilizador. – Ela cuida bem de vocês, não cuida?

– Sim, acho que sim – disse Stuart, puxando sua linha para retirar um emaranhado de algas de seu anzol.

– Ela faz um picadinho com purê bem gostoso. E, quando tem tempo, às vezes faz scones também.

Flora abriu a cesta, tirando de lá uma garrafa de refrigerante de gengibre.

– Tomem. Por que não dividem enquanto pescam? Ou então podem guardar para comer com seu pão mais tarde, se preferirem.

– Vocês vão fazer um piquenique? – perguntou Davy. – A gente pode ir também?

Levando o barco para o lado deles, Alec sorriu.

– Desculpe, garotos, prefiro não ter competição extra hoje. Este passeio é só para mim e para a senhorita Gordon.

– Ele é o seu amor, então? – Davy perguntou para Flora, parecendo um pouco frustrado.

– É um grande amigo meu – respondeu ela com um sorriso.

– Mas, sim, espero que eu seja o amor dela também, porque ela certamente é o meu – sorriu Alec. – De todo modo, eu não gostaria de ter que dar satisfação à senhora Carmichael se aquele canteiro não tiver sido cavado até a hora em que ela chegar.

Flora passou o cesto para Alec, que o guardou e depois a ajudou a entrar no barco. Ao saírem do cais, os dois acenaram para os meninos, e Alec seguiu em direção ao extremo norte da ilha. No caminho, passaram pelos navios de guerra ancorados na baía. Um navio-tanque agitava a superfície oleosa da água, com sua fumaça arranhando a garganta de Flora. Assim que chegaram à ponta da ilha, porém, o vento voltou a soprar um pouco mais forte, e o ar, a ter seu frescor habitual, com os aromas de sal e algas marinhas. Flora tirou a touca de lã que usava e deixou a brisa passar por sua cabeça, libertando os cachos de sua trança.

– Como é bom estar aqui de novo. Se não olharmos na direção de Aultbea, quase podemos imaginar que não há guerra nenhuma, com o lago e as montanhas tão selvagens e desérticos como sempre foram.

Silenciosamente, Alec apontou para o céu quando uma águia se lançou de um pequeno grupo de árvores na ilha e sobrevoou as ondas dançantes, rumo a oeste. Os dois a observaram até ela ser engolida pelas colinas na direção de Melvaig.

– Pelo menos, algumas coisas continuam como antes. Mas a guerra está se aproximando. Você ouviu sobre o ataque em Scapa Flow dois dias atrás? A Força Aérea Alemã conseguiu afundar o *Norfolk*. A Frota Doméstica está saindo de lá agora, então imagino que Loch Ewe está prestes a ficar ainda mais lotada.

Flora assentiu, pegando a mão de Alec.

— Não vamos falar sobre a guerra hoje, Alec, por favor. Só por uma hora ou duas, vamos fingir que somos livres como o vento e o oceano.

Alec sorriu, entrelaçando os dedos de Flora nos dele antes de levá-los aos lábios e beijá-los.

— Você tem razão. Hoje é um dia de liberdade. E a primavera está a caminho. Olha ali, as novas agulhas dos abetos estão crescendo. Acho incrível como eles se destacam entre a escuridão dos pinheiros.

Como o ombro da ilha escondia de suas vistas os navios ancorados no Porto de Aultbea, era realmente possível imaginar que o barco em que estavam era o único nas águas e esquecer, ao menos por um momento, todas as transformações ocorridas em sua pequena comunidade à beira do lago. A cada vez que a proa do barco encontrava uma onda, finos borrifos de mar voavam sobre a amurada, fazendo Flora sentir como se planasse junto aos pássaros.

Alec levou o barco na direção das areias brancas da praia de Firemore e atracou ao lado das rochas. No abrigo proporcionado pelo promontório, a água era calma como a de uma lagoa na encosta de uma colina, tornando mais fácil para Flora chegar até a praia. Equilibrando-se nas pedras, ela esticou a mão para trás para que Alec lhe entregasse a cesta e, enquanto ele amarrava o barco, Flora estendeu uma toalha xadrez na areia seca. Levantando uma das mãos para proteger os olhos da luminosidade dos raios de sol primaveris que incidiam na água, Flora sorriu ao ver Alec se aproximando, suas botas esmagando os emaranhados de favas-do-mar que enfeitavam a baía. Ele se jogou ao lado dela e olhou para o céu, que tinha a mesma cor das delicadas campânulas que cresciam às margens da estrada no verão.

— Estamos sendo vigiados — disse Alec, apontando para o alto, e Flora se virou para seguir os lentos círculos que a águia desenhava enquanto espiralava cada vez mais alto, alcançando uma corrente de ar quente acima das colinas. Alec pegou um binóculo que havia colocado na cesta, ao lado do refrigerante e dos sanduíches, e o entregou a Flora. Ela viu as graciosas penas parecidas com dedos na extremidade de cada asa e depois devolveu o binóculo a ele, que também se pôs a contemplar a ave. Após alguns minutos, Alec se sentou para observar as colinas do outro lado do lago.

– Aquela águia ali não é a única nos vigiando – disse, com um sorriso, apontando para a extensão de terra acima da Costa Leste, de onde mal se conseguia ver as paredes cinzentas de uma casamata de concreto, uma das muitas que surgiram ao redor do lago nos últimos meses. – Ali fica a estação de sinalização. É melhor eu me comportar, pois seu irmão está de olho em mim – comentou, entregando o binóculo de volta para Flora.

– Como você sabe que Ruaridh está de serviço hoje? – perguntou Flora, apertando os olhos para tentar ver melhor.

– Olhe para a esquerda, bem ao lado da casamata. O que você vê?

– Parece ter uma bandeira sinalizadora presa a um mastro. Uma cruz azul em um fundo branco. O que significa?

Alec sorriu.

– Significa a letra X. Também usada para enviar a seguinte mensagem: "Pare o que está fazendo e fique atento aos meus sinais". É o seu irmão, com certeza. Veja, ele não subiu a bandeira no mastro de sinalização oficial. Foi apenas para nós mesmo. Ou, mais provavelmente, para mim!

– Mas que atrevido! Tenho certeza de que suas intenções não são nada além de honrosas.

Alec apoiou-se em um dos cotovelos, observando o perfil de Flora enquanto ela examinava a paisagem com o binóculo.

– São certamente honrosas. Mas tenho, sim, intenções com relação a você.

Flora colocou o binóculo de lado, sorrindo.

– E posso saber que intenções são essas, Alec Mackenzie-Grant?

A expressão dele subitamente se tornou séria.

— Minha intenção é passar o resto da minha vida com você, Flora Gordon. E, se você quiser o mesmo, então é isso que acontecerá. Ainda não posso fazer um pedido formal, pois tenho alguns obstáculos a cruzar antes. Mas quando tanto sua família quanto a minha tiverem conhecimento de quão sérias são minhas intenções, quando eu tiver a chance de acertar as coisas com o seu pai e o meu, farei o pedido. Estou lhe dizendo isso agora apenas para o caso de você ter qualquer dúvida com relação a isso.

Flora se virou para ele, encarando-o e assistindo aos raios de sol brincarem em seu rosto:

— Não tenho dúvidas sobre o que quer que seja, Alec. Mas você estava noivo de outra mulher há apenas alguns meses. Não estou certa se isso é muito apropriado.

Pegando um punhado de areia, Alec o deixou escorrer por entre os dedos, e então abriu a palma da mão para permitir ao vento espalhar os últimos grãos pela praia.

— Sinto vergonha em dizer que me deixei ser levado pela ideia do meu pai de eu me casar com Diana. Uma união bastante apropriada, ele dizia. Mas meu coração nunca esteve inteiramente naquele relacionamento. E nem no dela, dada a velocidade com que ela me substituiu assim que chegou a Londres. Não cometerei um erro como aquele de novo, Flora.

— Sim, mas você não pensa que seu pai me achará um tanto menos apropriada? A filha do guardião da fazenda? Para o filho do senhor de terras? Somos de dois mundos diferentes, você e eu.

Alec balançou a cabeça, e seus olhos escuros brilharam com a força de seus sentimentos.

— Esta guerra mudou tudo. Há apenas um mundo agora, um mundo unido nesta luta. Você não vê, Flora, como essas barreiras caíram? E isso me fez perceber o que realmente quero para minha vida – ele hesitou, e então a pegou pela mão, seus dedos se entrelaçando. – *Quem* eu realmente quero. E é você, Flora. Sempre foi apenas você.

Ele a trouxe para perto, e Flora pressionou as mãos contra o peito dele, sentindo o calor da pele e a batida do coração através da lã áspera da camisa. E então levou os lábios na direção dos dele, selando com um beijo a promessa de um futuro juntos.

* * *

Após o almoço, os dois voltaram ao barco, e Alec tomou um curso que circundava o lado oeste do lago, abaixo das cabanas brancas de Cove, onde a estrada se tornava uma trilha acidentada. Os dois acenaram para a senhora Kennedy, que pendurava roupas no varal na frente de sua casa, os lençóis brancos ondulando como velas na brisa forte. Seguindo em frente, Alec levou o barco para perto do arco de pedra para que pudessem ver as gaivotas que se aninhavam ali, cujos grasnados enchiam o ar e excrementos branqueavam as rochas escarpadas como respingos de tinta.

Por fim, quando o sol escorregou para trás das colinas de Gairloch e as águas de Loch Ewe começaram a escurecer, Alec virou o barco na direção de casa.

O cais estava vazio quando chegaram e começaram a descarregar suas coisas. Alec amarrou o barco, e os dois então foram para o carro. Enquanto ele as guardava no porta-malas, Flora olhou para o alto, sua atenção capturada por batidas em uma das janelas do andar de cima da casa dos Carmichaels. Acompanhando o olhar dela, Alec sorriu e acenou ao avistar Stuart e Davy, que estavam com seus narizes pregados contra o vidro. Com esforço, Stuart conseguiu destrancar a janela e abri-la.

– Tenham cuidado – gritou Flora. – Não se inclinem assim, vocês podem cair.

– O que os dois danadinhos estão aprontando? – perguntou Alec.

– Nada – respondeu Stuart, dando de ombros. – A gente acabou esquecendo do tempo enquanto pescava e não fez o canteiro. Então a senhora C trancou a gente aqui no nosso quarto sem lanche. Estamos morrendo de fome, porque não almoçamos direito também. A senhora C saiu de novo, foi em uma reunião na igreja. O Davy está aqui chorando.

– Você estaria também se sua barriga tivesse doendo tanto quanto a minha – respondeu o irmão mais novo. Davy se inclinou na janela outra vez, esticando o pescoço para ver melhor o casal.

– Aquele refrigerante estava tão bom – disse ele, saudosista. – Será que sobrou um pouquinho?

– Sinto muito, Davy, não sobrou. Tomamos a outra garrafa. Mas vamos fazer o seguinte – respondeu Alec, procurando na cesta. – Tem um sanduíche de carne aqui e um ovo cozido. Só precisamos achar um jeito de entregar para vocês.

– Espera aí – gritou Stuart, agora animado. – Tenho minha linha de pesca aqui.

Um minuto depois, a linha desceu, e Alec conseguiu pegar a ponta sem se enroscar nela. Enrolando a linha na parte de cima de um saco de papel contendo o que sobrou do piquenique, Alec o prendeu com o anzol.

– Moleza! Agora é só enrolar a linha devagar.

Triunfantemente, os garotos içaram sua pesca com alegria.

– Mas não vão contar isso para a senhora Carmichael – sorriu Alec. – Não quero saber de ela atrás de mim.

– E se lembrem de fazer o que ela pede da próxima vez, meninos – Flora os alertou.

– Vamos, sim, eu prometo. E não vamos abrir o bico. Obrigado, senhorita Flora, e amor da senhorita Flora. Vocês salvaram a gente de morrer de fome. – Stuart gritou de volta.

– O nome dele é Alec – disse Flora, sorrindo.

Quando estavam de saída, Alec observou:

– Então quer dizer que sou oficialmente o amor da senhorita Flora agora, não sou? Olha, esse foi, sem dúvida, um dia para se comemorar, apesar de todos os esforços do Sinaleiro Gordon.

Como resposta, Flora encostou sua cabeça no ombro dele, e Alec dirigiu de volta à Cabana do Guardião em um silêncio repleto de satisfação.

Lexie, 1978

Daisy se diverte tanto quando vamos à casa de Elspeth! E, para minha surpresa, eu também. Senti-me um pouco constrangida a princípio quando Elspeth me apresentou às outras mães, meus anos longe daqui fazendo de mim uma estranha na minha própria terra. Mas crianças são excelentes quebradoras de gelo, e, quando Elspeth nos traz xícaras de café em uma bandeja, já estamos todos interagindo, compartilhando brinquedos e um pacote de biscoitos champanhe. Daisy senta-se majestosamente no centro de um tapete xadrez, chupando o açúcar de seu biscoito, enquanto Jack a entrega vários animaizinhos de madeira de sua Arca de Noé. Daisy os coloca cuidadosamente em seu colo, incerta do que fazer com eles, mas feliz por tê-los recebido.

As outras crianças são um pouco maiores, três bebês confiantes que empurram carrinhos para cima e para baixo na rampa da garagem e constroem torres de blocos de plástico que são derrubadas com gritos de alegria.

– Típicos garotos – sorri Elspeth. – É bom ter Daisy aqui para equilibrar um pouco as coisas.

Uma das outras mães passa a mão em sua barriga arredondada.

– Quem sabe desta vez seja uma mocinha também? – comenta, virando-se para mim com um sorriso. – Está na hora. Já tenho três meninos.

Ajoelho-me no tapete para tirar um pedaço de biscoito babado dos cachinhos de Daisy, e Jack – um perfeito anfitrião – me traz um xilofone colorido. Pego as baquetas que ele oferece, tento tocar as notas de abertura de *A Cocarda Branca*. Jack parece surpreso no início, mas depois sorri quando cantarolo baixinho para ele, e Daisy marca o tempo com os restos pegajosos de seu biscoito champanhe.

Quando paro, entregando as baquetas para que ele possa tocar, Jack as devolve para mim.

– Mais – diz ele com firmeza.

– Está bem – respondo, e começo a cantar os primeiros versos de *The Skye Boat Song*. Jack e Daisy não parecem se importar com a aspereza de minha voz em certos momentos. Uma por uma, as mães se juntam no verso "Acelere, formoso barco, como o planar de um pássaro" e seus meninos deixam seus carrinhos de lado e se aproximam para ouvir.

– Olhem só para isso! – exclama Elspeth, quando terminamos a repetição do último refrão. – Dizem que o canto encanta as focas do lago, mas nunca achei que fosse afastar os meninos de seus brinquedos. Eles amaram.

– Ah, todas as crianças amam música – digo, passando o xilofone para um dos meninos, que demonstra especial interesse no som do instrumento.

– Me lembra de como costumávamos ouvir aquelas cantigas quando éramos meninas. A geração dos nossos pais foi criada com essas mesmas músicas, tocando-as, também. Meu pai aprendeu a tocar violino quando era pequeno ainda, mas nunca teve tempo de me ensinar. Ou, se teve, eu nunca tive inclinação para aprender – comenta Elspeth, remexendo na caixa de brinquedos e pegando um pandeiro, que entrega a Jack.

– Também não se ensina mais música nas escolas atualmente. Não há muito tempo disponível para ela no currículo escolar – uma das mães comenta.

– O que é uma pena, olha só como eles se divertem – diz outra, balançando a cabeça na direção dos garotinhos maiores, que agora batem em qualquer coisa em que podem colocar suas mãos, na tentativa de continuar a cantoria.

– O que acham de incluirmos algumas músicas sempre que nos encontrarmos? Nós mesmas ensinarmos a eles?

– Excelente ideia. Lexie pode nos ajudar – sugere Elspeth, dando um tapinha em minha mão. – Afinal de contas, você conhece as melodias e se lembra mais das letras do que eu. Esqueci metade delas.

– Preciso treinar um pouco, mas tenho certeza de que há um livro antigo de cantigas da mamãe na cabana. Vou procurar por ele.

Elspeth assente.

– Sua mãe era quem *realmente* conhecia todas as músicas. Lembro de como ela cantava enquanto preparava o chá nos dias em que eu ia na casa de vocês para fazer nossas tarefas da escola.

Logo depois dessa nossa conversa, a brincadeira rapidamente vai ladeira abaixo, com as crianças ficando com fome e cansadas. Pego minha filha desgrenhada, que agora tenta mastigar a cabeça de uma girafa de madeira, e limpo os restos de biscoito de seus dedos.

– Hora de ir para casa, Daisy-Mae.

Já na porta, agradeço Elspeth por aquela manhã. Ela me dá um abraço, eliminando os últimos centímetros de distância entre nós.

– Até a próxima. Bom ter você por aqui, Lexie.

E essas palavras fazem meu coração se sentir como um balão na ponta de um cordão, aliviando meus passos enquanto viro o carrinho de Daisy em direção à Cabana do Guardião com um aceno final para os que ficam.

Quando passamos pelo cais, outra figura nos cumprimenta ao lado de uma pilha de cestos de pesca. Levanto minha mão.

– *Baco* – comenta Daisy com aprovação.

– Olá, Davy.

Suas longas pernas, vestidas com uma jardineira impermeável, nos alcançam em apenas alguns passos. Noto que a Land Rover de Davy está estacionado do lado de fora da casa ao nosso lado. É uma das maiores da aldeia, com janelas em lucarna sob o telhado de ardósia e um jardim bem cuidado atrás de um portão de madeira.

– Ei, Lexie. E olá para você também, senhorita Daisy. Socializando nos Elspeths, não é?

Confirmo com a cabeça. E percebo que não me importo de Davy saber onde passei minha manhã. Pelo contrário. Parece reconfortante em vez de claustrofóbico o jeito como esta pequena comunidade se preocupa com minha filha.

– Aliás, ótimo ver vocês por aqui. O tempo vai ficar bom por alguns dias. Caso estejam livres amanhã, será uma boa oportunidade para fazermos nosso passeio de barco. Isso se ainda quiserem, claro.

– *Baco* – diz Daisy mais uma vez, sorrindo para ele e chutando no ar. Nós dois rimos.

– Vou entender como um "sim", então.

– Combinado. O que devo trazer?

– Só garanta que vocês duas estejam bem agasalhadas. Sempre fica um pouco mais frio quando estamos na água. Traga alguns casacos extras também. Um pouco de suco para Daisy, talvez? Tenho coletes salva-vidas e tudo o mais que precisaremos. Podemos sair no meio da manhã e almoçar no barco caso você queira passear por um pouco mais de tempo com a pequena. Mas também podemos ver isso na hora mesmo, dependendo do quanto gostarem do passeio.

– Obrigada, Davy, parece ótimo. Temos um encontro marcado, então – respondo sem pensar. Só então percebo o que disse e enrubesço. – Não um *encontro-encontro*, claro. É só que amaríamos... digo, gostaríamos muito – e então me corto, confusa.

Davy gentilmente finge não ter percebido minha tolice.

– Pego vocês na cabana, então, combinado? Por volta das dez?

Sorrio e aceno mais uma vez, agradecida pela brisa do lago que refresca minha face em chamas. Enquanto empurro Daisy de volta para casa, sinto aquela sensação *balão-na-ponta-do-cordão* ainda comigo e me dou conta de que comecei a cantarolar baixinho.

* * *

Um homem de palavra, Davy estaciona em frente à cabana às dez em ponto. Ele vem pela trilha, assobiando, e me apresso para abrir a porta. Coloco minhas galochas e minha jaqueta, e depois pego Daisy, que já está enrolada em tantas camadas de roupa que se parece com um ursinho de pelúcia rechonchudo, os braços quase em ângulos retos ao lado de seu corpinho bem acolchoado. Davy coloca as bolsas contendo roupas extras, chapéus e luvas, fraldas, um trocador, um copo de duas alças com bico, duas garrafas de leite, uma caixa de suco de maçã, bananas e um pacote de biscoitos na traseira da Land Rover.

– A minha ideia era ir apenas até Firemore Bay – diz Davy, animado. – Mas, pelo visto, vocês estão prontas para atravessar o Atlântico!

Sob a amplitude do céu azul, o lago está calmo, com suas águas criando faixas de luz e sombra em sua superfície. Ao longo da costa, pássaros ostraceiros caminham decididos pelas areias, em busca de berbigões ou mexilhões entre as rochas para alimentar seus filhotes. Davy aponta para um par de mobelhas-pequenas, que erguem seus longos bicos para o céu quando passamos, exibindo em seus pescoços serpentiformes manchas prateadas que se transformarão em chamas escarlates no verão.

O *Bonnie Stuart* já está ancorado, e Davy é quem entra a bordo primeiro, estendendo os braços para pegar Daisy de mim e, em seguida, oferecendo-me uma mão firme enquanto pulo para o convés.

– Aqui – diz ele, entregando-me um par de coletes salva-vidas, um pequeno e um grande. – Vocês podem se sentar ali, se quiserem, que vou sair com o barco.

Sento-me então no banco de madeira que se estende por um dos lados do barco e coloco o colete em Daisy. Ela balança alegremente as mãos, como pequenas estrelas-do-mar, para as gaivotas que planam na expectativa por uma oportunidade de se alimentar, quando Davy liga o motor.

– Tenho alguns cestos para verificar, e aí depois seguimos para a Costa Oeste – Davy fala por cima do ombro, segurando o leme. Aceno e dou um joinha para ele, ajeitando Daisy em meu colo e protegendo-a entre meus braços enquanto nos afastamos do cais. Os olhos dela se arregalam quando ela percebe a distância entre nós e a terra firme aumentar. Dou-lhe um beijo na testa, e ela me retribui com o maior sorriso, feliz por explorar este novo elemento da natureza. O *Bonnie Stuart* abre caminho facilmente através das águas, deixando um tapete de espuma em nosso rastro.

Primeiro, vamos para o extremo sul do lago, onde um píer alto se projeta da costa abaixo das colinas repletas de pinheiros. É uma das poucas instalações militares dos tempos de guerra ainda em atividade, Davy me explica, servindo como um ponto de reabastecimento para embarcações navais. Ele também me mostra alguns dos outros vestígios da guerra: os tocos de concreto que sobraram dos postos de vigilância, uma estação de sinalização e os pontos de defesa antiaérea que antes cercavam Loch Ewe, protegendo os navios que aqui se reuniam aqui para os comboios. E ele me mostra a linha negra que circunda as rochas próximas à costa do lago, onde manchas de óleo que flutuavam na superfície, espalhadas por todos aqueles navios, pintaram ali uma linha indelével. Chega a ser difícil imaginar como deve ter sido naqueles tempos, com o lago repleto de navios. A água voltou a ficar cristalina, e, hoje, sua superfície espelhada reflete as colinas ao nosso redor.

– O clima está bom e calmo, mas é melhor continuarmos aqui na segurança do lago. Até em um dia como este, a água estará mais agitada lá fora. Os Homens Azuis de Minch nunca descansam por muito tempo.

Davy percebe meu olhar confuso.

– Ah, minha nossa, e você se diz uma local? Por um acaso já ouviu alguma coisa do nosso folclore, Lexie Gordon? Os Homens Azuis são espíritos das águas que habitam a parte que nos separa das outras ilhas. As intenções deles nunca são boas, sempre à procura de marinheiros e navios para afundar. Dizem até que têm poderes para invocar tempestades. As águas do Minch são algumas das mais traiçoeiras do mundo inteiro. Dizem também que os Homens Azuis moram em cavernas nos penhascos das ilhas. Com certeza, não é um bom lugar para tentar atracar um barco.

Esses espíritos parecem muito distantes hoje, no entanto. A água abaixo de nós flui tão suavemente quanto um rolo de seda que se desdobra conforme deslizamos por ela, observados por uma garça.

Colocando o motor em ponto morto, Davy deixa que o embalo do barco nos leve para o lado de uma boia laranja que balança na superfície da água, próxima à entrada de uma pequena enseada rochosa. Com um gancho, ele pega a corda presa sob a boia e a passa por uma polia. Davy a puxa, fazendo emergir um cesto das profundezas. Inclinando-se para o lado e puxando-o para o convés, ele nos exibe sua captura. Há meia dúzia de *squatties*, um enorme caranguejo e uma pequena lagosta. Davy mantém o caranguejo e os *squatties*, colocando-os em baldes separados com água do mar, mas devolve a lagosta.

– Ainda está jovem, então vamos deixá-la crescer.

Minha filha está fascinada, e tenho que segurar a mão dela quando ela tenta dar um cutucão exploratório no caranguejo.

– Oops! Cuidado, essas garras podem beliscar – explico.

Davy puxa o resto da linha e declara aquela uma pesca satisfatória. Há duas lagostas de bom tamanho e uma porção considerável de *squatties* para adicionar aos baldes. Em seguida, ele volta a colocar cabeças de cavala como isca nos cestos e começa a navegar lentamente com o barco para que a linha se desenrole. Cada cesto cai na água com um respingo que faz Daisy rir e bater palmas. Quando partimos, apenas a boia laranja permanece balançando na superfície, sinalizando o local.

Continuamos, seguindo a costa na direção oeste conforme alcançamos o promontório de Inverewe. As exóticas árvores plantadas nos jardins da propriedade, aptas a florescer neste local com o ar ameno trazido pela corrente do Golfo, contrastam com as plantações de pinheiros negros da Comissão Florestal e as colinas nuas que circundam o restante do lago. Rododendros imponentes pintam o promontório rochoso com manchas de um tom carmim profundo e de brilho escarlate.

— Costumavam armazenar munição nesta enseada — comenta Davy, apontando para uma área isolada, quase escondida por uma linha de rochas. — Mas hoje em dia são outros habitantes que se escondem aqui. — Ele desliga o barco, e o silêncio repentino é quebrado apenas pelo sussurro do vento nas árvores e o espreitar de um bando de borrelhos na costa.

Davy começa a cantarolar. Daisy olha para cima, assustada a princípio, mas, depois de encontrar meu olhar tranquilizador, balança os bracinhos ao ritmo da música. Davy gesticula para que eu me junte aos dois, e eu canto, mantendo minha voz baixa para não desafinar.

> *Heel ya ho, deixem-no ir, rapazes*
> *Para onde o vento vai*
> *Navegando para casa*
> *Rumo a Mingulay*

E então paro, deslumbrada, quando três cabeças redondas aparecem na superfície da água. Davy gesticula para que eu continue cantando e as focas se aproximem. Ele aponta para um lugar nas minhas costas e me viro, vendo mais dois pares de olhos nos observando. Levanto Daisy para que ela também possa vê-los, e seus olhos se arregalam quase tanto quanto os deles.

— Olha só, trouxemos as focas até nós cantando!

Ela aponta um dedo para os animais.

— *Ocas*?

— Isso, focas.

Uma delas mergulha, suas costas esguias se arredondando enquanto desaparece embaixo do barco, emergindo do outro lado alguns segundos depois. As outras assistem, com suas cabeças balançando na água como boias negras.

Davy sorri e liga o barco. Enquanto nos afastamos lentamente, elas nos observam de sua enseada secreta e, então, uma a uma, desaparecem sob as águas.

Na extremidade da ilha, Davy puxa outras duas linhas com cestos de pesca. Há mais uma lagosta de bom tamanho – além de outra cuja parte inferior está coberta de ovas, então Davy cuidadosamente a coloca de volta para que ela possa ter seus bebês, ajudando, assim, a manter os estoques reabastecidos –, e mais dois caranguejos marrons, bem como mais *squatties* e um cação de feição zangada que Davy volta para o mar.

– Hoje a pesca foi bastante boa – declara ele, que olha para seu relógio. – Como vocês duas estão? Gostariam de ficar um pouco mais ou preferem voltar para casa?

– Gostaríamos de continuar – digo com um sorriso. Os raios de sol refletem na água, ofuscando nossos olhos e elevando nossos ânimos, e nem eu nem Daisy estamos querendo voltar para terra firme ainda. Com um aceno, Davy vira o *Bonnie Stuart* para o norte, e seguimos as colinas ocidentais até uma extensão de areia branca que transforma as águas em um azul-turquesa digno de um pôster de viagem.

Ele reduz a velocidade, depois coloca a âncora, e, conforme desenrola a corda, nós três derivamos suavemente em direção à praia, até ser possível ver as conchas de vieira através das águas cristalinas.

– Hora de comer – Davy declara, pegando uma cesta de vime debaixo do banco. De lá, tira alguns sanduíches embrulhados em papel-manteiga. – Como eu não tinha certeza do que vocês gostavam, fiz alguns de presunto e outros de queijo cremoso, que eu acho que Daisy pode gostar.

O queijo cremoso é aprovado por Daisy, que mastiga os pedaços de sanduíche que coloco na boca dela com gosto. Nós nos sentamos, aquecendo-nos como focas ao sol, comendo e deixando a luz penetrar na pele de nossos rostos. Dou então alguns pedaços de banana e uma mamadeira de leite para Daisy, que, depois disso, aconchega-se em meu braço com um suspiro satisfeito e, sonolenta, observa os padrões que a luz projeta na porta da casa do leme.

Davy monta um pequeno fogão de acampamento e coloca uma chaleira com água para esquentar.

– Que luxo – digo. – Um restaurante muito requintado este aqui.

– Bom saber que está à altura dos finos restaurantes de Londres – diz Davy com um sorriso que faz seus olhos azuis-acinzentados brilharem, e noto como os dentes dele são tão brancos em contraste com sua pele bronzeada. A expressão dele de repente se torna séria. – Você deve sentir falta de tudo, não é? Da vida que tinha lá.

Reflito sobre essas palavras – mais uma afirmação do que um questionamento – enquanto ele coloca saquinhos de chá em canecas e despeja nelas a água da chaleira.

– Na verdade, não – respondo, balançando a cabeça enquanto Davy segura um pote de geleia com leite dentro, e levanta as sobrancelhas interrogativamente. – Só um pouquinho, por favor. Obrigada.

Pego a caneca que ele me entrega e sopro o líquido.

– Quando saí de Londres, achei que fosse sentir uma falta terrível de lá. Aí percebi que não e que voltar para Ardtuath acabou sendo o melhor. Para Daisy e para mim. A única coisa de que realmente sinto falta é cantar. Mas essa habilidade parece pertencer à outra pessoa agora, a pessoa que fui em outra vida.

– Deve ter sido muito difícil, perder a voz assim desse jeito.

Assinto, tomando um gole do meu chá e acomodando Daisy com um pouco mais de conforto quando as pálpebras dela começam a cair.

– Foi, sim. Na época, meu mundo desabou. Era tudo o que eu tinha, acabou se tornando toda a minha identidade. Fui de uma estrela em ascensão a uma zé-ninguém em poucas semanas.

Davy permanece em silêncio durante um tempo, observando uma ave de rapina que voa alto, acima das colinas.

– Você sempre é tão dura assim consigo mesma? – pergunta ele, por fim, em um tom brando para que eu não me sinta ofendida.

– Acho que sim. Mas, veja bem, tenho mesmo que ser. Estraguei tudo.

Davy sorri.

– Aí está você de novo, provando meu ponto. Olha, na minha visão, você até agora foi muito bem. Conquistou coisas que a maioria das pessoas apenas sonha em um dia conseguir, e agora está aqui, criando uma filha, o que parece ser também outra coisa excelente.

Olho para baixo e acaricio a bochecha de Daisy com a ponta do meu dedo, onde o sol e a brisa do mar a deixaram rosada. Ela caiu no sono, ninada por uma barriguinha cheia e o balanço sereno do barco.

Davy me encara, e então pergunta gentilmente:

– O pai de Daisy ainda está em cena?

Balanço a cabeça, incapaz de falar. Quando dei a notícia ao Piers, as palavras dele foram horríveis. Mas seu silêncio e completa rejeição a mim e a Daisy desde aquele dia são ainda piores.

Só que não conto tudo isso a Davy. Apenas encolho os ombros e digo, por fim:

– Não, o pai da Daisy não faz parte das nossas vidas.

O eufemismo do ano.

– Entendi. Bom, quem perde é ele, então – diz Davy, e, pelo olhar que me lança, vejo que ele compreende. Talvez Bridie tenha contado a ele o que mamãe resumiu para ela: que Piers não foi feito para a paternidade.

– Dói quando você canta agora? – ele me pergunta depois de um tempo em silêncio.

– Não. Mas minha voz ficou um pouco mais grave e meu alcance diminuiu. Além de ficar um pouco mais áspera também, às vezes. Certamente, não serve mais para os palcos.

– Mesmo assim, você ainda tem um ótimo timbre. Carrega muito sentimento, sabe? Caso goste de músicas tradicionais, quem sabe não vá em um sábado desses, à noite, lá no bar? Temos uma banda, e qualquer um com alguma habilidade musical é bem-vindo a se juntar a nós.

– O que você toca?

– Guitarra. E bandolim.

Balanço a cabeça.

– Isso seria legal – digo, embora fosse precisar de alguém para cuidar da Daisy. Entro um pouco em pânico só de pensar nisso. Nunca saí sem ela.

Termino meu chá, e Davy estica o braço para pegar a caneca. Ele coloca tudo na cesta e, quando Daisy começa a se mexer, olha para o relógio.

– Acho que está na hora de voltarmos. Vamos andar só um pouquinho mais para você ver o arco de pedra, e aí depois contornamos a ponta norte da ilha e voltamos para Aultbea.

Já de volta ao cais, Davy prende o barco e então me ajuda a sair. Depois me passa Daisy e coloca alguns *squatties* em uma sacola.

– Esses são para o seu jantar. Vou levar vocês em casa, depois volto para arrumar as coisas aqui – ele oferece, carregando minhas várias bolsas até a Land Rover. Sorrio quando vejo que Davy deixou o carro na porta de casa com a chave na ignição.

– O que foi? – pergunta ele, encolhendo os ombros. – Todos fazemos isso aqui. Não estamos em Londres, lembre-se disso.

Seguimos para minha casa, onde descarregamos tudo ao chegar.

– Obrigada pelo dia maravilhoso – digo. – Foi ótimo estar na água.

– Imagina. Fico feliz que tenha gostado.

Ele se vira para ir embora.

– Davy, você gostaria de vir jantar com a gente amanhã à noite? Poderíamos compartilhar estes aqui, o que acha? – pergunto, levantando a sacola.

– Seria excelente. Obrigado, Lexie. Até mais, então.

– Até mais.

E, ao pendurar nossos casacos e chapéus e guardar as luvas que acabamos não usando, começo a cantarolar a música com a qual entretemos as focas mais cedo, enquanto Daisy se ocupa com um copo de suco.

Flora, 1940

O sol demorava a se pôr nos dias de alto verão. Parecia mal mergulhar abaixo do horizonte a oeste, uma hora ou antes da meia-noite, antes de reaparecer a leste na primeira hora do dia. À noite, quando eram dispensados de suas funções, Flora, Alec e Ruaridh pegavam suas varas para pescar trutas e subiam as colinas. Suas capturas forneciam uma adição bem-vinda tanto à mesa rústica de pinho da cozinha da Cabana do Guardião quanto à de mogno polido da sala de jantar da Casa Ardtuath.

Das colinas acima de Aultbea e Mellon Charles, o grupo podia avistar o constante alvoroço em Loch Ewe, onde os navios se moviam pesadamente como um enorme cardume cinza, e as lanchas aceleravam entre eles como os insetos que patinavam sobre a superfície da lagoa em que pescavam. O grupo, no entanto, preferia dar as costas para toda a agitação das manobras navais, contemplando, em vez disso, as águas calmas que se acumulavam nas dobras das colinas, onde ninfeias flutuavam entre os reflexos das nuvens, escondendo as trutas marrons sob as largas almofadas de suas folhas. Os três colocaram suas mochilas ao lado da velha cabana e então se espalharam, cada um encontrando seu local preferido na margem da lagoa para lançar suas varas. Pouco falavam, a não ser por um outro comentário em voz baixa quando um peixe era pego. O canto das cotovias e o grasnar lamentoso dos maçaricos-reais na mata acima deles embalavam os fins de tarde de verão com sua música.

Em uma dessas ocasiões, quando estava prestes a lançar a última isca no canto mais profundo do pequeno lago, local onde os juncos cresciam mais altos, Flora foi surpreendida por Corry, o *spaniel* de *sir* Charles, que veio saltitando sobre o musgo que crescia espessamente nos pequenos montes que cercavam a lagoa.

– Olá, garotão – Flora o cumprimentou, abaixando-se para acariciar suas orelhas sedosas, e Corry se balançou todo com entusiasmo.

– Onde está seu dono?

Logo depois, o senhor das terras apareceu, carregando sua própria vara de pesca.

– Olha só, chegaram antes de mim! Já pegaram todos os bons? – o tom grave da voz de *sir* Charles reverberou no ar, silenciando as cotovias. Ele caminhou até onde Flora estava, sua pesca colocada na margem repleta de musgos. – Nada mal, senhorita Gordon. Vejo que acabou com os garotos, hein?

Duas das três trutas pegas por Flora eram maiores que os únicos peixes que Ruaridh e Alec pegaram cada um.

Ela sorriu, balançando a cabeça.

– Alec levará estes dois grandes para a casa de vocês. Deverão dar um belo jantar para todos.

Sir Charles mal notou o comentário de Flora, virando-se para o filho.

– Junte suas coisas agora e volte para casa. Sua mãe está agitada pois os Urquharts chegam amanhã para passar o fim de semana. Temos um dia de pesca planejado com eles, e depois os Kingsley-Scotts se juntarão a nós no jantar. Leve essas trutas, ela ficará feliz, e veja o que pode fazer para ajudá-la. Sabe como estamos com falta de pessoal esses dias. Embora eu certamente não pretenda deixar nosso nível cair só porque há uma guerra acontecendo.

Com a menção aos Kingsley-Scotts, o corpo de Flora tensionou levemente, e ela lançou um rápido olhar na direção de Alec. Ele não havia mencionado que a família estaria aqui, e Flora se perguntou se Diana por um acaso viria com os pais. Colocando seu peixes no cesto, ela o passou sem olhar nos olhos dele.

– Aqui – disse ele, tentando entregá-la os três menores. – Pegue esses para o jantar de vocês.

– Não – respondeu Flora, recolocando-os, decidida, na cesta. – Parece que precisarão mais deles, já que vão receber tantas visitas.

– Obrigado – sussurrou Alec. – Eu não sabia que ele havia convidado os Kingsley-Scotts – disse, colocando a mão na bochecha de Flora para confortá-la e depois se inclinando para beijá-la.

– Melhor ir andando, Alec – a voz de seu pai reverberou mais uma vez no ar, impaciente. – Aliás, já que você e seus amigos foram tão generosos em fazer meu trabalho por mim hoje, acho que o acompanharei. Nós dois podemos ajudar sua mãe – disse, colocando a vara de pescar sobre o ombro e chamando Corry para perto. – Boa noite, Ruaridh. Flora... – Ele se despediu dos dois irmãos com um breve aceno, quando Flora percebeu o quão frios seus olhos eram, sua jovialidade de outrora evaporada. – Digam ao pai de vocês que gostaria de conversar com ele amanhã sobre os preparativos do fim de semana.

Alec hesitou, relutante em ir embora, mas seu pai o repreendeu.

– Vamos lá, rapaz, não tenho o dia todo.

Sem nada dizer, os irmãos observaram pai e filho descendo a colina. Então juntaram suas coisas, prendendo os ganchos nos cabos de cortiça de suas varas, pegando os casacos que haviam tirado e seguindo mais lentamente os passos de Alec e *sir* Charles.

* * *

Flora lavava a louça do café da manhã quando seu pai voltou da reunião com *sir* Charles. Por fora, sua expressão era calma como sempre, mas

Flora percebeu, pela forma como tirou o chapéu e a arremessou na mesa, como ele estava chateado.

– O dia será cheio com os convidados? – perguntou Flora para o pai, enxugando as mãos no avental. Embora as funções de encarregado não tenham sido oficialmente expandidas para as de instrutor de caça e pesca, Flora sabia que, se tivesse escolha, ele estaria lá em cima nas colinas em vez de sentado à beira do rio ou remando um barco enquanto instruía convidados inaptos a como pescar salmão.

– Sim – o pai de flora resmungou, em tom áspero. – Mas não sou o único. *Sir* Charles pediu que você subisse para ajudar com o jantar esta noite. Ele deseja que *lady* Helen acompanhe o restante do grupo de pescaria e, para isso, quer que você termine a parte da cozinha. Não estou nada feliz com isso, minha filha, essa não é sua função. Mas você sabe como eles estão com falta de pessoal.

Flora assentiu. A empregada doméstica dos Mackenzie-Grants pedira demissão no fim do mês anterior, voltando para cuidar de sua mãe em Clydebank, onde havia empregos mais bem pagos nas fábricas de munições, além da perspectiva de uma vida social muito mais animada do que a que se encontrava na cozinha da Casa Ardtuath. Assim, fora a senhora McTaggart, que fazia a limpeza da casa pela manhã e algum serviço de cozinha, *lady* Helen estava lidando com todo o restante sozinha.

– Não fique chateado, papai. Não me importo, de verdade. Ficarei feliz em ajudar. Será bom para *lady* Helen ser incluída no passeio ao menos uma vez. Ela quase não sai para pescar.

As palavras de Flora, contudo, contradiziam suas emoções conflitantes. Ao mesmo tempo que seria uma chance de ver Alec e ajudar *lady* Helen, ela tinha plena consciência de que *sir* Charles via essa como uma oportunidade de colocá-la, na visão dele, em seu devido lugar.

– É ridículo. Ele continuando a convidar essas pessoas para festas. O mundo mudou para todos, exceto para Sua senhoria, aparentemente. Não é certo eles esperarem que você seja a empregada deles.

— Mas, papai, temos nossa casa por causa de *sir* Charles. E *lady* Helen sempre foi tão boa para nós. Não me ressinto de ajudá-los vez ou outra. Eu não tinha nenhum plano para hoje à noite mesmo.

Normalmente, nas tardezinhas de sábado, ela e Alec iriam a algum baile, ao cinema em Aultbea ou a um piquenique com Mairi, Bridie e Ruaridh, nas raras ocasiões em que todos estavam de folga e o tempo, bom. Naquele, porém, Mairi ajudaria sua mãe em casa, e Ruaridh iria a um encontro com Wendy. Além disso, Flora já sabia há semanas que a presença de Alec era aguardada no jantar em Ardtuath.

— Não gosto disso mesmo assim — resmungou Iain mais uma vez, relutantemente indo pegar as varas e os molinetes necessários para o dia de pesca. Da entrada, ele gritou. — É para você ir para lá depois do almoço. *lady* Helen deixará instruções na cozinha.

Como se sentisse o mau humor de seu dono, Braan pressionou o focinho molhado contra a mão de Flora, que acariciou a parte de trás de suas orelhas de veludo, tranquilizando-o.

— De verdade, papai, não se preocupe. Estou feliz em poder ajudar.

Colocando a boina xadrez de volta na cabeça, Iain lançou-lhe um olhar afetuoso, enquanto chamava Braan para seu lado.

— Você é uma boa garota, Flora. Apenas espero que todos eles reconheçam isso, também.

* * *

A Casa Ardtuath estava silenciosa quando Flora chegou. A propriedade de dois andares, originalmente usada para receber grupos de caça, tinha uma bela e simétrica fachada, flanqueada por torres gêmeas no estilo baronial escocês, incorporadas há um século pelos antepassados de *sir* Charles. Automaticamente, Flora seguiu para os fundos da casa e pegou a chave de ferro de seu esconderijo atrás do vaso de pedra ao lado da porta, adentrando-a. A cozinha cavernosa estava abafada pelo calor do fogão, e

Flora abriu a janela para deixar o ar fresco entrar. Na grande mesa no centro da cozinha, havia uma tigela coberta com um pano de prato limpo e um bilhete com a letra fluida de *lady* Helen, escrito em um bloco de notas pardo.

Flora, minha querida, obrigada por ajudar.

Deixei um salmão na despensa, que já escaldei. Só é preciso retirar a pele e fazer alguma decoração na travessa (também há pepinos na despensa para esse fim).

Você também encontrará um pernil de cervo lá, para assar. Por favor, coloque-o no forno por volta das cinco com uma porção de zimbro e um pouco de vinho, que fica na sala de jantar. Há batatas e cenouras no depósito para acompanhar.

A senhora McTaggart já preparou a massa (está na tigela) para a torta de ruibarbo, se você não se importar em montá-la.

Agradeço novamente pela ajuda.

H.M-G.

Amarrando seu avental, Flora iniciou os trabalhos, separando os ingredientes e utensílios de que precisaria para preparar a carne primeiro, um belo pernil do cervo que seu pai e *sir* Charles abateram algumas semanas atrás, com Ruaridh os acompanhando, como sempre, para conduzir o garron. Outro dia desses, Flora havia preparado em sua casa um guisado com as sobras mais duras que seu pai trouxera para casa, quando a carcaça fora pendurada na despensa de caça.

Colocando a carne do cervo em uma travessa, Flora acrescentou o zimbro e um pouco de tomilho selvagem desidratado. Depois seguiu pelo corredor, passando pela porta forrada de baeta verde, que levava à parte da frente da casa. O ambiente estava perfumado com o aroma de cera de abelha usada para lustrar o rico mogno da mobília, além de um leve cheiro de fumaça de lenha. A sala de jantar já havia sido preparada. A mesa estava coberta por uma toalha branca adamascada e adornada por talheres de prata e castiçais. Para completar, um arranjo de rosas e cordões de hera colhidos dos jardins da casa formava um belo centro de mesa – certamente, obra de *lady* Helen. No aparador, várias garrafas de vinho tinto. Flora desarrolhou uma delas, cuidadosamente despejando a maior parte do conteúdo em um decânter de cristal e levando o restante à cozinha para regar a carne antes de deixá-la marinando na despensa novamente.

Após descascar os legumes e preparar as frutas para a torta, Flora colocou a chaleira no fogão e preparou para si uma xícara de chá antes de abrir a massa. Seu trabalho era firme e metódico, com o esmero de quem já está acostumada a tais preparos. Flora cantarolava baixinho para dissipar aquele pesado silêncio que parecia estar em suspensão dentro das paredes da casa vazia. Um pouco antes das seis, enquanto verificava a carne, Flora ouviu o som de carros estacionando em frente à casa e as vozes do grupo que retornava da pesca. Um minuto depois, *lady* Helen apareceu na cozinha, tirando seu chapéu de aba larga e ajeitando os cabelos.

– Flora, minha querida, está tudo cheirando tão bem! Você é um tesouro, vindo aqui nos auxiliar. Meu esposo foi inflexível quanto a acompanhá-los hoje, então eu não teria conseguido sem você. O que posso fazer para ajudar?

– Não é necessário, *lady* Helen. Espero que tenha tido um bom dia de pescaria. Tenho tudo sob controle aqui, então a senhora pode ir se trocar para o jantar.

A voz de *sir* Charles retumbou pelo corredor, chamando a esposa para o outro lado da porta verde. *Lady* Helen deu um sorriso de desculpas a Flora, antes de sair apressada.

Logo depois, a porta da cozinha se abriu, e Alec entrou, vestido com um *tweed* e ainda com suas botas altas de pesca. Sem nada dizer, pegou Flora em seus braços e a beijou, fazendo-a sentir os aromas das colinas e do rio impregnados em seu casaco.

– Meu amor, estou absolutamente furioso com meu pai por isso. Ele não tinha o direito de pedir que você fizesse o jantar hoje. Deveriam ter pedido à senhora McTaggart para ficar. Ou pago alguma outra pessoa para vir.

– Ah, não se preocupe, Alec. Gostei de preparar o jantar, e isso significa também uma oportunidade de ver você.

Alec olhou para ela com ternura, gentilmente limpando uma mancha de farinha de sua bochecha com o polegar.

– O que posso fazer para ajudar? Lavar as louças? Sou muito bom nisso, mas, nas habilidades culinárias, acho que deixo muito a desejar.

Flora balançou a cabeça.

– Já está tudo pronto. De verdade, Alec, estou bem. É melhor você ir se trocar. O jantar estará pronto em uma hora, e você não vai querer deixar seus convidados esperando.

Relutantemente, Alec permitiu que Flora o mandasse embora, não sem antes roubar outro beijo dela, que sorriu enquanto ouvia os passos pelo corredor. Ela então se ocupou dos preparativos finais, pondo os pratos e as molheiras para aquecer e afiando a faca, deixando-a pronta para cortar a carne.

* * *

Quando reapareceu na cozinha para avisar Flora que os convidados já se sentavam à mesa, *lady* Helen estava transformada. Seus cabelos loiros-escuros, raiados por fios grisalhos, haviam sido presos para trás com um par de presilhas de diamantes, destacando a delicada estrutura de suas maçãs do rosto. Já seu traje de pesca foi substituído por um vestido de gala da cor do mar, adornado por pedrarias que cintilavam delicadamente, lembrando Flora da luz da lua nas águas.

Mas o que mais lhe chamou a atenção foi um broche preso ao vestido de *lady* Helen. Era muito menos opulento que o restante de seu traje, uma simples peça que simbolizava uma âncora e uma coroa, inseridas em uma guirlanda de folhas de acanto.

Lady Helen notou o olhar de Flora.

– Bonito, não é? É um broche da Marinha Real. Foi dado para minha mãe pelo meu pai, que serviu na Primeira Guerra. Sei que não combina muito com o resto de minha roupa, mas é muito mais precioso para mim do que esses diamantes – diz ela, apontando para as presilhas e os anéis de brilhante cujas facetas captavam um raio de sol que atravessou a janela.

Lady Helen se esticou para pegar a pesada bandeja em que Flora havia montado o prato de salmão, decorado com finas fatias de pepino que lembravam escamas de peixe. Ao tentar erguê-la, porém, contraiu-se de dor.

– A senhora está bem?

– Mas que tonta eu fui, torci meu pulso alguns dias atrás, e ele ainda não parece ter se recuperado por completo.

Enquanto *lady* Helen delicadamente apertava o braço com a ponta dos dedos, Flora notou que ele estava inchado, e sua pele delicada marcada por um hematoma.

– A senhora não deveria enfaixar o braço? – perguntou Flora, que fizera um treinamento em primeiros socorros como parte do curso de motorista de ambulância e estava ansiosa para testar algumas de suas novas habilidades. Até o momento, ela as praticara apenas em Mairi e Bridie, mas agora estava diante do que parecia ser uma verdadeira lesão.

– Ficarei bem, Flora, querida. Não quero fazer disso um estardalhaço – disse *lady* Helen, despedindo-se com um gesto.

– Bom, então me deixe pelo menos levar a bandeja. A senhora precisa repousar esse pulso para que ele cure. Além disso, melhor evitar o risco de derramar alguma coisa em sua roupa.

Na sala de jantar, a conversa já estava animada, com os convidados tendo aguçado antes seus apetites com generosas doses de uísque e taças de xerez na sala de estar. Um rápido olhar de Flora em volta da mesa lhe mostrou que Diana não estava lá, embora, naquele momento, a senhora Kingsley-Scott discorresse sobre as dificuldades de planejar um casamento na propriedade da família nas fronteiras escocesas com a guerra em andamento.

O diálogo entre os homens girava em torno do dia de pesca, com especulações a respeito do salmão pescado por *sir* Charles e histórias de outros peixes, pegos em outros rios.

A voz de um dos homens retumbou no ar

– Aquele seu instrutor não é exatamente um cara dos mais falantes, não é, Charlie? Um tanto ranzinza ele. Mas tenho que reconhecer que sabe das coisas.

Lady Helen lançou a Flora um sorriso de desculpas antes de dizer em voz baixa.

– Pode colocar a bandeja no aparador, minha querida. Pedirei a Alec que me ajude a servir.

Alec já havia se levantado rapidamente e estava ao lado de Flora, tirando a pesada bandeja de suas mãos.

– Você deveria estar sentada ao meu lado, não nos servindo – ele murmurou.

Flora respondeu com um sorriso, mas balançou a cabeça e saiu, preferindo, em vez disso, a paz e calmaria da cozinha, grata por aquela porta forrada de baeta verde que abafava o barulho da sala de jantar.

Tirando a carne do forno, ela a transferiu para uma travessa aquecida e começou a preparar o molho de carne com os sucos.

O molho borbulhava lindamente, e Flora secava os legumes, colocando-os nos pratos, quando Alec apareceu carregando uma pilha de pratos com os restos do salmão. Depois de pô-los na mesa, ele envolveu Flora com os braços, enterrando o rosto em seus cabelos.

– Como vão as coisas? – perguntou ela, agora preparando-se para abastecer as molheiras.

– Eles adoraram o salmão. Absolutamente delicioso. Dê-me aqui, deixe que eu levo o cervo. Pouparei você do incômodo de ter de ouvir as idiotices deles.

– Não se preocupe, eu não me incomodo. Levarei o restante – respondeu Flora, arrumando as coisas em uma travessa.

– Alec! – A voz de *sir* Charles era dura e áspera, e Flora deu um pulo que quase a fez derrubar o molho. Ao olhar para trás, ela o viu parado na porta.

– Volte para a sala de jantar imediatamente. Que rude da sua parte negligenciar nossos convidados dessa maneira.

– Mas, pai, Flora não consegue levar tudo sozinha.

– Que bobagem. A garota é perfeitamente capaz de servir um jantar. O que ela não precisa é que você a atrapalhe nos deveres dela.

Afastando-se para o lado, *sir* Charles gesticulou para que Alec saísse da cozinha, virando-se abruptamente logo depois de o filho passar para segui-lo.

As faces de Flora queimavam, em um misto de calor e humilhação. Ainda assim, pegando a bandeja, ela atravessou a porta com a cabeça erguida, servindo os pratos e dando um sorriso tranquilizador a Alec enquanto o fazia. Ele já estava de volta ao seu assento, entre as duas mulheres, parecendo completamente infeliz enquanto elas conversavam sobre a esposa do senhor Churchill, o novo primeiro-ministro, que usava os mais belos casacos feitos sob medida e chapéus muito elegantes.

Lady Helen a segurou pelo pulso quando Flora passou.

– Flora, querida, vá para casa agora. Você já fez mais que o suficiente. Deixe que eu cuido do resto – disse ela discretamente, as palavras abafadas por gargalhadas e guinchos, enquanto *sir* Charles entretia todos à mesa com outra de suas anedotas de pesca. De sua reticule em pedrarias, *lady* Helen retirou um envelope marrom, colocando-o no bolso de Flora. – Tome, pelo seu dia de trabalho duro.

Flora balançou a cabeça, tentando devolver o envelope, mas *lady* Helen levou um dedo nos lábios, gentilmente mandando-a ir.

– Obrigada – Flora agradeceu, também em voz baixa, por saber que aquele gesto não era algo que teria a aprovação de *sir* Charles. Mesmo com a intenção de *lady* Helen sendo a mais gentil, Flora se sentia ainda mais infeliz com o papel que fora forçada a fazer naquela noite.

– A torta está na gaveta aquecida do fogão e há um jarro de creme na despensa para acompanhar.

Com um aceno de cabeça e um leve tapinha nas costas da mão de Flora, *lady* Helen a dispensou, e Flora voltou correndo para a cozinha. Antes de ir para casa, porém, jogou fora os restos de comida e lavou as louças em que os convidados comeram o salmão. Flora deixou tudo o mais limpo que podia, mas o restante precisaria aguardar a chegada da senhora McTaggart, que viria na manhã seguinte para preparar o café.

Retirando o envelope marrom do bolso, ela o embrulhou no papel creme contendo as instruções de *lady* Helen e, com um toco de lápis, escreveu: "Obrigada, mas foi um prazer ajudar". Depois, colocou-o sob o cortador de bolo que deixou sobre a mesa para partir a torta, de modo que *lady* Helen fosse a única que pudesse encontrá-lo.

Carregando seu avental, Flora silenciosamente fechou a porta dos fundos e saiu, pegando o caminho que levava aos pinheiros na direção de sua casa. Duas corujas de tom amarelo-acastanhado chamavam suavemente uma à outra das copas das árvores. Os olhos de Flora rapidamente se ajustaram ao luar, e ela respirou fundo, várias vezes e agradecida, o ar noturno. Na curva, parou por um momento, deixando a brisa resfriar seu rosto e pescoço, e olhou para trás. Do outro lado das cortinas, ela conseguia identificar o brilho das velas, e então mais gargalhadas estrondosas silenciaram por um momento a tranquila conversa do par de corujas. E então Flora virou as costas para a Casa Ardtuath e o rosto, em direção à Cabana do Guardião, o lugar a que ela realmente sentia pertencer.

Lexie, 1978

Daisy já está no berço quando Davy chega para jantar, e, apenas para variar um pouco, a sala da cabana quase parece o tipo de lugar onde dois adultos poderiam ter uma noite civilizada juntos, tomando uma taça de vinho. Guardei os brinquedos, pus os livrinhos de Daisy em uma estante e troquei meu tradicional traje jeans e moletom largo, desenterrando do guarda-roupa uma saia e, de uma das gavetas, uma camiseta de manga longa.

Enquanto preparo uma maionese de alho para acompanhar os *squatties*, que cozinhei e servi em uma das louças de mamãe, tento me lembrar onde Davy se encaixa na vida de Aultbea. Na minha mente, amontoam-se memórias indistintas que guardei em um canto, assim como o amontoado das coisas guardadas no sótão. Algo puxa um fio dessas memórias, insistentemente tentando se desvencilhar. Mesmo depois do nosso passeio de barco, ainda não consigo me lembrar de onde o conheço. Mas há uma familiaridade no olhar dele, assim como uma pressuposição de amizade em seus modos desde o primeiro dia em que apareceu na minha porta, despachado por Bridie.

Ouço a porta do carro de Davy se fechar e seus habituais assobios enquanto ele caminha até a cabana, cuja porta abro antes mesmo de ele bater.

Davy me entrega uma garrafa de Mateus Rosé que tem o formato de um bandolim.

– O melhor que a mercearia tinha a oferecer – diz, com um sorriso.

Ele se acomoda em uma das poltronas e cruza suas longas pernas.

– Isso é legal – comenta ele, olhando em volta da sala. – Ainda parece a casa da sua mãe, mas Daisy e você já imprimiram suas marcas pessoais aqui também. Na última vez que vim, Flora estava sentada aí, bem onde você está, me servindo uma xícara de chá.

– Foi gentil da sua parte vir visitá-la.

– Imagina, não fiz mais do que os outros. Bridie era a que mais vinha, claro. E aí, quando via algum serviço a ser feito, ela me avisava e eu vinha consertar para a Flora. Que mulher adorável sua mãe era, Lexie. Sempre senti que, não importava o que fizesse, eu jamais seria capaz de retribuir à altura a gentileza dela comigo e meu irmão quando viemos para cá na guerra.

Essas memórias se movem e se juntam, reorganizando-se, tornando-se mais claras à medida que a lama que turva minha mente começa a se assentar.

– Vocês eram refugiados?

Davy confirma.

– Davy e eu fomos mandados para cá com mais umas vinte crianças de Clydeside. Fomos recebidos por um casal daqui. E então, quando a guerra acabou, voltamos para casa.

– Quantos anos você tinha na época?

– Eu tinha apenas quatro quando chegamos... e nove quando a guerra terminou. Meu irmão era um pouco mais velho. Ele sempre cuidou de mim.

Davy se inclina para frente e pega uma foto de mamãe na cornija da lareira.

– Esta é uma bela foto dela. Me lembra da primeira vez em que a vi. Não que ela tenha mudado muito depois. E morreu tão jovem.

Tomo um gole do meu vinho.

– Ela teria feito sessenta este ano.

Colocando a foto de volta no lugar, Davy ergue sua taça.

– Um brinde a ela, então. A Flora Gordon: tão amada e tão sentida.

Ao ouvir as palavras de Davy, uma onda repentina de tristeza ameaça me derrubar, e, para disfarçar a umidade que se alojou em meus olhos, passo para ele uma tigela de Twiglets e mudo de assunto.

– Obrigada por ontem, foi maravilhoso. Um dia mágico.

A memória dos raios de sol incidindo nas águas e das focas aproximando-se para nos ouvir cantar ainda continua vívida em minha mente.

– Foi bom ter companhia, e fico feliz que o tempo tenha ajudado. Não é sempre que temos um dia calmo como aquele, mesmo no lago.

Enquanto sirvo o prato de *squatties* na mesa da cozinha, colocando-o próximo ao jarro com silenes brancas e rosas caninas que eu e Daisy colhemos mais cedo, direciono nossa conversa de volta para a história de Davy, ainda tentando desvendar aquele emaranhado de memórias.

– Então, quando você voltou para Aultbea?

– No início da década de 1960. Você devia ter o quê? Uns dezesseis, acho? Foi logo quando estava indo embora para Londres. Todo mundo comentando sobre como você tinha conseguido um lugar na escola de teatro. Era a celebridade daqui. Bridie e sua mãe não poderiam ter ficado mais orgulhosas.

E foi então que os últimos fios das memórias há muito esquecidas finalmente foram desenrolados.

– Ah, sim, eu me lembro agora. Você se mudou para sua casa naquele ano, acho.

Recordo-me vagamente de toda a fofoca que anunciou a chegada dele, algo sobre ter herdado a casa em que viveu durante os anos de guerra.

– Sim, claro. A antiga casa dos Carmichaels.

Davy confirma.

– A sensação é de que eu estava voltando para o meu lar, sabe? E tive sorte de ter uma casa para onde ir. Glasgow era complicada, e, mesmo tendo sido difícil sair da cidade quando ainda éramos tão pequenos, sermos refugiados acabou virando a melhor coisa que já aconteceu comigo e com Stuart.

– E por onde anda o Stuart agora? Ainda em Glasgow?

Os olhos de Davy marejam, e ele baixa a cabeça.

– Ele morreu. Foi esfaqueado em uma briga depois de uma partida de futebol.

– Minha nossa, Davy, sinto muito – digo, aproximando-me e colocando minha mão por um instante sobre a dele.

Davy balança a cabeça, lembrando-se.

– A gente estava a caminho de casa depois do jogo e deu de cara com um grupo de torcedores rivais. Eles partiram para cima de mim. Stuart entrou no meio, me protegendo como sempre. Alguém sacou uma faca tudo aconteceu em poucos segundos.

– Isso é horrível, Davy. Que pena que nunca cheguei a conhecê-lo.

Davy olha para as águas do lago, que se tornam douradas com as luzes de fim de tarde.

– Ele adorava este lugar. E teria adorado virar um pescador. O nome do barco é uma homenagem a ele. E à minha mãe. Ela também não está mais aqui.

– Bonnie? Esse era o nome dela?

– Isso. Ela tentou ser a melhor mãe que podia para nós, mas era sozinha e teve uma vida dura, então, quando viemos para cá tão novos, ela começou a beber muito. Tentou entrar nos eixos quando voltamos, mas nunca conseguiu de verdade. E perder o Stuart foi demais para ela.

Nós dois ficamos em silêncio por alguns segundos: ele, perdido em sua tristeza; eu, no que dizer.

– Não pude salvar nenhum deles. E isso é uma coisa com a qual tive que aprender a conviver. Então pintei os nomes deles no barco quando vim para Loch Ewe, e os dois velejam comigo quando estou nas águas.

– E, desde então, você concentrou toda sua atenção em salvar todos que podia, cuidando de Bridie e minha mãe e todo mundo mais que precisasse de uma mão amiga? – As palavras escapam da minha boca antes que eu possa detê-las. Mesmo minha intenção tendo sido gentil, a forma como as digo soa completamente errada.

Ele me olha longamente. E me diz, contido.

– Não acho que isso seja verdade. É apenas a forma como as coisas acontecem aqui. Nós cuidamos uns dos outros. Talvez tenha sido algo que você se esqueceu depois de todos esses anos em Londres.

A raiva cresce em meu peito, mas então me dou conta de que ele tem toda razão em se defender da minha indelicadeza.

– Está certo, bom ponto – reconheço. – Eu me livrei dos modos da Costa Oeste. E talvez isso não tenha sido para melhor.

Percebo que admitir isso me traz uma espécie de alívio, podando a cerca viva que criei para me proteger da minha própria culpa.

Ele coloca água em minha taça.

– Desculpe, Lexie. Talvez você tenha um ponto, também. Talvez eu tenha mesmo uma tendência em tentar salvar as pessoas.

Levanto minha taça de água para ele.

– Às nossas consciências pesadas, então.

Ele encosta a taça dele na minha e começa a cantar.

– "Quando tudo é bom e leve e puro, nenhuma culpa o coração machuca".

Levanto minhas sobrancelhas, confusa.

– Uma velha cantiga tradicional daqui – Davy explica.

– Parte do seu repertório de sábado à noite?

Ele sorri.

– Normalmente, não. Nosso objetivo é criar uma atmosfera um pouco mais animada, digamos. Não queremos nosso público abandonando o bar.

Passo-lhe a travessa, e ele põe mais alguns *squatties* em seu prato.

– E então, quando você vai lá?

– Não sei. Tenho que ver se encontro alguém para cuidar da Daisy.

– Bridie já se ofereceu – responde ele, sorrindo quando eu automaticamente demonstro um pouco de irritação com o fato de os dois já terem discutido minha hipotética vida social e feito planos para fazer disso uma realidade. – Deixa disso, Lexie Gordon. Permita que seus amigos ajudem de vez em quando. Isso não vai te matar.

Sorrio, levantando minhas mãos, admitindo a vitória dele. Sei que me divertirei passando a noite em um bar ouvindo música, assim como sei que Bridie e Daisy se divertirão aqui na cabana.

– Combinado, então. Este sábado.

– E como é que você sabe que não tenho nenhum compromisso neste fim de semana? – pergunto em uma última e inútil tentativa de ganhar novamente o controle da situação.

– Só um palpite.

– Com base, suponho, no conhecimento geral de que não tive nenhum compromisso em nenhum fim de semana desde que me mudei para cá?

– Algo do tipo – diz Davy, enchendo mais uma vez minha taça de vinho. – Agora, me conte sobre todos aqueles grandes teatros em que você se apresentou em Londres. Qual foi o maior deles?

* * *

De alguma maneira, a próxima vez em que olho o relógio da cozinha, já é quase meia-noite. Conversamos por horas a fio. Davy termina a xícara de café que fiz há séculos e se levanta.

– Obrigado por esta noite adorável, Lexie. Foi incrível me sentar mais uma vez na cozinha da Flora, ouvindo a filha dela sorrir um pouco. Esta casa sempre foi tão cheia de música e alegria.

Quando Davy se vai, sinto a cabana vazia. A companhia dele me fez bem e, agora que o reconheço, lembro-me do quanto mamãe costumava falar dele. Enquanto coloco as xícaras na pia, as palavras de Davy parecem ecoar na cozinha. O fogão faz ruídos suaves enquanto esfria, e, da colina atrás da casa, ouço o canto crepitante de um codornizão. Vou até a sala e pego o porta-retrato de mamãe na cornija da lareira.

– Acho que é hora de esta casa ser preenchida de música e alegria de novo – digo a ela.

E ela sorri de volta para mim, um sorriso de aprovação, quando coloco o porta-retrato em seu lugar e desligo a luz.

Flora, 1940

No domingo à tardinha, um dia após cozinhar para o grupo de pescaria na Casa Ardtuath, Flora estava sentada no banco em frente à cabana. Ela deixava o sol banhá-la, os raios tornando ardente a tonalidade loira-acobreada de seus cabelos enquanto traçavam um lânguido caminho através do céu ocidental. Flora estava com sua cesta de costura ao lado e pregava um botão em uma das camisas do pai. Alinhavando-o com agilidade, cortou a linha e dobrou cuidadosamente a camisa, colocando-a de lado. Antes de alcançar a próxima peça, relaxou por um momento, encostando a cabeça na parede da cabana, fechando os olhos e levantando o pescoço.

Apesar da paz daquele fim de dia, pensamentos zumbiam em sua cabeça como insetos, irritantes e persistentes. As notícias que ouviu no rádio naquela manhã foram profundamente inquietantes: somente na semana anterior, milhares de soldados foram evacuados de Dunquerque em razão do avanço das tropas alemãs, com os Países Baixos sendo derrotados e a Bélgica tendo se rendido alguns dias antes; um porta-aviões britânico fora abatido na Noruega por navios de guerra alemães; Paris fora bombardeada, enquanto a Itália divulgava declarações cada vez mais beligerantes. Foi, portanto, um alívio para Flora quando os boletins de notícias acabaram e a programação musical começou. Mas mesmo cantar aquelas canções tão familiares a ela não era capaz de levantar muito seu ânimo. E, como um lembrete de que a guerra afetara também as pessoas mais próximas de casa, Flora topou com Bridie em uma caminhada depois do almoço, que, na ocasião, lhe contou sobre uma família de Poolewe que havia acabado de receber um telegrama informando que o avião de seu filho fora abatido no Canal e que ele estava desaparecido, dado como morto. Bridie contou também que, embora a evacuação de Dunquerque tenha salvo muitas vidas, corriam notícias de que a 51ª Divisão havia sido detida e muitos de seus homens foram feitos prisioneiros. A ameaça da guerra, que a princípio parecia estar muito além das colinas de Loch Ewe, agora começava a se insinuar nas pequenas cabanas brancas ao longo do lago, lançando uma sombra contínua de medo, mesmo nos dias em que os raios de sol reluziam nas águas.

Esses relatos dominavam os pensamentos de Flora nos últimos dias, fazendo suas preocupações pessoais parecerem insignificantes em comparação. Ainda assim, ela não conseguia deixar de pensar no comportamento de *sir* Charles no dia anterior. Como ele fora frio! Normalmente, *sir* Charles a tratava com uma jovialidade fugaz, no melhor dos cenários, ou, ao menos, indiferença. Contudo, algo mudou desde que ele notara o quão próximo ela e Alec eram um do outro. Mesmo com orgulho ainda ferido pela forma como *sir* Charles a tratara, Flora tentou afastar esses pensamentos. Ela sabia que Alec a amava. Mas desafiaria ele o pai, se preciso fosse? Embora Flora tenha percebido a ira interna de Alec ontem, no fim, ele não teve nenhuma reação. Tanto ele quanto a mãe estavam presos com firmeza à mão de ferro com que *sir* Charles segurava a família. Seria o amor dela e de Alec forte o bastante para resistir àquela força?

Flora suspirou, abrindo seus olhos ao som de um apito vindo do lago. Mais um navio de guerra havia entrado no porto e manobrava ao lançar sua âncora, enquanto um navio-tanque parava ao seu lado para reabastecê-lo. Amanhã pela manhã Flora estaria de volta às suas atividades em Mellon Charles. Pelo menos, essa seria uma distração bem-vinda, por saber que estaria fazendo sua parte pelo esforço de guerra.

Depois de se inclinar na direção de sua cesta para pegar uma meia que precisava de reparos, Flora começou a enfiar na grossa agulha um fio de lã verde. O som de passos vindo da trilha atrás da cabana a fez se virar. Ela esperava ver seu pai, mas foi Alec quem apareceu, seu semblante triste. Assim que avistou Flora, porém, sua expressão se abriu em um largo sorriso, e ele se jogou no banco ao lado dela, trazendo-a para perto de si, por pouco não sendo empalado pela agulha de tricô na mão dela. Alec foi rápido em se desculpar pelo comportamento do pai

– Não consigo acreditar no quanto ele foi péssimo ontem. A pobre da mamãe foi para o quarto com dores de cabeça depois que as visitas se foram. Ele simplesmente se recusa a aceitar que a guerra mudou tudo.

– Mas mudou tudo mesmo? – perguntou Flora, recostando a cabeça no ombro de Alec e observando os enormes cascos cinzentos ancorados na baía. – O mundo agora é tão diferente assim que gente como o filho de um senhor de terras pode ficar com a filha de um guarda-caça?

Alec recuou, segurando-a com o braço estendido, tentando ler a expressão de Flora. Seus olhos escuros estavam cheios de dor e amor.

– Flora, eu jamais pensei em você dessa forma. Nem em seu pai, nem em Ruaridh. Eles são como uma família para mim, sempre foram. E você bem, você deve saber que há muito tempo te amo. E quero amá-la ainda mais, em todos os anos que tivermos pela frente. Neste mundo incerto em que vivemos, parece que o meu amor por você é a única certeza que tenho para me apegar. O que quer que aconteça, por favor, Flora, não deixe que meu pai tire isso de nós.

Flora baixou os olhos, tentando disfarçar as dúvidas que ainda sentia. Carinhosamente, Alec traçou o contorno do rosto dela com a palma da mão, e então levantou-lhe o queixo para que pudesse ver os olhos dela mais uma vez.

– Sei que não é fácil, mas, assim que essa guerra acabar, o poder que meu pai exerce sobre nós acabará. E aí, então, estaremos livres para nos casar.

– E sua mãe? – Flora sabia que Alec se preocupava em deixar *lady* Helen sozinha na Casa Ardtuath. *Sir* Charles se tornava mais e mais irascível à medida que o estilo de vida ao qual sempre se sentiu com direito de ter era corroído pela guerra. Alec, inclusive, admitira para Flora que vira machucados suspeitos nos braços da mãe, que desconfiava serem marcas do temperamento do pai. Quando perguntava à mãe de onde vinham, porém, *lady* Helen sempre se desviava das perguntas do filho. Preocupado com o bem-estar da mãe, Alec passava o maior tempo possível em casa, mas também ficava dividido entre as demandas de seu trabalho na base e a vontade de se encontrar com Flora.

Ele suspirou.

– Talvez as coisas melhorem para nós quando a guerra acabar. Meu pai ficará praticamente apenas em Londres. Será mais fácil para mamãe – disse, pegando na mão de Flora. – Por favor. Você tem que acreditar em nós, assim como eu acredito. A única coisa positiva no meu noivado com a Diana foi perceber que eu nunca poderia sentir com ninguém mais o que sinto por você. A noite passada foi uma experiência terrível para nós dois. Mas um dia, e eu lhe prometo isso, você será a senhora da Casa Ardtuath e se sentará no lugar que lhe é de direito naquela mesa.

Como resposta, Flora entrelaçou seus dedos nos dele. Ela se sentia confortável com Alec aqui. Mas enquanto estavam sentados olhando para o lago em direção às colinas a oeste, os céus começaram a ficar nublados, e as nuvens, a se acumular sobre o oceano ao longe, engolindo o sol. Apesar do calor, Flora estremeceu. A parede da cabana na qual ela se recostava ainda emanava o calor do dia. No entanto, ela sabia que esta casa – a única que conheceu em toda a vida – poderia ser tirada dela tão subitamente quanto o oceano mudar de humor, caso um dia a revolta de *sir* Charles acerca do relacionamento do filho com ela o fizesse decidir que era hora de dispensar seu guarda-caça.

* * *

As atividades de Flora na base naval envolviam principalmente levar e buscar oficiais no cais ou o pessoal que guarnecia os postos de vigilância construídos ao redor do lago. Vez ou outra, também, Flora dirigia veículos maiores, como caminhões e ambulâncias, quando a demanda era alta. Ela estava sentada com Mairi na sede do Naafi, órgão responsável pelas cantinas do exército, quando a ordem chegou: socorrer uma ambulância próximo a Cove, na parte mais distante de Loch Ewe. Um Tilly – apelido dado a pequenos veículos utilitários militares – saíra da estrada e acabou ficando preso em uma vala, com seus ocupantes sofrendo ferimentos leves.

Flora seguiu até lá, com Mairi ao seu lado. A ambulância acelerou ao longo da costa até onde a estrada se estreitava, tornando-se de faixa única, após Poolewe. Um quilômetro adiante, encontraram o utilitário na vala, tombado assustadoramente para o lado. Um subtenente tentava enfiar uma enorme pedra sob uma das rodas traseiras. Já seu colega – um oficial de artilharia encarregado de lidar com o canhão antiaéreo no posto de vigilância – estava sentado à beira da estrada, atordoado, com ninguém menos que Bridie tentando fazer uma tipoia com o que, ao olhar mais de perto, parecia ser uma tira de pano arrancada de sua anágua.

As duas garotas pularam do veículo.

– Bridie! Você está bem? O que aconteceu? – perguntou Flora.

– Uma ovelha na estrada – respondeu Bridie, assustada. – Precisei desviar para não atropelá-la. Só tive alguns arranhões e hematomas, porém acho que o braço deste pobre rapaz aqui está quebrado. Mas a ovelha está bem – acrescentou.

– Deixe eu dar uma olhada – disse Mairi. Pegando curativos e uma tipoia adequada na parte de trás da ambulância, ela se ajoelhou ao lado do oficial. Com habilidade, examinou o ferimento e amarrou gentilmente, mas com firmeza, o braço do rapaz ao peito para imobilizar o pulso, que já começava a inchar.

Flora deixou Mairi cuidando do oficial ferido e foi ajudar o outro rapaz a prender uma corda no para-choque do Tilly. Após puxá-lo com a ambulância, ela conseguiu tirar o veículo da vala, endireitando-o para que pudessem ter uma boa visão dos danos.

– Oops – comentou Bridie. – Esse eixo traseiro não parece muito bem.

– Não, não parece mesmo. Vamos precisar rebocar o veículo – disse Flora.

O jovem olhou para o relógio.

– Estou atrasado. Você acha que poderia me deixar no posto de vigilância e depois voltar para pegar o pessoal?

– Claro. Vamos.

Ao levá-lo, Flora passou pela fileira de cabanas brancas de Cove – as mesmas vistas por ela e Alec da água no dia em que foram visitar o arco de pedra depois da praia de Firemore, na primavera –, onde a trilha acabava logo após o abrigo de concreto que havia sido construído como um posto de vigilância na foz do lago. Enquanto os oficiais trocavam de turno, Flora foi até a beira do penhasco. Bem abaixo dela, as ondas batiam contra o contraforte de Furadh Mor. Ela sabia que a força das ondas não era o único perigo enfrentado no Atlântico Norte, onde navios de guerra alemães espreitavam além do horizonte e seus submarinos rondavam em matilhas, caçando suas presas como lobos famintos.

O retorno para a base em Mellon Charles foi lento, dificultado pelo peso do Tilly avariado, que se debatia atrás da ambulância, preso na corda de reboque e com Bridie ao volante. A agitação da chegada do grupo acabou trazendo o comandante do acampamento para o lado de fora da casamata onde estava, que levantou as sobrancelhas ao ver o veículo danificado, erguidas ainda mais – quase desaparecendo sob a ponta de sua boina – ao ver o oficial ferido.

– Levem este homem para o cirurgião. E você, senhorita Macdonald, não é isso? Apresente-se assim que tirar todo esse óleo das mãos.

Flora lançou um olhar solidário para Bridie, embora sua amiga parecesse incólume com a perspectiva de uma repreensão do comandante. Afinal, não foi a primeira vez que ela teve um encontro com uma ovelha, sem falar quando encontrou outro Tilly no meio do caminho e, por pouco, não bateu nele; embora, naquela vez, tenha sido o outro motorista a acabar na vala.

Na hora do almoço, Bridie foi redesignada de suas funções de motorista para um cargo atrás do balcão no Naafi, onde a possibilidade de causar uma devastação na frota de veículos do acampamento seria bastante reduzida. No entanto, como comentou animadamente enquanto tomava vinho do Porto com limão na companhia de Flora e Alec na Jellyjar Tavern, ela sentiu ser uma função à qual se adequaria melhor, dada à valiosa experiência adquirida com a senhora Carmichael e as outras damas do Instituto Rural. E, como todos uma hora ou outra passavam por lá e acabavam conversando com ela, era também um bom lugar para se ouvir as novidades.

Além disso, o oficial com o pulso quebrado foi vê-la, convidando-a para acompanhá-lo na semana seguinte na exibição do último filme de Laurel & Hardy.

– Minha nossa! – exclamou Flora, sorrindo. – Quem imaginaria que, entre todos os lugares do mundo, teríamos tanta agitação logo aqui em Aultbea?

Lexie, 1978

Depois de dar a Bridie estritas instruções sobre a rotina noturna de Daisy – mesmo sabendo que ela não está prestando a menor atenção ao que estou dizendo, enquanto brinca de cavalinho com minha filha e conta histórias sobre a vovó dela –, sigo para o bar e já posso ouvir a música do lado de fora.

Meu estômago se contrai de nervosismo quando abro a porta e entro. Talvez tenha sido um erro vir aqui hoje. E se não houver ninguém que eu conheça? Será que o fato de eu estar descaradamente entrando em um bar sozinha reafirmará meu *status* de mulher desonrada?

Acontece que todos naquele ambiente abafado, com seu ar denso pelo cheiro de cervejas e cigarros, estão com suas atenções voltadas para a música, sequer vão me notar. É então que vejo Elspeth e o marido dela, Andy, além de uma outra mãe do grupo de brincadeiras com seu companheiro, sentados em uma mesa no canto.

Elspeth acena para mim.

– Lexie, estávamos nos perguntando onde você estava. Bridie me contou que cuidaria da Daisy hoje. Ficou empolgada com isso o dia todo.

– Olá, Lexie – diz Andy. – Bom ver você depois de todos esses anos. O que vai beber? – pergunta ele, atravessando depois o salão lotado na direção do bar, parando para mexer com alguns amigos no caminho.

Sento-me na cadeira que Elspeth havia guardado para mim e sinto a tensão em meus ombros diminuir um pouco. Talvez seja bom, afinal. Pensei que seria uma completa estranha aqui, mas me dou conta de que, na verdade, estou entre amigos.

Viro-me um pouco para ver os músicos. E lá está Davy com sua guitarra, junto de um tocador de acordeão, um baterista com um bodhrán e um violinista. O grupo já toca a todo vapor.

Vagabundo indomável fui por muito tempo
Todo meu dinheiro em uísque e cerveja gastei
Mas agora estou voltando com muito ouro e tento
Vagabundo indomável, nunca mais serei

A música flui pelo ambiente, e sua melodia é tão suave e segura quanto as marés do lago, subindo e descendo, e nos conduzindo. Os pés batem marcando o tempo enquanto todo o salão se junta ao coro:

E não, nunca mais, não mais
Serei um vagabundo indomável
Não, nunca mais, não mais

Quando a música termina, há assobios e gritos, e a banda então faz uma pausa, deixando seus instrumentos no palco e indo ao bar, onde recebem bebidas por conta da casa.

Davy abre caminho pela multidão até onde estamos sentados, e Elspeth se arrasta para o lado, abrindo espaço para ele entre nós.

– Olha, você veio mesmo – diz ele, precisando gritar para ser ouvido em meio ao barulho. – Achei que talvez fosse dar para trás no último minuto e, em vez disso, eu fosse passar a noite com a Bridie.

– Bridie me enxotaria de casa se eu tentasse ficar. Ela e Daisy vão fazer uma festa só as duas, sabe? E não tenho dúvidas de que envolverá muitos chocolates e poucas chances de Daisy ir para a cama na hora certa.

– Melhor para você, então. Assim, ela dormirá até mais tarde amanhã, e você poderá tomar um drinque a mais hoje e se divertir. E aí, o que achou da banda?

– O pessoal é bom. Acho que o guitarrista poderia praticar um pouco mais, mas os outros são ótimos.

– Cuidado, hein? – responde ele, sorrindo. – Vamos te chamar para cantar mais tarde, e aí então você pode agradecer por ter uma guitarra te acompanhando.

Baixo minha cabeça, arrependida por tê-lo provocado. Depois o encaro, e meus olhos se arregalam, suplicantes.

– Hoje não. Por favor, Davy, ainda não estou pronta para cantar de novo.

Ele percebe que falo sério.

– Está bem. Vamos te deixar se soltar aos poucos. Hoje você pode cantar com os outros. Mas qualquer dia desses vamos te chamar no palco, Lexie Gordon. Quando a música faz parte de você, não há como deixá-la aí dentro para sempre.

Elspeth o cutuca do outro lado.

– Dá um tempo, Davy. A Lexie está guardando a voz para a nova apresentação dela no grupo – diz, inclinando-se para me contar que outro grupo em Poolewe ficou sabendo da nossa sessão musical e perguntou se poderia se juntar a nós. – Poderíamos ver se a associação estará livre qualquer manhã dessas e usá-la. Assim, mais pessoas poderão vir, e as crianças terão mais espaço para brincar, também.

Davy balança a cabeça, em aprovação.

– Viu só o que falei? A música está na sua alma.

Os outros membros da banda voltam a pegar seus instrumentos, e Davy se levanta.

– Acho que é nossa hora de voltar.

Observo-o tocar. Apesar da minha provocação, ele é mesmo muito bom. Várias pessoas da plateia vão ao palco em momentos diferentes da noite para tocar, acompanhadas pela banda: um cara com uma flauta de metal e uma mulher com uma flauta celta; um gaitista e um segundo violinista. Até a garota que está servindo as bebidas no balcão do bar deixa o serviço de lado um pouco para cantar. Davy alterna entre a guitarra e o bandolim, e fico impressionada como ele toca sem esforço nenhum, as notas fluindo facilmente entre seus dedos. A noite passa rápido, e, parecendo cedo demais, a sineta toca indicando que é hora de fazer os últimos pedidos. Cantamos até ficarmos roucos uma última versão de *A linda garota de Fyvie*, e então é chegado o momento de voltar para casa, com despedidas de "até a próxima".

– Vou te acompanhar até em casa – oferece Davy.

– Não precisa. Vou ficar bem.

– Sei que vai, mas seria bom dar uma caminhada para arejar. Pego uma carona de volta com a Bridie e a deixo em casa em segurança.

– E aí está você mais uma vez, cuidando das pessoas – provoco-o de novo.

– Ah, pois é, você me conhece – Davy dá de ombros.

Caminhamos em silêncio, quando o quebro, dizendo.

– Foi uma noite maravilhosa. Obrigada por me convidar. Sua banda é muito boa, sabia?

– Fico feliz que tenha se divertido. E não precisarei fazer um convite para a próxima, com você agora sabendo que está entre amigos.

Chegando à cabana, noto que as luzes da cozinha e da sala de estar estão acesas, mas, quando olho para dentro, vejo Bridie em um sono profundo na poltrona, roncando levemente. Com tato, faço um barulho ao entrar para que ela tenha tempo de acordar e ajeitar seu casaco.

– Como foi a noite de vocês? – pergunto.

– Ah, excelente. Brincamos e contei histórias até ela pegar no sono sem um pio. E o *show*, como foi?

– Ótimo! Mas não conta para ele – balanço a cabeça na direção de Davy. – Senão tem gente que vai ficar se achando.

Davy sorri.

– Sem chances, com vocês duas aqui me colocando no meu devido lugar. Pensei em trazer Lexie de volta e depois acompanhá-la até sua casa também, Bridie. Você sabe o que dizem sobre dois pássaros.

Ela dá uma risadinha, feliz por ter sido referida como um "pássaro".

– Sempre um cavalheiro este Davy Laverock. Boa noite, Lexie, fico feliz que tenha se divertido. Pode me chamar sempre que precisar de uma babá.

Quando os dois vão embora, subo de fininho as escadas e espio o berço, onde Daisy dorme aninhada em seu xale estampado de conchas, os bracinhos acima da cabeça, em um gesto de relaxamento total. Coloco um de meus dedos na palma macia de sua mão, e ela sorri delicadamente, seus dedinhos se curvando por um momento. Então lhe dou um beijo de leve na testa e sigo na ponta dos pés para o meu quarto, a música ainda tocando em minha cabeça enquanto caio no sono.

Flora, 1941

Os ruídos da guerra continuavam, mas ainda permaneciam além do horizonte, uma tempestade longínqua através do oceano. Flora agradecia todos os dias o fato de as colinas que cercavam o lago protegerem aqueles que amava. A leste, a Noruega caíra sob a ocupação alemã, e dizia-se que Hitler estava reunindo tropas ao longo das fronteiras russas; ao sul, além das altas muralhas das montanhas escocesas, cidades inglesas e escocesas eram estremecidas pelas bombas da força aérea alemã com a Blitz fazendo chover terror dos céus. Seus habitantes, porém, permaneciam irredutíveis diante do ataque.

As isoladas águas de Loch Ewe ainda forneciam um refúgio seguro para os navios da frota inglesa, mantidos escondidos de seus inimigos, assim como para os navios mercantes que ali se reuniam antes de suas perigosas jornadas através do Atlântico a fim de buscar suprimentos dos Estados Unidos para a Grã-Bretanha. Foi quando, em uma das curtas noites de junho, essa sensação de segurança se estilhaçou.

Um sinal sonoro de alerta arrancou Flora de seu sono. Ao emergir das profundezas de seus sonhos, ela percebeu o tamborilar insistente de um motor de avião cada vez mais próximo. Correndo para a janela, Flora abriu uma fresta da cortina. A lua crescente lançava sua luz sobre as águas, adicionando seu fraco brilho ao feixe de um holofote que varria a escuridão do céu. Subitamente, cortinas de munição traçante o iluminaram, e Flora pôde ver o enorme cano da arma antiaérea virando para o céu enquanto a tripulação se orientava. Com um flash e um estrondo que sacudiu o chão sob seus pés descalços, mais munições antiaéreas iluminaram a cena. Quatro aeronaves mergulharam no ar e, em seguida, viraram bruscamente, desviando-se dos projéteis que explodiam ao seu redor. Os canhoneiros reconfiguravam as trajetórias, seguindo o curso das aeronaves Junker enquanto elas sobrevoavam os navios ancorados na baía. Mais uma vez atiraram, o ar reverberando com o baque e o estrondo de mais explosões, enquanto os canhões em Tournaig também entravam em ação.

Um dos aviões foi atingido e seguiu vacilante, depois se voltando para Noroeste, momento em que outro projétil explodiu próximo a um segundo avião, que também desviou em direção ao Minch, com uma nuvem de fumaça em seu rastro.

Quando as baterias pareciam finalmente ter dispersado o ataque, para horror de Flora, uma quinta aeronave apareceu, com seus motores silenciados, em uma trajetória de voo reta e baixa, enquanto as armas antiaéreas eram apontadas para chamarizes em outro lugar. E então lançou suas bombas sobre os navios da baía. As explosões fizeram as paredes da cabana estremecer, criando uma nuvem de fumaça e água sobre o lago. Todos os outros aviões inclinaram-se e giraram, subindo rapidamente no céu noturno, o som de seus motores desvanecendo na fuga. Flora apertou os olhos contra a escuridão, tentando enxergar se havia quaisquer sinais de chamas.

Quando as armas silenciaram, Flora caminhou até a porta da frente, abrindo-a um pouco e espiando. Seu pai e irmão apareceram no corredor de pijamas.

– O estrago foi grande? – perguntou Ruaridh.

– Está muito escuro. Não consigo enxergar direito. Mas, ainda bem, as bombas não parecem ter atingido diretamente nenhum navio. Pelo menos, não vejo nada pegando fogo.

— Melhor fechar a porta. Você não vai querer estar parada aí se aqueles aviões voltarem — disse o pai de Flora, voltando-se então para Ruaridh. — Parece que os alemães descobriram o que Loch Ewe está escondendo. Talvez seja melhor construirmos mesmo aquele abrigo Anderson.

* * *

No dia seguinte, Alec veio ao encontro de Flora na base, e os dois caminharam um pouco ao longo da costa.

— Só queria ter certeza de que vocês todos estavam bem — disse Alec. — Nenhum estrago na cabana? A explosão da bomba acabou derrubando um pedaço do teto da sala de jantar lá de casa. Minha mãe ficou bastante assustada, mas meu pai está mais preocupado com o custo para substituir o gesso e onde encontrará quem possa restaurar uma arquitetura tão complexa nos dias de hoje.

— Você chegou a ouvir algo sobre o que aconteceu? — perguntou Flora.

Alec assentiu.

— Um dos navios-tanque quase foi atingido, o que causou alguns danos, mas felizmente não houve vítimas. — Ele deu um meio-sorriso. — Parece que os alemães erraram o alvo no escuro, porque as únicas coisas atingidas em cheio foram as rochas no topo da ilha. O formato delas meio que as faz parecer com um barco — continuou, quando sua atenção foi desviada por algo no céu, bem ao longe, e seu semblante de repente se tornou sério.

Seguindo seu olhar, Flora pôs a mão sobre os olhos, apenas conseguindo distinguir um ponto escuro contra a luz do sol.

— O que é? — perguntou ela. — Um abutre? Ou uma águia, talvez?

Alec balançou a cabeça.

— Águias não voam em linha reta daquele jeito. Pode ser um avião de reconhecimento. Preciso ir e reportar isso, caso os postos de vigilância ainda não tenham comunicado isso pelo rádio. Diga ao seu pai que hoje, mais tarde, é melhor vocês se abrigarem. Acho que a noite passada foi apenas o começo.

O segredo das Terras Altas

* * *

E assim o foi. Nas semanas seguintes, os aviões alemães reapareceram nos céus de Loch Ewe, porém de maneira esporádica. Em geral, vinham à noite, mas eram espantados pelas armas antiaéreas, cujos controladores se tornaram hábeis em afugentar os inimigos. Uma tarde, porém, após levar o comandante da base em Aultbea para seus aposentos em Pool House, Flora precisou parar no meio do caminho e se proteger sob os galhos de um pinheiro quando um avião alemão solitário surgiu de repente sobre o lago.

Flora pressionou a mão em sua boca, horrorizada, quando a aeronave sobrevoou baixo uma escola, onde crianças brincavam no pátio. Para seu espanto, o piloto pareceu desacelerar, mergulhando as asas da aeronave em uma animada saudação, deixando os estudantes paralisados enquanto o diretor gritava desesperado para que fossem para dentro.

Agora apontando para o oeste, o avião voltou a rugir quando as armas antiaéreas começaram a disparar, e, como se estivessem em câmera lenta, duas bombas caíram da barriga da aeronave, engolfando um dos navios mercantes atracados depois da ilha. Quando ele finalmente desapareceu além das colinas, Flora saltou para dentro do carro e correu de volta para a base, de onde uma operação de resgate estava sendo despachada para resgatar os sobreviventes da embarcação, cuja parte traseira fora atingida pela explosão.

Depois desse último incidente, porém, a força aérea alemã pareceu ter encontrado outros alvos mais urgentes para perseguir na frente russa, e os ataques aéreos cessaram. Um fato, como Alec comentara depois, extremamente irônico, já que poucos dias após o ataque final, Loch Ewe fora formalmente designada como base naval oficial, passando a ser reconhecida como *HMS Helicon*.

* * *

– Mas o que é ? Olhem só para aquilo – disse Alec, parando para tomar fôlego.

Ele, Ruaridh e Flora haviam subido as colinas em uma tarde de outubro para ajudar Iain a caçar uma corça. A despensa de caça estava vazia, e *sir* Charles não havia programado nenhum evento de caça até dezembro, quando amigos viriam participar de uma caçada a aves para suas ceias natalinas. Assim, Iain pediu aos filhos para auxiliá-lo, com Flora conduzindo o garron e Ruaridh ajudando com as armas. Alec, ao ouvir sobre a caça por Flora, ficou feliz em acompanhá-los.

Abaixo deles, no campo que margeava o lago, ao lado da central telefônica, um esquadrão de técnicos da *RAF* se ocupava inflando um enorme balão prateado. Como se o tivessem enchendo de hidrogênio, o balão começou a inflar e a se levantar do gramado, apontando o nariz na direção da água enquanto o vento batia em suas barbatanas. Os homens lutaram para segurá-lo até que estivesse cheio o bastante para ser lançado aos céus.

– Engraçado, não é? – disse Ruaridh. – Há meses não sofremos nenhum ataque aéreo. Um pouco tarde para colocar balões-barragem, vocês não acham?

– Mas há tantos barcos agora, ainda mais para se proteger caso os pilotos alemães decidam voltar e tentar nos atacar outra vez – contrapôs Alec.

Os aviadores começaram então a trabalhar com outro balão, espalhando metros e mais metros de material prateado e ligando cabos.

Iain balançou a cabeça.

– Ah, isso é uma bobagem, se querem saber. Quanto tempo eles acham que essa monstruosidade vai durar com os vendavais que temos aqui?

O pônei das Terras Altas, que aproveitou a oportunidade de uma breve pausa para arrancar alguns bocados de grama do meio da urze, bateu com seus cascos no chão e balançou sua longa crina branca, puxando a rédea que estava na mão de Flora.

– Vamos embora. Vejam, o garron está impaciente, e ainda precisamos subir a colina para chegar até onde as corças estão.

Uma hora depois, o pai de Flora colocou o dedo indicador nos lábios e gesticulou para os outros para que cortassem para o sul, de modo que o vento ocidental não levasse seus cheiros na direção das narinas aguçadas das corças. Iain conhecia as colinas como a palma de sua mão, com seu próprio pai tendo feito o mesmo antes dele. Os quatro não haviam visto nada até o momento, mas agora contornavam uma elevação que escondia uma cavidade onde as corças costumavam se agrupar. O pai acenou para a filha parar com o pônei. Flora então levou o garron até o abrigo de um penhasco, amarrando a rédea da frente em volta de uma rocha saliente. Ela conhecia o lugar por já ter ajudado o pai e o irmão ocasionalmente no passado, e sentou-se em um monte de urze seca observando os homens subirem mais alto enquanto o pônei cortava a grama musgosa a seus pés.

Ao chegarem ao cume, eles se agacharam. Flora sabia que a corça devia estar no desnível, pois viu o pai fazer um gesto para Ruaridh lhe entregar o rifle.

O pai de Flora esperou, pacientemente, aguardando por um tiro limpo. Ele procurava uma das corças mais velhas, atento ao equilíbrio do rebanho. Sempre teve o cuidado de abater de acordo com os métodos tradicionais, em uma das ocasiões até provocando a ira de *sir* Charles quando se recusou a deixar um convidado do patrão atirar em um cervo apenas um dia fora da temporada.

A arma estalou, fazendo o pônei estremecer, e Flora ouviu o som de cascos batendo ao longe. Enquanto observava, seu pai travou o rifle, passando-o para Ruaridh, e depois se levantou, acenando para que a filha trouxesse o garron: ele abatera a corça com um único tiro.

Após Iain habilmente tirar as vísceras da carcaça, deixando-as sobre uma rocha plana, onde os corvos acabariam com elas logo depois, ele embainhou novamente sua faca. Em seguida, os homens colocaram a carne na sela e afivelaram as correias para garantir que o peso fosse distribuído uniformemente sobre as costas do pônei, enquanto ele descia a passadas firmes a trilha.

Ao descerem, foram pegos de surpresa quando olharam para o lago. Uma dúzia de balões-barragem se erguia de navios na baía, cintilando como um cardume de gigantescos arenques prateados nos céus acima de Loch Ewe. Havia até um deles balançando sobre o telhado da central telefônica. Os aviadores continuavam a inflar mais iscas, suspensas na extremidade de seus longos cabos, que cortariam as asas de um avião caso ele voasse baixo demais em busca de um alvo, derrubando-o.

– Calminha, está tudo bem – disse Flora, acalmando o garron, que se assustou com aquela estranha visão.

– Andaram ocupados por aqui – grunhiu o pai de Flora, com suas sobrancelhas desaparecendo sob a aba de seu chapéu de caçador.

A trilha que pegaram terminava na estrada, e, enquanto o grupo voltava pela aldeia para a Casa Ardtuath, vários meninos vieram correndo.

– Caramba, olha só!

– Mataram um cervo!

– Essa arma é sua, senhor Gordon?

– Posso experimentar?

– Meu pai tem uma arma também, lá no deserto da África. Ele atira em alemães com ela.

– Aposto que o senhor conseguiria acertar um alemão com sua arma, não conseguiria, senhor Gordon?

Iain acalmou as suplicantes crianças, que andavam em volta do garron tentando ver melhor a carcaça da corça em seu dorso.

– Para trás, para trás, meninos, fiquem longe das patas traseiras dele. Ele pode acabar dando um coice em vocês se sentir medo. Sim, esta arma com certeza poderia matar um homem, a maior razão para ficar bem longe delas na idade de vocês.

Flora sorriu para Stuart e Davy, que ficaram para trás, um pouco inseguros com a evidente força do garron.

– Ei, meninos, venham – disse ela, chamando-os para frente. – Vocês podem fazer um carinho no focinho dele, se quiserem. Ele não morde.

Davy se escondeu atrás de seu irmão, mas Stuart foi mais corajoso e estendeu a mão hesitante para acariciar o focinho do pônei. – Por que os cabelos dele são tão compridos? – perguntou ele, maravilhado.

– O nome é crina. É assim que ele fica aquecido no inverno e mantém as moscas longe de seus olhos no verão.

– Anda, gente! – gritou o líder do bando. – Vamos lá olhar os balões de novo.

As crianças saíram em disparada em direção ao cais, mas Davy hesitou por um momento.

– Senhorita Flora? Para que serverm aqueles balões tão grandes? Stuart disse que são zepelins que podem pegar fogo e matar gente.

– São só balões-barragem, Davy. Eles estão aqui para proteger você, no caso de haver outro ataque aéreo, entendeu?

– A senhora Carmichael disse que atacaram Glasgow. Espero que minha mamãe esteja bem.

– Tenho certeza de que está. Ela escreve para você?

Davy parecia incerto.

– Algumas vezes. Mas Stuart diz que ela está ocupada no trabalho, fazendo bombas para matar os alemães, então nem sempre ela pode escrever para nós.

– Aqui – disse Flora, tirando um pedaço de maçã do bolso. – Quer alimentar o pônei? Fique com a mão espalmada, assim. Olha só, não há nada para temer, viu?

Davy sorriu para ela, balançando a cabeça vigorosamente, e então, ao ouvir o irmão gritando seu nome da praia, virou-se e saiu correndo para se juntar aos amigos.

De volta à Cabana do Guardião, Flora deixou seu pai, Ruaridh e Alec lidando com a carcaça e tirando a sela do garron e foi para dentro preparar o jantar. Mais um balão prateado balançou no ar, juntando-se aos outros que já nadavam em seu estranho e brilhante cardume acima do ancoradouro, contrastando com as colinas violáceas.

Lexie, 1978

Finalmente, consegui tirar algumas poucas informações de Bridie, fazendo-a comentar como eram as coisas nos tempos em que a guerra chegou a Aultbea. Recorri a táticas furtivas, por fim, convidando-a para a Cabana do Guardião para um chá nas tardes de quarta-feira, descaradamente usando Daisy como chamariz. Mas Bridie de fato é uma ótima companhia, e me vejo realmente aguardando pelas visitas dela. Oferecer um pouco de chá e um bocado de conversa me parece o mínimo que posso fazer com ela sendo tão gentil comigo. Bridie rapidamente assumiu o papel de segunda mãe e avó, algo que sei que minha mãe teria amado.

O rosto dela se ilumina ao falar de seus tempos de *wren*, e certo dia ela traz um álbum com fotos dela, de minha mãe e Mairi em seus uniformes para me mostrar. As três sorriem nas fotos, muito elegantes em seus trajes bem-ajustados. Seus casacos trespassados têm reluzentes botões de latão e o emblema do Serviço Feminino da Marinha Real costurado na manga, exibindo orgulhosamente o símbolo bordado de âncoras cruzadas sob uma coroa.

– Deve ter sido extraordinário – reflito, oferecendo-lhe um prato com biscoitos de chocolate. – Loch Ewe indo de uma comunidade com apenas algumas centenas de moradores a uma base militar com mais de três mil pessoas, assim, do dia para a noite.

Bridie balança a cabeça e mastiga, pensativa.

– Com certeza, foram tempos extraordinários. Emocionantes, também. De repente, todas aquelas pessoas chegando de todas as partes do mundo. Em todo canto, poloneses, indianos, americanos e russos. E havia um grande espírito de equipe entre as *wrens*. Várias garotas vieram da Inglaterra e do País de Gales, então fizemos muitas novas amizades.

Daisy foi engatinhando até Bridie e se levantou, tentando subir ao lado dela no sofá.

– Venha, minha Daisy, querida! – diz ela, colocando-a em seu colo, e Daisy se aninha, feliz, na dobra de seu braço. – Claro, também havia inconvenientes em ter os militares aqui. Recebemos passes de segurança que devíamos levar com a gente o tempo todo. As estradas depois do lago foram fechadas em Laide, Gairloch e Achnasheen com postos de controle, e ninguém era autorizado a entrar sem mostrar esses documentos. Eu vivia esquecendo o meu, mas, felizmente, a maioria dos guardas me conhecia do NAAFI e me deixava passar. E aí houve os momentos tristes, também. Vários de nossos garotos foram lutar na guerra, e telegramas chegavam com frequência informando a morte deles. Toda vez que perdíamos um deles, isso abalava demais a comunidade.

Os olhos de Bridie marejam ao lembrar essas perdas. Mas quando tento perguntar coisas mais específicas – especialmente sobre minha mãe e meu pai –, ela se afasta mais uma vez, como um cervo assustado, atendo-se a histórias mais genéricas.

Enquanto a observo brincar com Daisy, penso em como ela teria sido uma mãe e avó maravilhosa caso tivesse tido filhos. A vida dela teria sido tão diferente.

– E quanto a você, Bridie? Com todos aqueles soldados e marinheiros na área, você não teve nenhum romance?

O semblante dela se torna radiante por um momento, e percebo um lampejo do quão bonita e vivaz Bridie deve ter sido naqueles tempos. Então, como uma nuvem encobrindo o sol, sua expressão muda.

– Ah, sim – diz ela –, a guerra trouxe oportunidades para alguns. Mas, sabe, para cada história de um novo amor há dez mais de perdas e corações partidos.

Ela pega um lenço, assoando o nariz, e então volta sua atenção para o álbum de fotos ao seu lado.

– Eu já te contei sobre como os comboios do Ártico começaram? Fui transferida para a cantina do NAAFI quando soubemos da notícia.

Flora, 1941

O vento estava forte naquela tarde, enviando sobre as águas do lago reflexos das nuvens arrastadas, e a luz já diminuía, quando o curto dia de inverno deu lugar à outra longa noite. Flora se sentava em uma das compridas mesas do NAAFI, ao lado oposto de Mairi, mãos envolvendo sua xícara, absorvendo os resquícios de calor da grossa porcelana branca.

A cantina estava incomumente tranquila, e Bridie veio se juntar às duas, reabastecendo as xícaras das amigas com o conteúdo do grande bule de metal que carregava com entusiasmo. Colocou na mesa um prato com três fatias do bolo seco, que era o alimento básico do NAAFI. Os soldados o chamavam de "Ameaça Amarela", uma vez que era feito de um pó formado por gema, açúcar e leite e se transformava em serragem na boca, pedindo mais goles do aguado chá para empurrá-lo goela abaixo.

Como sempre, Bridie estava ansiosa para compartilhar as últimas fofocas com suas amigas.

– Todos os homens foram chamados para uma reunião. Deve ser algo importante.

Não era surpresa nenhuma que o papel da base deveria mudar. A guerra parecia se alastrar como um incêndio, e a sensação era de que o mapa múndi mudava de cor em frente aos seus olhos, conforme mais e mais países eram consumidos pelas chamas. No outro dia mesmo elas haviam visto imagens de cinejornais que mostravam as consequências de um ataque por bombardeiros japoneses a um lugar distante, do outro lado do mundo, chamado Pearl Harbor. As imagens de navios destruídos, parcialmente afundados nas águas tomadas por óleo, e de macas carregando corpos queimados silenciaram o público normalmente falante presente no salão. E, embora a devastação tivesse ocorrido a milhares de quilômetros dali, para aqueles que assistiam às cenas ao lado do ancoradouro em Loch Ewe, tudo parecia perto demais de casa. Aqueles navios poderiam ter sido os deles próprios. Aqueles corpos destroçados e ensanguentados poderiam ter sido os de seus amigos e companheiros.

– Agora que os ianques estão na jogada, talvez tenhamos alguns visitantes norte-americanos – especulou Bridie, esperançosa. Até o momento, todos os seus relacionamentos amorosos haviam fracassado, geralmente terminando em lágrimas devido a transferências ou, em um dos casos, até à descoberta de uma noiva.

Mairi sorriu.

– Você acha que eles serão uma aposta melhor do que nossos garotos britânicos, então? É ainda mais provável que estejam apenas de passagem.

Bridie deu uma mordida no bolo, mastigando, pensativa.

– Sim, mas devem trazer coisas com eles. Não seria maravilhoso ter um perfume novamente? E um batom? Quem sabe até algumas meias que não façam nossas pernas parecerem as de um lutador peso-pesado? – suspirou ela, desconsolada, enquanto coçava a panturrilha, a lã grossa de sua meia provocando coceiras sem fim.

– Eu me contentaria com um sabonete – disse Mairi. – Vocês ouviram que ele será racionado, também?

– Isso é surpreendente, vindo de você, Mairi Macleod – Bridie retrucou. – Você nunca se contenta com nada.

Flora sabia que, na opinião de Bridie, Mairi era exigente demais, tendo recusado vários rapazes que a haviam convidado para sair.

– Não há nada de errado em esperar pelo cara certo aparecer – Flora entrou na conversa.

– Para você é tranquilo dizer isso – suspirou Bridie, mais uma vez. – Você já encontrou o seu.

Mairi lançou a Flora um olhar acolhedor. A amiga lhe confidenciara que o pai de Alec tentava impedir o noivado dos dois, ameaçando mexer alguns pauzinhos junto a amigos do alto escalão com o objetivo de transferir Alec para Portsmouth, a menos que "o relacionamento absurdo" de seu filho com a filha do guarda-caça terminasse. Os dois sabiam que isso estava perfeitamente ao alcance dele, assim como substituir Iain, então o que faziam agora era se encontrar escondidos, sendo cuidadosos para não causar problemas.

O vento começou a espalhar granizo contra as laterais das casamatas quando a reunião terminou. Os oficiais de folga correram pelo campo e se reuniram no calor do NAAFI. Bridie voltou correndo para seu posto atrás do balcão para preparar outro bule gigantesco de chá.

Ruaridh e Alec juntaram-se a Flora e Mairi; tiraram seus chapéus, colocando-os sobre a mesa para secar, e rapidamente as informaram sobre as últimas notícias. Com a Rússia lutando contra o exército de Hitler em várias frentes, era essencial manter as linhas de abastecimento soviéticas abertas. No entanto, as fronteiras no sul eram agora controladas pela Alemanha. Sendo assim, a única forma de obter munições e equipamentos vitais seria através do Ártico. Os comboios teriam de passar pelo Cabo Norte da Noruega, agora defendido pela Marinha e Força Aérea alemãs. E Loch Ewe seria um dos pontos de onde esses comboios partiriam.

O clima na cantina – normalmente leve e divertido, com o burburinho de brincadeiras amigáveis se misturando ao barulho de talheres e ao assobio do aquecedor de água industrial – tornou-se de repente mais sério. O que todos haviam visto até agora era apenas o começo.

Enquanto Bridie enchia suas xícaras, as três garotas trocaram olhares de medo ao se dar conta de que o porto seguro ao lado do qual construíram seus lares acabava de se tornar um ponto estratégico em um mundo dividido pela guerra.

* * *

O dia seguinte amanheceu com o topo das colinas coberto por uma camada de neve fresca, e Flora soprou suas mãos para aquecê-las um pouco. Ela havia acabado de trocar uma vela de ignição na ambulância que dirigiria naquele dia, que se recusava a ligar, e seus dedos estavam congelados. Flora entrou no veículo e tentou dar a partida mais uma vez, suspirando de alívio quando a ambulância finalmente funcionou, agora sem dificuldades. Suas ordens eram de transferir dois pacientes da enfermaria da base para Gairloch, onde um hotel fora transformado em hospital militar. Ela raspou a camada de gelo do para-brisa e, enquanto esperava os oficiais que transportaria, enfiou as mãos nos bolsos de seu sobretudo azul-marinho e andou de um lado para o outro na tentativa de se aquecer. Sua atenção foi então atraída pela visão de uma figura familiar.

– Alec! – ela gritou, acenando para chamar sua atenção.

Ele parecia estar profundamente concentrado, mas seus olhos, antes fixos no chão, iluminaram-se ao avistá-la. Ele veio apressado na direção dela.

– Flora, estou feliz em vê-la aqui. Há algo que preciso lhe contar.

O tom de Alec era monocórdico, e Flora percebeu que, por trás do sorriso dele, seu semblante estava carregado de tensão.

– O que foi?

– Bom, a boa notícia é que fui promovido a capitão-tenente.

– Alec, isso é maravilhoso. Achei que ainda faltavam dois anos para a promoção, não era?

— Sim, faltavam, mas eles a adiantaram.

Flora examinou o rosto dele, confusa por sua falta de entusiasmo.

— Mas...? — ela o indagou.

O rosto de Alec se contraiu enquanto emoções conflitantes se manifestavam.

— Mas, com a promoção, precisarei voltar para o mar, para um dos destroieres. Eles serão necessários para proteger os comboios para a Rússia.

Flora se calou enquanto digeria a notícia e suas implicações, automaticamente olhando para as águas escuras do lago, para onde o mar implacável se agitava, inquieto.

— Poderia ser pior — disse ele. Flora notou o esforço que Alec fazia para parecer animado e tentar confortá-la. — Nossa principal missão será acompanhar os navios que partem da Islândia, mas estarei aqui de tempos em tempos, então poderei ver você quando estiver em casa. Além disso, não partirei imediatamente. Ficarei por mais umas duas semanas, até o Natal, pelo menos.

Flora engoliu em seco, livrando-se da angústia que comprimia sua garganta.

— Já é alguma coisa, então — respondeu, quando finalmente conseguiu se pronunciar, tentando reproduzir o tom positivo de Alec.

Naquele instante, dois pacientes saíram da enfermaria, um que conseguia andar com o auxílio de um par de muletas e o outro carregado em uma maca por um par de auxiliares de enfermagem.

— Desculpe, Alec. Tenho que ir. Nos falamos mais tarde?

Ele assentiu, tristemente.

O que Flora mais queria era poder envolvê-lo com os braços e sentir o calor de seu corpo. Contudo, contida pelo dever, o que restou a ela foi dar o sorriso mais corajoso que conseguia.

Abrindo as portas de trás da ambulância, Flora ajudou o ferido de muletas a subir.

Alec permaneceu ao lado do assento do motorista, extremamente relutante em deixá-la ir.

– Dirija com cuidado – disse ele. – As estradas estão cobertas de gelo.

Flora avistou o reflexo de Alec no espelho retrovisor ao sair do acampamento. Ele ainda estava parado com as mãos enfiadas nos bolsos do casaco azul-escuro, sua respiração pairando acima dele em uma nuvem congelada, observando-a até Flora o perder de vista.

Enquanto dirigia pela estrada costeira, Flora avistou uma lancha de fornecimento que balançava em meio às ondas agitadas do depósito de munições no isolado porto abaixo de Inverewe House. Sua carga mortal seria o suficiente para proteger o navio caso ele fosse atacado pelo inimigo? E os homens a bordo, saberiam eles da presença de outro inimigo, que ameaçava vidas, além dos braços protetores de Loch Ewe? Independentemente da ameaça nazista, os mares árticos eram traiçoeiros, devastados por tempestades congelantes que poderiam matar em segundos, repletos de redemoinhos e uma névoa espessa o suficiente para esconder um navio de guerra até que estivesse quase sobre sua presa.

Ela sabia o quão corajoso Alec era, e o quão capaz, também, mas pensar nele lá fora, enfrentando a crueldade dos inimigos, congelava seu sangue mais do que o frio penetrante do dia.

* * *

Os grupos de caça de dezembro foram organizados para a segunda quinzena do mês, de modo que os convidados dos Mackenzie-Grants pudessem fazer suas caçadas a tempo do Natal. E, mais uma vez, *sir* Charles exigiu a presença de Flora na cozinha de sua casa. Flora concordou alegremente quando seu pai lhe repassou o pedido. Ela não se importava em ajudar *lady* Helen. Além do mais, isso lhe daria a chance de passar um tempo maior com Alec. Cada segundo juntos era ainda mais precioso, agora com a partida iminente dele para a Islândia.

Flora chegou cedo e começou a organizar as cestas que acompanhariam o grupo de caça à colina. Dentro delas, cantis de sopa quente e pilhas de sanduíches. Flora também cortou e embalou em papel pardo fatias de bolo Madeira, para que os participantes pudessem enfiá-los em seus bolsos e mordiscá-los de tempos em tempos. Era um piquenique muito mais simples do que os dos dias anteriores ao racionamento, mas Flora deu seu melhor para fazê-lo parecer o mais apetitoso possível.

Quando terminou de colocar tudo na mesa do hall de entrada para seu pai recolher, a porta da cozinha se abriu, e *lady* Helen apareceu.

– Bom dia, Flora. Estou tão grata por tê-la nos ajudando de novo. Espero que tenha encontrado tudo de que precisava. Vim buscar mais pão, o da sala de jantar já está acabando. Você poderia cortar algumas fatias, por gentileza?

– Claro – Flora sorriu, empunhando mais uma vez a faca de pão.

Ao ouvir outros passos se aproximando, Flora se virou, na esperança de serem de Alec. Mas seu sorriso se desfez ao avistar Diana Kingsley-Scott adentrando a cozinha.

– Nossa água quente acabou. Será que sua garota pode encher isso aqui para nós e levar de volta à sala de jantar?

Diana abordou *lady* Helen, mas entregou o bule prateado que carregava para Flora, mal a notando.

– Com certeza, Diana. Sinto muito por precisar ter vindo até aqui. Você faria isso para nós, Flora, minha querida?

Flora apenas assentiu, não confiando no que sairia de sua boca, e não pôde deixar de notar, ao pegar o bule das mãos de Diana, que em não havia anéis em seus dedos. Mas o que será que aconteceu? Ela não deveria ter se casado no outono? Onde estava o marido dela? E, mais especificamente, por que Alec não mencionou que ela viria passar o fim de semana aqui?

Flora voltou a encher a chaleira com a água quente sobre o fogão e seguiu as duas mulheres através da porta de baeta verde. O corredor, lugar que tanto a oprimira quando esteve ali no *Hogmanay*, parecia se fechar em volta de Flora mais uma vez, pesado e ameaçador. Ela endireitou os ombros enquanto atravessava para a sala de jantar.

Não havia sinais da presença de Alec, mas Diana estava sentada ao lado de *sir* Charles, que devorava um prato de ovos e bacon com gosto enquanto divertia seus convidados com relatos sobre caças anteriores. Ao notar a presença de Flora, ele levantou os olhos.

– Ora, aqui está a nossa estimada senhorita Gordon. Que gentil da sua parte ter nos agraciado com sua presença esta manhã.

Flora sabia que toda aquela cordialidade era dissimulada, uma atuação para o público ali presente.

– Diga ao seu pai que a senhorita Kingsley-Scott ficará com a Beretta, está bem?

Sir Charles se virou então para Diana.

– Como é sua primeira vez, começaremos com algo mais leve, minha querida – disse, olhando para seu relógio. – Onde será que o Alec está? Embora, depois daquele jantar tão animado que tivemos ontem, não é surpresa nenhuma que ele tenha começado a manhã mais devagar, não é mesmo?

As mãos de Flora tremiam enquanto ela colocava o bule de chá em seu suporte no aparador. Em seguida, saiu da sala de jantar com toda a dignidade que pôde reunir dentro de si e, já no corredor, quase colidiu com Alec, enquanto ele descia correndo as escadas. Ele não prestava atenção para onde estava indo, concentrado em fechar os botões de seu casaco.

– Flora! Não sabia que você estaria aqui esta manhã.

– Não, mas aqui estou. Seu pai me pediu para vir. Você sabe que é sempre um prazer ajudar sua mãe quando ela tem tantos convidados para receber.

Ele se aproximou dela como se fosse beijá-la, mas Flora abaixou a cabeça e se virou.

– É melhor eu voltar para a cozinha. E você, entrar ali – disse ela, apontando para a sala de jantar, enquanto gargalhadas ressoavam atrás da porta fechada.

Alec tentou pegar na mão dela.

– Flora, espera, eu...

Contudo, o que quer que Alec estivesse prestes a dizer foi interrompido pela aparição de Diana.

– Bom dia, dorminhoco – ela o provocou. – Que bom que está de pé. Seu pai havia acabado de me pedir para ir bater à porta do seu quarto e avisar para você se apressar se quisesse tomar café antes de irmos.

Flora deu meia-volta, saindo apressada de volta à cozinha, as faces em chamas. Ela estava furiosa com a forma com que *sir* Charles orquestrou tudo para mostrá-la, mais uma vez, a diferença entre o mundo dela e o de Alec. E se sentia com raiva de si mesma por ter sido manipulada daquela forma. Arrancando seu avental, ela saiu pela porta dos fundos.

– Opa, opa, para que toda essa pressa, menina? – disse o pai de Flora, segurando-a quando os dois se trombaram no caminho.

Flora balançou a cabeça como resposta, sem ar, pela raiva e humilhação que sentia. E então, engolindo em seco, disse:

– Eles estão quase prontos para ir com o senhor. O piquenique está no hall de entrada. E pediram para que o senhor pegue a Beretta para a senhorita Kingsley-Scott.

E, enquanto voltava para casa, Flora enxugou suas lágrimas de fúria, incerta de por quem as derramava: *sir* Charles, Alec ou ela mesma, por ter se deixado pensar algum dia que poderia se encaixar no mundo de Alec?

Lexie, 1978

O dia de hoje é indócil e encharcado. O fim da tempestade no Atlântico leva torrentes de chuva ao lago, com suas rajadas de vento transformando-as em um mar agitado. Dias como esses são lembretes do quão rapidamente as condições climáticas podem mudar de inofensivas a tempestuosas. Enquanto em um dia tudo está calmo, no outro, mal se pode acreditar que o sol voltará a brilhar. Há um ditado na Costa Oeste que diz: "Se não gosta de como o tempo está, espere cinco minutos e ele mudará". Estou voltando a me acostumar a isso novamente, aceitando que é a natureza aquela a ditar os planos do dia. Por aqui, os raios de sol são *commodities* preciosas.

Elspeth reservou o salão para uma sessão de brincadeiras expandida, que incluirá música e dança. Mães e filhos virão de Poolewe e até de Gairloch. Originalmente, eu havia planejado ir a pé, caminhando com Daisy em seu carrinho, levando nele os instrumentos musicais e toca-fitas que eu usaria. Mas o tempo acabou com meus planos, e, em vez disso, vou precisar ir e voltar até o carro tentando manter tudo seco, além de colocar Daisy em sua cadeirinha sem me molhar toda no processo.

Pego um dos casacos de mamãe no cabideiro, um que seja mais apropriado às condições climáticas de hoje do que minha jaqueta londrina. Após vesti-la, coloco as chaves do carro em um dos bolsos e, no outro, o toca-fitas e as fitas cassetes. Deixo Daisy no cadeirão terminando de comer seu pedaço de torrada com mel no abrigo da cozinha, e saio apressada na direção do carro. Ao procurar pelas chaves no bolso, meus dedos se fecham em torno de outra coisa. Pego um pequeno broche. É ornamentado, com uma coroa e uma âncora fixadas em uma guirlanda de folhas. Está bastante manchado, mas, quando o esfrego com o polegar, um brilho prateado surge através da camada escura. Enquanto estou ali com ele na palma da minha mão, pingos de chuva caem do capuz do meu casaco e reluzem, como lágrimas, nas folhas entalhadas. Era este o casaco que mamãe vestia todos os dias. Quantas vezes ela mesma já não colocou a mão no bolso e segurou este broche quando caminhava na direção da mercearia ou ia visitar Bridie.

Uma rajada de vento me estapeia, tão forte que quase me joga no chão, lembrando-me de não ficar parada ali. Coloco a peça de volta no bolso e procuro pelas chaves do carro. Mostrarei o broche a Bridie na próxima vez em que ela vier para o chá. Quem sabe ela não possa me contar mais sobre ele?

* * *

O evento na associação é o jeito perfeito de aproveitar uma manhã em que o vento e a chuva não nos deixam passear ao ar livre. Há um bom número de pessoas aqui, e as crianças parecem adorar ver suas mães cantando, acompanhando-as com tambores, xilofones e chocalhos. Aquelas sem instrumento dançam enquanto aguardam por sua vez, e, no fim, todos estão sorrindo e sem fôlego, compartilhando bebidas e biscoitos.

Elspeth e eu vamos arrumar tudo depois, e algumas mães ficam para nos dar uma mão.

Enquanto uma delas me ajuda a empilhar cadeiras, ela diz:

– Lexie, você acha que seria possível ir até Gairloch e fazer algo assim de vez em quando? Também temos um grupo de brincadeiras por lá, e sei que as crianças amariam. Você poderia nos cobrar uma taxa, pela qual pagaríamos com prazer, para cobrir seu tempo e seu combustível.

Ela anota seu número em um pedaço de papel.

– Então, me dê uma ligadinha, e aí combinamos.

Elspeth sorri para mim.

– Olha, eu diria que o evento foi um sucesso. Foi ótimo ter tantas mães assim juntas, também. Pode ser solitário para elas às vezes. Poderíamos ver se a associação está liberada, sei lá, talvez uma vez a cada quinze dias?

Na volta para casa, Daisy cantarola em sua cadeirinha, chutando as pernas no ritmo da música, fazendo-me rir. As nuvens mais baixas se abrem por alguns instantes, e um raio de luz prateada faz as ondas cintilarem. No mesmo instante, meu espírito se eleva, como as aves-marinhas que planam no vento acima de nós, fustigadas pelas rajadas da tempestade, ainda assim, voando alto.

Flora, 1942

Flora mal teve a chance de ver Alec após o dia de caça e, quando o fez, não conseguiu conter seus sentimentos.

– Mas, Flora, meu amor, a Diana não significa nada para mim. Foi meu pai quem a convidou para passar o final de semana na nossa casa. Eu nem sabia disso até ela aparecer com os pais dela. Ela tem passado por um período difícil. Foi rejeitada apenas um mês antes do casamento. Embora eu tenha certeza de que vá achar outra pessoa, agora que está de volta a Londres.

Em vez de confortá-la, no entanto, o que cada palavra proferida por Alec fez foi apenas alastrar as chamas de insegurança de Flora. Ela estava bastante ciente de que, se *sir* Charles tivesse participação naquilo, Alec e Diana voltariam a ficar noivos em um piscar de olhos, mas acabou por ceder um pouco no último dia de Alec em terra. Disse que o amava e se permitiu relaxar em seus braços.

Agora que Alec partira com os comboios, porém, Flora se ressentia amargamente de ter tocado no assunto. Sentia tanto a falta dele, foi o que confessou a Mairi enquanto iam para a cantina.

Quando as duas amigas atravessaram a porta, Bridie saiu apressada de seu lugar atrás do balcão, a tristeza estampada em seu rosto. Ela enxugava as mãos em um pano de prato e continuou a torcê-lo, angustiada, enquanto contava as notícias.

– Os Carmichaels receberam um telegrama. Vi o carteiro batendo na porta deles quando vinha para cá esta manhã. Então fui até os correios para perguntar à senhorita Cameron sobre o que havia acontecido, e ela me disse que são más notícias sobre o Matthew, mas não contou se ele foi capturado ou ferido. Era ele quem estava no Extremo Oriente, não era?

Mairi assentiu.

– Pelo menos, era isso da última vez que ouvimos sobre ele. O batalhão dele estava na Malásia, e depois foi forçado a voltar para Singapura. Sei que ela ficou preocupada com ele depois de saber sobre a rendição por lá. Mamãe falava com a senhora Carmichael justamente sobre isso outro dia desses.

– Vocês acham que seria conveniente fazermos uma visita para ela depois do trabalho?

– Vamos esperar até sabermos um pouco mais. Mamãe deve ter passado lá, imagino. Teremos notícias em breve.

Flora estendeu a mão e gentilmente pegou o pano de prato de Bridie.

– Sente-se um pouco. Isso é um choque para todo mundo.

Matthew estava uma série acima delas na escola, e seu irmão mais novo, Jamie, na mesma. Johnny, o mais velho, três depois. Todos eles eram corajosos e habilidosos jogadores de *shinty*. Flora podia até vê-los praticando com seus bastões na praia, seus longos membros se esticando com habilidade atlética enquanto jogavam a bola um para o outro. Loch Ewe estava distante demais dos três naquele momento: Johnny e Jamie lutavam no deserto do norte da África. Ela tentou imaginar onde Matthew estaria. Talvez em um campo de prisioneiros de guerra, entre seus amigos do regimento Argyll e Sutherland Highlanders. Flora afastou outra imagem de seus pensamentos, essa mais assustadora, de um corpo indefeso caído na selva, pernas e braços estendidos sob a espessa folhagem verde, cuja sombra era insuficiente para oferecer uma trégua do calor tropical.

Após o término de seus turnos, as três garotas decidiram caminhar até Aultbea para ver se a mãe de Mairi tinha notícias. No caminho, Flora avistou os Laverocks na praia. Os irmãos haviam feito catapultas improvisadas e estavam praticando acertar pedregulhos em uma pedra maior.

– Stuart! Davy! – gritou Flora, correndo na areia molhada.

Ela percebeu Davy estremecer ao som de seu nome, e a prudência estava estampada nos rostos dos dois ao se virarem para ela. Os irmãos tremiam com o frio úmido daquele fim de tarde de fevereiro.

– Olá, senhorita Flora – cumprimentou Stuart, visivelmente relaxado ao vê-la, embora seu rosto estivesse pálido na fraca luz.

– Soubemos que os Carmichaels receberam um telegrama esta manhã.

Stuart assentiu. Pelo semblante do menino, Flora já sabia quais seriam suas próximas palavras.

– Matthew morreu. A senhora C está muito mal. A gente não queria voltar para lá depois da escola, então ficamos aqui.

Davy levantou seu estilingue.

– A gente fez estilingues com um pedaço daquelas coisas de balão e agora está treinando para se os alemães chegarem, a gente pegar eles.

Como previsto pelo pai de Flora, os balões não resistiram ao inverno. Chegaram a sobrevoar o lago por algumas semanas, mas as impiedosas tempestades do oeste os arrancaram de seus cabos, espalhando o que sobrou deles por toda parte. Não era incomum agora ver telhados com coberturas prateadas ou capas cobrindo montes de feno reluzindo sob o sol, com os agricultores mais arrojados fazendo bom uso de seus restos.

– Bom, é hora de voltar para casa. Não importa o quanto a senhora Carmichael esteja triste, ela se preocupará com vocês. Venham, vamos levar os dois.

Relutantemente, os meninos enfiaram os estilingues nos bolsos de seus casacos, e Flora os levou de volta à estrada, onde Bridie e Mairi esperavam.

Encontrando os olhares das amigas, Flora apertou os lábios e balançou a cabeça, aquele gesto único e suficiente para lhes dizer o que precisavam saber. O choro ficou preso na garganta de Bridie, e Mairi a segurou pelo braço para firmá-la enquanto caminhavam ao longo da estrada, um agrupamento de figuras rastejantes, suas tristezas como um pesado fardo para suportar.

Flora bateu na porta da frente dos Carmichaels. Os blecautes já haviam sido fechados, dando às janelas a aparência de olhos cegos que se voltaram para dentro de uma casa congelada pela tristeza. Foi Archie Carmichael quem abriu a porta. Parecia ter envelhecido anos em apenas um dia. Suas bochechas estavam fundas e seus modos usualmente cheios de energia, agora inexistentes.

– Ah, aí estão vocês, garotos – disse ele, com voz trêmula. – Saiam dessa friagem. Vocês também, Mairi, Flora, Bridie. Entrem. Agradeço por trazerem os meninos para casa.

– Obrigada, mas não vamos ficar – disse Mairi. – Apenas queríamos acompanhar Stuart e Davy de volta para casa e dizer que sentimos muito pela perda de vocês.

– Ah, sim, isso é tão gentil da parte de vocês, garotas – disse ele, as palavras se desvanecendo e seus olhos ficando vidrados. Com esforço, ele se recompôs. – Direi a Moira que vieram. Ela ficará feliz. Ela não está no seu normal no momento, o doutor Greig passou aqui e deu a ela algo para dormir.

– Se houver qualquer coisa que possamos fazer, por favor, nos diga – disse Mairi, tocando carinhosamente o braço do senhor Carmichael.

– Tão gentil da parte de vocês – ele repetiu, as palavras automáticas. – Sua mãe esteve por aqui e foi de grande conforto para Moira, estou certo disso, acredite-me.

Flora lançou um olhar ansioso para os garotos, que continuavam parados na porta, relutantes em entrar.

– Podemos trazer algo para o jantar de vocês, talvez? – ela perguntou. – Tenho certeza de que precisarão de algo para comer.

– Não se preocupe. Temos um pouco de sopa que a senhora Macleod trouxe quando veio. Vamos ficar bem, não vamos, meninos? – respondeu o senhor Carmichael, em uma tentativa de soar tranquilizador. – Saiam dessa friagem – disse ele, repetindo-se mais uma vez, os olhos distantes.

Virar-se e ir embora daquela casa partiu o coração das meninas, aquela casa onde um daqueles três jovens chamava de lar e para a qual jamais voltaria.

* * *

Da janela da cozinha da Cabana do Guardião, Flora observava, dia após dia, os navios mercantes se reunindo do outro lado da ilha. Alguns vindos do sul, de início abraçando as águas mais seguras da Costa Leste e, depois, encarando os mares implacáveis de Pentland Firth para chegar ao porto de Loch Ewe. Já outros haviam enfrentado o Atlântico, trazendo suprimentos e equipamentos da América do Norte. Esses navios viajavam em comboios e corriam o risco de ser caçados pelas matilhas de navios alemães que vagavam pelo oceano em busca de presas. Ao menos, nos mares, os predadores tinham milhares de quilômetros de água para cobrir, e os comboios, com isso, uma chance maior de passar despercebidos. Alguns desses navios agora se juntariam aos comboios do Ártico, navegando por um corredor marítimo relativamente estreito, cercado de um lado pelo gelo e, do outro, por aviões de ataque alemães e navios de guerra atracados no Cabo Norte norueguês. E Alec estaria lá também, parte da pequena escolta enviada com o comboio para defender os navios mercantes.

Ele contara a Flora sobre o destroier ao qual fora designado, assegurando-a de que suas defesas eram impressionantes, mesmo com sua ponte descoberta deixando a tripulação do navio exposta ao severo clima ártico. Outro dia desses, no entanto, Flora ouvira dois dos oficiais que transportava discutindo como os comboios seriam vulneráveis sem cobertura aérea.

– Presas fáceis – disse um dos homens.

– Ouvi dizer que estão dando armas até ao pessoal dos navios mercantes – respondeu o outro. – Embora isso seja meio como dar a uma criança uma carabina de pressão e dizer que isso a protegerá da *Messerschmitt*.

– O trabalho dos nossos garotos será dificultado se os alemães souberem da flotilha.

– A questão não é nem "se", mas "quando". Todos os dias eles enviam aeronaves de observação saindo das bases deles na Noruega. Já estão de olho em Spitsbergen e na Islândia. Certamente, ficarão bastante interessados quando virem uma dúzia de navios indo para a porta dos fundos da Rússia, acompanhados por alguns dos nossos melhores.

Flora agarrou com força o volante, seus dedos perdendo a cor enquanto todas as implicações dos riscos que Alec estava prestes a enfrentar eram absorvidas. Não importa o quão difícil fosse para os dois ficarem juntos, ela o amava e acreditava nele quando ele dizia o mesmo.

Flora ainda estava com os nervos abalados quando retornou para a base no final de seu turno. Mairi e Bridie também terminavam os seus, mas Bridie queria que suas amigas fossem com ela à Taberna naquela noite. Mais cedo, na fila dos correios, enquanto aguardava na frente de alguns norte-americanos de um dos navios mercantes, Bridie começou a papear com os homens.

– Eles perguntaram o que havia para se fazer aqui por essas bandas, e aí contei sobre nossos filmes e bailes. Um deles então quis saber se tínhamos algum lugar onde um marinheiro poderia pagar um drinque para uma garota! Imaginem só? Perguntando isso ali mesmo, em frente à senhorita Cameron! Bom, de qualquer forma, eles irão ao bar hoje à noite, e só posso ir se vocês duas forem também. Mamãe teria um ataque se não fosse assim. Por favor, vamos?

Mairi precisou cutucar Flora para chamar a atenção da amiga, distraída pela visão de um destroier parado próximo à foz do lago, enquanto os rebocadores abriam as redes para permitir que ele entrasse no porto. Flora não conseguiu distinguir qual deles era, mas esperava que Alec pudesse estar a bordo.

Mairi a cutucou novamente.

– O que você acha?

– Hã?

– De acompanhar Bridie com os ianques hoje?

– Ah, sim, tudo bem. Verei com Ruaridh se ele quer ir, posso? Acho que ele gostaria de se encontrar com eles também.

– Boa ideia. E estaremos em maior número. Vai que um deles tente fazer a Bridie se apaixonar por ele, e depois levá-la para Nova York.

– Isso seria incrível! – Bridie retrucou, embora seu olhar esperançoso denunciasse que ela já imaginava exatamente esse cenário.

* * *

Quando adentraram o bar, saindo da noite congelante, um vapor quente recepcionou o grupo na lotada taberna, o ar carregado com o cheiro das cervejas e a fumaça dos cigarros. Ruaridh abriu caminho entre a multidão, com as garotas o seguindo. Homens se aglomeravam no bar, e a cacofonia de vozes era uma rica mistura de sotaques e línguas. Flora conseguiu identificar escoceses, galeses, norte-americanos, poloneses e franceses, além de outras que não reconheceu. Quando já perdiam as esperanças em encontrar um assento, ouviram alguém gritar:

– Aqui, senhorita Macdonald!

Um homem alto e loiro acenava de uma mesa no canto do bar que ele e vários amigos haviam pego. Três deles se levantaram, cedendo seus assentos para as garotas, enquanto o novo amigo de Bridie fazia as apresentações.

– Que ótimo terem vindo. Um belo bar esse que vocês têm aqui. A gente não esperava que a hospitalidade escocesa fosse assim! – disse o marinheiro, apertando a mão de Bridie com entusiasmo antes de se virar para Flora e Mairi. – Hal Gustavsen, prazer em conhecê-las. Esses aqui são Stan, Greg e

Ralph. E aquele ali – ele gesticulou em direção a um jovem ainda mais alto, mas com os mesmos cabelos loiros-claros – é meu irmão mais velho, Roy.

Hal insistiu em pagar a próxima rodada de drinques, recusando a oferta de Ruaridh.

– Sem chance, cara. As bebidas hoje são por conta do Tio Sam.

O jeito descontraído dos norte-americanos e sua generosidade contagiaram todo o lugar. Vários navios mercantes estavam no porto, e suas tripulações, felizes por ter alguns dias de descanso após os perigos enfrentados no Atlântico. A jornada ao Ártico se aproximava, mas hoje eles poderiam relaxar e se divertir. Hal monopolizou Bridie para si, enquanto Flora e Ruaridh conversavam com os outros, respondendo a perguntas sobre quais seriam os melhores lugares para se jogar golfe e as melhores praias para frequentar.

– Mas fevereiro não é exatamente o mês mais indicado para explorar o lugar – Ruaridh apontou.

– Depois dos nossos invernos no Meio-Oeste, o clima de vocês aqui parece ameno – sorriu Ralph, audaz. – Estamos acostumados a montes de neve tão altos quanto você. E ficamos confinados naquele navio por semanas. Será bom esticar as pernas em terra firme por alguns dias.

No canto da mesa, Mairi sentava-se ao lado de Roy, que parecia muito mais quieto do que seu exuberante irmão mais novo. No entanto, eles logo descobriram um interesse mútuo em gado leiteiro – Roy e Hal viviam na fazenda de seus pais em Wisconsin até se oferecerem como voluntários da Marinha Mercante quando os Estados Unidos entraram na guerra – e estavam absortos em um diálogo enquanto Hal e Stan lutavam para conseguir voltar à mesa com a segunda rodada de bebidas. Os meninos do campo cresceram cercados por um oceano de terra. Mairi e Flora ficaram fascinadas quando Roy descreveu as intermináveis pradarias com seus mares de trigo ondulante.

– Nunca tínhamos visto tanta água como no dia em que embarcamos em Nova York. Pensávamos que o Lago Michigan era grande até vermos o

Atlântico! Houve dias em que cheguei a pensar que nunca mais veríamos terra novamente.

— Vocês devem sentir falta da fazenda — disse Mairi.

— Com certeza. Mas temos um trabalho a ser feito, ajudando vocês a manter os russos bem supridos, e, assim, eles conseguirem deter o senhor Hitler. Além disso, quando Hal se voluntariou, não havia como eu deixar meu irmão caçula fazer uma façanha tão maluca assim por conta própria. Prometi aos nossos pais que ficaria de olho nele.

O semblante de Roy se tornou sério ao descrever o que isso significava para os irmãos.

— Meus avós migraram da Noruega para os Estados Unidos, então será uma coisa boa passarmos pelo país de nossas origens, mesmo que ele agora esteja ocupado por nazistas. Mais uma razão para fazer a nossa parte e torná-los livres outra vez. Aquelas pessoas ali são nosso povo, e dói muito saber que estão sofrendo.

Mais tarde, os farristas começaram a se dispersar, de volta aos seus navios e às suas casas. Hal e Roy insistiram em levar Bridie e Mairi para casa, mesmo que Flora e Ruaridh fossem passar em frente às casas das meninas ao voltar para a cabana. Ruaridh havia prometido ir até a lagoa para pescar peixes-sombra no dia seguinte com os irmãos e quem mais estivesse livre.

Flora olhou para trás após Mairi parar no portão de sua casa. Mesmo na escuridão, conseguiu identificar as figuras da amiga e de Roy, ainda conversando.

E sorriu. Ela não tinha como ter certeza, e talvez fosse até mesmo uma pegadinha das sombras, mas pareceu a ela que Roy esticou as mãos, envolvendo as de Mairi, seus cabelos loiros reluzindo ao luar enquanto sua cabeça se inclinava em direção à dela.

Lexie, 1978

Combinamos todos de nos encontrar no bar, onde Davy e a banda tocarão, como de costume.

Bridie chega para cuidar de Daisy para mim.

– Divirtam-se na comemoração – diz ela enquanto visto minha jaqueta.

– Comemoração do quê?

– Ah, Lexie, você se esqueceu? Hoje é aniversário da Elspeth.

Mas é claro. Eu deveria ter me lembrado. Na época da escola, isso sempre acontecia. Eu escrevia cartões e gastava minha mesada inteira comprando sais de banho, maquiagens ou doces para ela (sabendo que Elspeth compartilharia tudo comigo), assim como ela fazia o mesmo quando era o meu aniversário.

Sinto-me culpada. Poderia ao menos pagá-la um drinque, mas isso nem de longe parece ser um presente para alguém que tem sido uma amiga para todas as horas.

O bar está lotado e a música parece mais animada do que nunca. Quando volto para nossa mesa, cuidadosamente carregando uma grande bandeja com a rodada de bebidas, paro para trocar algumas palavras com Davy, entregando-lhe o *pint* de cerveja que peguei para ele.

Meu coração palpita de nervoso enquanto aguardo, e Davy pega o microfone, pedindo silêncio.

– Esta noite daremos nossos parabéns à querida Elspeth McKinnes.

Aplausos e gritos reverberam pelo salão, e Davy levanta as mãos, esperando-os parar.

– E uma grande amiga de Elspeth se juntará a nós agora para dar os parabéns de um jeito especial.

Levanto-me e caminho em direção à banda, perguntando-me se alguma coisa sairá de minha boca com ela, de repente, ficando tão seca. Minha garganta parece se fechar, contraindo-se com o medo que sinto de estar prestes a fazer papel de idiota em frente a todo mundo. Tomo meu lugar ao lado do violinista, e ele acena com a cabeça, erguendo o arco. De repente, sinto uma onda de tontura, o pânico tomando conta de mim ao me lembrar da *coach* vocal balançando a cabeça enquanto me ouvia tentar cantar novamente após minha operação.

– Sinto muito, Alexandra. Isso aqui não está dando certo. Acho que seu dano é permanente. Você não voltará a cantar nos palcos.

Mas então olho para baixo e vejo o sorriso de Elspeth, que se alarga ainda mais quando Davy me entrega o microfone. Ele aperta minha mão por um segundo, tranquilizando-me. Elspeth balança a cabeça, também para me encorajar, e fecho meus olhos por um instante, dizendo a mim mesma para fingir que estou cantando para as crianças do grupo ou as focas da baía secreta.

O violino inicia as notas cadenciadas da introdução, e, respirando fundo, começo a cantar.

Ó, sorveira-brava
Como por mim és querida
Unida com tantos laços
Do lar, da infância, da vida

Os outros instrumentos se juntam à música, e minha voz se eleva, ganhando confiança conforme as notas familiares da melodia se entrelaçam ao acompanhamento. Percebo como meu canto tem certa aspereza, mas isso só parece acrescentar profundidade à simplicidade da música. E então, um por um, todos os presentes no bar começam a cantar até nossas vozes se mesclarem e preencherem o salão.

Após as últimas notas, um momento de silêncio absoluto. E então os gritos explodem.

– Gostaria de cantar outra? – pergunta Davy, aproximando-se de mim para ouvir minha resposta em meio ao barulho.

Sorrio e balanço a cabeça.

– Hoje não. Essa foi para Elspeth. Deixarei o resto da noite para vocês, garotos.

Quando volto para a mesa, Elspeth me abraça forte.

– Esse foi o melhor presente que você já me deu.

– Como assim? Melhor até que a sombra verde fluorescente e os caramelos de melado? – pergunto, referindo-me aos últimos presentes que lhe dei.

– Chegaram perto – ela sorri. – Mas aquela música foi simplesmente maravilhosa.

Quando me sento e tomo um gole da minha bebida, reflito que pareço estar cantando bastante nos últimos tempos para alguém que supostamente perdeu a voz.

Olhando para o outro lado do salão, Davy ergue o copo para mim e então pega sua guitarra. O novo *set* já vai começar.

* * *

Bridie vem para o nosso tradicional chá de quarta, e mostro a ela o broche que encontrei no bolso do casaco de mamãe.

O rosto de Bridie se ilumina ao vê-lo.

– Alec deu à sua mãe. É um broche que pertenceu à mãe dele, acredito. Soldados e marinheiros costumavam dar broches às suas namoradas e esposas, como uma forma de manter o amor deles perto dos corações delas, mesmo distantes uns dos outros.

Ela tira um lenço de seu cardigã e esfrega o broche.

– Vê só? É de prata. Só precisa de um pouco de polimento e ficará como novo. Sua mãe sempre levava esse broche pregado na roupa dela ou guardado no bolso.

Decido que é chegada a hora de enfrentar a evasão de Bridie.

– Bridie, o que aconteceu com minha mãe e meu pai? Você me contou algumas partes da história deles, mas eu gostaria de saber tudo.

Ela levanta os olhos, surpresa.

– Tem algo que não está me dizendo, não tem? – persisto.

– Bem, Lexie, realmente há uma história. Mas não sei se sou a melhor pessoa para contá-la.

Não consigo evitar que minha exasperação se revele.

– Se não é você, Bridie, então quem seria?

– Seria a Mairi.

– Mas ela mora nos Estados Unidos!

– Sim, ela mora – Bridie calmamente pega outro biscoito. – Só que estará aqui em breve. Mairi vem uma vez por ano visitar as irmãs e os irmãos. Eu disse que você voltou para casa, e ela está ansiosa para vê-la.

Flora, 1942

Era uma manhã fria, com o ar tão puro quanto a água dos riachos que corriam das colinas, quando Mairi e Bridie se encontraram com Roy e Hal no cais para mostrar a eles o caminho para a Cabana do Guardião.

Flora estava feliz por poderem passar um tempo juntos, embora não conseguisse evitar sentir ainda mais falta de Alec. Enquanto arrumava as coisas que costumava usar para assar uma fornada de scones, Flora tentava se livrar das próprias preocupações, sorrindo ao ouvir a voz de Bridie se aproximando.

Na estreita cozinha, Iain apertou a mão dos rapazes e mostrou-lhes os melhores insetos para servirem de isca enquanto Ruaridh preparava as varas para eles. O grupo organizava tudo para o início da caminhada até as colinas quando alguém bateu na porta.

– Alec! Você voltou! – Flora se lançou na direção dele, que a abraçou com força.

E, de repente, todas as dúvidas e os anseios dela pareceram sumir.

– Chegamos na primeira hora do dia. O navio parte amanhã, então não terei como ficar muito tempo. Queria passar cada minuto que pudesse com você.

E Alec ficou mais do que feliz em se juntar ao grupo de pesca, enfiando a lata de insetos que Iain lhe deu no bolso de seu casaco.

A grama coberta de gelo trincava sob seus pés, enquanto o pequeno grupo subia a trilha. Suas risadas perturbaram um cervo que forrageava no solo, seus cascos tamborilando na terra congelada enquanto ele inclinava seus chifres, aborrecido.

As águas da lagoa estavam calmas e escuras quando eles chegaram no alto. O fraco sol havia derretido o gelo, e o corpo de Flora estava aquecido por causa da subida. Ela enfiou uma mão no bolso do casaco, e Alec segurou a outra com firmeza, o calor de sua pele aquecendo a mão dela para evitar que seus dedos fossem beliscados pelo frio.

O grupo colocou o equipamento na velha cabana, e Alec ajudou Mairi e Roy a amarrar os insetos em suas linhas.

– Quando estamos em casa, não há nada que gostamos mais do que passar as noites de verão pescando nas lagoas do charco da fazenda – disse Roy. – Não que a gente precise de insetos extravagantes. Eles comem praticamente qualquer coisa que for colocada no anzol.

– Qual é o truque para conseguir pegar um desses peixes-sombra? – perguntou Hal. Bridie, que não quis pescar, acomodou-se ao lado dele na margem.

– Você precisa lançar o anzol nas águas mais fundas. Os peixes ficam nas profundezas, onde é um pouco mais quente.

Ruaridh apontou então as melhores áreas, longe dos juncos à beira d'água.

O grupo se dispersou, e o silêncio pairou. Cada um se concentrava em sua pesca, sendo os únicos sons o barulho das linhas lançadas no ar e o zumbido discreto das bobinas, encobertos por um ocasional bater de pés dentro das pesadas botas para manter a circulação. Até Bridie ficou quieta, feliz em olhar para Hal enquanto ele observava a água. No início, nada se mexeu, mas então a superfície espelhada se quebrou quando um peixe emergiu das águas, tentado pela isca. O *flash* prateado alcançou o gancho de Ruaridh, mas errou seu alvo e desapareceu nas profundezas, deixando círculos crescentes que se espalharam por todo a lagoa.

– Isso é bom – comentou Alec em voz baixa. – Ao menos, sabemos que eles estão ali.

Hal foi o primeiro a pegar um deles, comemorando quando a ponta de sua vara dobrou com o esticamento da linha.

– Muito bem! – exclamou Alec. – Puxe com cuidado agora, eles têm a boca mole.

Bridie correu para pegar o passaguá.

– É um peixe-sombra de bom tamanho – disse Ruaridh, acenando em aprovação.

Algumas horas depois, quando já havia quatro peixes no cesto de vime, a luz do curto dia de inverno começou a desvanecer, com cirros encobrindo o fraco sol enquanto ele se movia a oeste, anunciando uma mudança no clima.

– Brrr – Bridie estremeceu. – Estou congelando.

Hal sorriu, envolvendo seu longo braço em volta dos ombros dela.

– Espera aí, vamos te deixar bem aquecida!

Enrolando suas linhas pela última vez, Flora e Mairi trocaram sorrisos ao perceber que Bridie não estava com a menor pressa de se desvencilhar do abraço de Hal.

De volta à cabana, Flora pôs a chaleira no fogão enquanto Mairi servia as canecas e Bridie untava com manteiga as formas para assar os *scones*. O grupo de pescadores sentou-se à mesa da cozinha, esticando os pés calçados com meias em direção ao calor do fogão para descongelar os dedos.

Roy sorriu para Mairi, segurando sua xícara de chá.

– Que belo dia tivemos. Foi bom ter sentido como é ter uma vida normal mais uma vez, mesmo que por apenas algumas horas.

Cuidadosamente colocando a xícara sobre a mesa, Roy esticou o braço por baixo da toalha para pegar na mão de Mairi.

Os outros fingiram não notar, e estenderam seus próprios braços ansiosamente quando Bridie trouxe mais um prato de *scones*.

Ao lado do fogão, esperando a água ferver de novo para encher o bule, Flora observou o grupo reunido em sua cozinha, enchendo o ambiente de palavras e risadas que aqueciam a alma. Aquele havia mesmo sido um bom dia, um para se guardar na memória. Pois amanhã Ruaridh subiria a colina de volta ao seu posto na estação de sinalização, enquanto Alec, Roy e Hal embarcariam novamente em seus navios. E então, quando a hora chegasse, os rebocadores puxariam as redes e o sinal seria dado. Os navios partiriam lentamente e o comboio iniciaria sua perigosa jornada, saindo do abraço seguro de Loch Ewe e mergulhando nas garras cinzentas do Ártico.

Os outros partiram, e Alec ficou. Já estava escuro lá fora quando Ruaridh foi ajudar o pai a ver como estava o garron. Flora juntou as xícaras, levando-as para a pia, e, assim que começou a lavá-las, Alec se aproximou. Ele parou atrás dela, envolvendo a cintura de Flora com seus braços, e enterrou seu rosto nos cabelos dela por um instante antes de pegar um pano de prato e começar a secar as xícaras. Ao terminarem, Flora pegou o pano dele e enxugou as mãos, envolvendo-as depois no pescoço de Alec e o beijando.

Os olhos escuros dele brilharam de amor ao olhar para ela, contemplando cada centímetro de seu rosto.

– Esta é a imagem que levarei comigo quando partir amanhã – disse, gentilmente retirando uma mecha da face de Flora. – Esse seu sorriso me ajudará a atravessar os mares mais revoltos, até eu finalmente poder voltar para casa.

Desvencilhando-se dela, Alec enfiou a mão no bolso de seu casaco.

– Tenho uma coisa para você.

O broche de prata com a âncora e a coroa estava na palma de sua mão.

– Mamãe queria que você ficasse com ele. Ela disse que é certo você usá-lo agora – com cuidado, ele o prendeu no suéter de Flora, em cima de seu coração.

Por alguns instantes, tomada pelas emoções, Flora ficou sem palavras. Ela sabia o quanto o broche significava para *lady* Helen, e que aquele era um sinal de sua aprovação do relacionamento de Flora com o filho dela, mesmo que, com isso, contrariasse *sir* Charles.

– Eu o usarei todos os dias – disse ela, por fim – e vou valorizá-lo tanto quanto sua mãe fez até hoje. Tanto quanto nós duas valorizamos você, Alec.

– Você é minha garota, Flora. A única para mim. Não vamos dizer adeus, apenas um "até breve".

Flora permaneceu parada na porta enquanto ele se afastava lentamente pela trilha em direção à Casa Ardtuath, passando as pontas dos dedos sobre o broche, que parecia um escudo sobre seu coração, traçando o contorno da âncora e a coroa acima dela.

– Volte em segurança para mim – sussurrou. – Até breve... – E suas palavras o seguiram na escuridão da noite invernal.

* * *

As três amigas assistiram do píer em Mellon Charles a partida do comboio. Embora a expressão de Flora fosse contida, ela se envolveu com os braços, puxando com força as laterais de seu sobretudo azul-escuro, como se esse gesto pudesse mantê-la inteira.

O rosto de Mairi estava tenso e pálido, assistindo aos mercadores que começavam a se mover lentamente para as posições designadas a cada um, como se jogassem um sinistro jogo em câmera lenta de seguir o mestre.

– Fique calma. Não chore, Bridie – disse ela gentilmente. – Isso não vai fazer nenhum bem a ele agora, vai?

– Nossa, como vocês duas conseguem ficar tão tranquilas? – disse Bridie, chorosa, remexendo no bolso em busca de um lenço e assoando o nariz longa e ruidosamente.

Ao respondê-la, os olhos de Flora não deixaram o *Striker*, o destroier que liderava a fila de navios mercantes, sabendo que Alec estava na ponte e certamente tinha conhecimento de sua presença ali

– Temos de ficar calmas, Bridie, para ajudá-los a ser fortes o bastante para ir. E, que assim seja, ajudá-los a serem fortes o bastante também para enfrentar a jornada que os espera e, depois disso, voltar em segurança para nós.

Lexie, 1978

Mairi é uma estranha para mim, mas, ao mesmo tempo, tão familiar que lágrimas escorrem de meus olhos quando a abraço. Lembro-me dela, claro, na minha infância. Mesmo após ter deixado a fazenda da família no fim da guerra para iniciar uma nova vida nos Estados Unidos, ela voltava à Aultbea vez ou outra e sempre vinha nos visitar na Cabana do Guardião, trazendo brinquedos e enormes caixas de empolgantes doces estrangeiros. Fora o fato de seus cabelos agora serem tão brancos quanto os primeiros flocos de neve que caem sobre as colinas, ela parece exatamente a mesma: olhos castanhos calorosos e uma pele tão lisa quanto a que tinha aos vinte anos.

Dessa vez, ela trouxe um macacão de listras rosas e brancas superfofo para Daisy, além de um enorme álbum de fotos e recortes de jornal.

– Foi Flora quem me mandou tudo isso ao longo dos anos. Ela sempre me mantinha atualizada sobre o que acontecia aqui. Achei que talvez você fosse gostar de vê-los.

Apesar de tanto tempo ter se passado, o sotaque de Mairi ainda cadencia com as suaves inflexões típicas dos falantes das Terras Altas da Escócia.

Ela e Mairi se revezam para pegar Daisy, que atrai a atenção de suas duas avós postiças, encantando-as com seu próprio estilo de conversa.

– Olha – diz Mairi para Daisy –, aqui está uma foto da sua mamãe quando ela era pequenininha, fazendo castelos de areia na praia. E aqui está ela no primeiro dia de escola. Vê como ela está bonita no uniforme dela? E esta aqui é dela cantando um solo na apresentação da escola.

– *Mama* – diz Daisy, apontando seu dedinho indicador para o álbum.

– Mas que garota esperta – Bridie baba por ela, oferecendo à minha filha uma bala de alcaçuz, que Daisy coloca na boca com um sorriso angelical.

Fico fascinada pelas imagens e debruço-me sobre elas. Minha mãe tirou todas essas fotografias, documentando minha infância. Colocou-as em um envelope e as enviou através do oceano para o outro lado do mundo, onde Mairi as guardou com tanto cuidado, gentilmente preservando-as neste álbum. Isso é algo sublime para mim, sentir todo este amor.

– Aqui também estão algumas das cartas dela – diz Mairi, tirando um pequeno embrulho de sua bolsa, amarrado com uma fita xadrez. – Achei que você fosse gostar de lê-las algum dia.

– Obrigada.

Coloco-as educadamente de lado, embora minha vontade de vê-las agora mesmo seja grande. Quem sabe elas não me deem mais pistas sobre o que quer que Bridie esteja escondendo de mim?

Como se pudesse ler minha mente, Mairi diz:

– Bridie me falou que você tem algumas perguntas sobre a família do seu pai.

– Sim. Acho que ter a Daisy abriu um pouco meus olhos sobre como deve ter sido para mamãe me criar por conta própria, sabe? Ela nunca falou muito sobre meu pai. Ninguém, na verdade, falou sobre ele. Estou curiosa para preencher essas lacunas, até para que eu também possa contar a história a Daisy quando ela for mais velha.

Mairi assente, esticando os braços para pegar Daisy de Bridie e dar à amiga um descanso para tomar seu chá.

– Isso é muito natural. Sei que Bridie tem lhe contado muitas coisas sobre os tempos de guerra, como nossas vidas viraram de cabeça para baixo. Fico feliz em lhe contar também tudo o que me lembro. O álbum e essas cartas serão um bom ponto de partida. E aí, depois de dar uma olhada neles, você poderá nos fazer quaisquer perguntas que quiser. Ficarei aqui por um tempo com meu irmão na fazenda. Teremos muitas oportunidades para conversar.

– Obrigada, Mairi. Sou muito agradecida a vocês duas.

Vou até a cozinha para esquentar a água de novo e, enquanto espero, penso em como agora será fácil encaixar as peças que faltam na história da minha família. Quando volto para a sala, porém, Mairi está murmurando algo para Bridie, que balança a cabeça veementemente.

As duas olham para cima quando cruzo a porta, ficando em silêncio. Elas rapidamente sorriem para mim, mas tenho a impressão de que aqueles sorrisos estão abertos demais para serem inteiramente naturais.

"Hummm", penso. Talvez juntar as peças da história da minha família não seja assim tão fácil, afinal de contas.

Flora, 1942

– Eles chegaram em segurança! E estão voltando. – O rosto de Bridie se iluminava de alegria e alívio ao contar a notícia para Flora e Mairi. Um primeiro-tenente que trabalhava na estação de rádio disse a ela que o primeiro dos comboios que partira de Loch Ewe havia feito uma viagem segura até Murmansk, percorrendo o estreito corredor entre as geleiras do Ártico e o Cabo Norte norueguês, sem encontrar no caminho quaisquer ações inimigas, sejam vindas dos mares ou dos céus.

– Mas há ainda um longo caminho até eles chegarem em segurança – disse Mairi, relutante em baixar a guarda até que visse os navios de volta ao porto com seus próprios olhos.

– Sim, mas ele disse que eles já estão quase ao sul da ilha de Jan Mayen. Se o tempo continuar como está, estarão aqui dentro de uma semana. Além disso, já estão próximos o suficiente da Islândia para que nossos navios de guerra os defendam. Isso também deve deter os alemães.

Automaticamente, a mão de Flora foi até o bolso de seu casaco, onde guardava o broche quando estava de serviço. Aquele era seu elo com Alec, agora lá fora, nos mares implacáveis. Ela o agarrou com força como uma tábua de salvação. Pela primeira vez em um mês, Flora se permitiu respirar com um pouco mais de leveza, uma onda de esperança crescendo em seu coração com o pensamento de que o veria de volta ao lar em breve.

* * *

Pareceu demorar uma eternidade para Alec desembarcar quando o *Striker* finalmente atracou em Mellon Charles. Flora havia acabado de terminar seu turno, e estava parada na areia úmida no canto da baía esperando que ele aparecesse, enquanto a tripulação terminava suas tarefas a bordo. Ela tirou o broche de seu bolso e o prendeu na lapela do casaco, soprando os dedos em seguida para aquecê-los.

Todos na base estavam radiantes com o sucesso do primeiro comboio saído de Loch Ewe. Naquela tarde, os rebocadores retiraram as redes, e a frota de navios navegou lentamente pelas águas calmas. Os mercantes lançaram âncora do outro lado da ilha, e Mairi e Bridie haviam partido para dar as boas-vindas a Roy e Hal.

O frio da noite emergia do chão e atravessava as solas dos sapatos de Flora. Ela batia os pés, tanto para dissipar sua impaciência quanto para manter a circulação, passando os olhos pelos rostos dos marinheiros que desembarcavam em busca daquele que faria seu coração pular de alegria. E então lá estava ele, finalmente, que, com alguns passos, acabou com os últimos metros que os separavam e a abraçou forte. Flora sentiu no grosso casaco de Alec os aromas daquela jornada – o sal úmido do mar misturado ao cheiro químico de combustível – enquanto se perdia em seu beijo.

– Volte para casa comigo – disse ele. – Não consigo suportar passar outra noite sem você. Já foi ruim o bastante estar a quilômetros de distância lá no mar, mas será uma verdadeira tortura saber que você está bem do meu lado enquanto estou em Ardtuath.

Flora hesitou, congelando com o pensamento de voltar à Casa Ardtuath.

– E tudo bem para seus pais?

Alec tomou o rosto de Flora entre suas mãos e a beijou mais uma vez.

– Terá que estar. Estive pensando estar de vigília às duas da manhã lhe dá um certo tempo para isso. Daqui para frente, meu pai precisará se acostumar com a ideia de nós dois juntos.

A Casa Ardtuath estava completamente às escuras quando os dois chegaram, suas torres negras contrastando com o céu coberto de estrelas. Flora já sentia a tensão em ter que encarar *sir* Charles do outro lado das cortinas e buscou a mão de Alec. No entanto, a porta da frente estava trancada e a batida de Alec ecoou na escuridão.

– Parece que eles não estão aqui – disse ele. – Vamos entrar pela porta de trás.

Alec destrancou a porta da cozinha, e os dois adentraram a quietude da casa vazia. A lenha do fogão estava apagada, e o lado de dentro da casa tinham quase a mesma temperatura.

– Talvez eles estejam nos Urquharts – comentou Alec. – Vem, vamos acender a lareira na biblioteca e ver o que tem na despensa para comermos.

Meia hora depois, a lenha já ardia vividamente na lareira, e os dois faziam um piquenique improvisado diante dela. A atmosfera da casa era completamente diferente quando *sir* Charles não estava lá. Flora tirou os sapatos e ajoelhou-se no tapete para torrar nas chamas um pão ligeiramente velho, mexendo dentro das meias grossas os dedos enquanto se deleitava com o calor. Depois de dourar cada um dos lados, Flora o tirou do garfo, passando-o para Alec espalhar manteiga, e começou a preparar o próximo. Os pães foram acompanhados por fatias de presunto e duas garrafas de cerveja que encontraram escondidas em um canto esquecido da despensa.

– Melhor refeição que tenho em muito tempo – Alec sorriu. – Mas isso tanto deve ter a ver com a companhia quanto com o menu – disse, espreguiçando-se, satisfeito, em frente ao fogo e descansando sua cabeça no colo de Flora.

– E como foi? Lá fora?

Ela acariciou os cabelos dele, vendo a luz do fogo dançar em seu rosto enquanto Alec olhava para as chamas e contava a sobre a viagem. Alec descreveu a mistura de medo e empolgação que sentiu ao partirem, logo transformada em uma espécie de pavor entorpecido ao enfrentarem a monotonia das águas cinzentas do Ártico, dia após dia, sem saber se estavam sendo vigiados e o que poderia estar escondido sob as águas.

Uma tempestade eclodira algumas noites atrás, lançando ondas gigantescas de água gelada sobre o convés do navio. Nas temperaturas mais baixas, ela chegava a congelar, formando uma espessa camada de gelo no lado de barlavento do navio. Os tripulantes se revezavam para amarrar uma corda de salvamento, enfrentando o convés traiçoeiro e escorregadio enquanto ele se inclinava, tentando quebrar as camadas de gelo que se formavam para evitar que o aumento de peso virasse a embarcação.

A comunicação por rádio precisou ser interrompida para que as estações de escuta alemãs não captassem a presença do comboio. Com isso, embora viajassem em grupo com cada navio mantendo sua posição na linha, havia uma sensação de isolamento, que só fez aumentar diante da visão dos blocos de gelo do Ártico ao longe. Aquele gelo invernal acabou por estreitar o canal pelo qual passariam, forçando-os a navegar em uma linha apertada entre os icebergs ao norte e a costa norueguesa ocupada pelos alemães ao sul. E os curtos dias de inverno também trouxeram neblina, que encobria o mar com seu cobertor – tão espesso, conforme o relato de Alec, que mal era possível ver o pequeno mastro na proa do *Striker*. Normalmente, os tripulantes teriam achado aquilo uma coisa ruim, mais um perigo a ser enfrentado, no entanto, naquelas águas perigosas, o que fizeram foi agradecer pela mortalha branca que os ocultava, permitindo-os passar pelo Cabo Norte sem ser detectados. Finalmente, e aliviados, viraram a proa para o Sudeste, abraçando a costa russa quando entraram na Península de Kola, que levava ao porto de Murmansk.

Flora passou o copo a Alec, que se apoiou em um cotovelo enquanto o enchia de novo. Ele então estendeu a mão e pegou outro pedaço de madeira, jogando-o no fogo, que ele assentou em uma cascata de faíscas enquanto línguas de fogo lambiam ao seu redor.

– Como é a Rússia? – perguntou Flora.

– Fria. Escura. Imensa. Mas com um terrível tipo de beleza também. Fomos recebidos por um palhabote, que tinha a missão de nos guiar, e, olha, ficamos muito felizes em vê-lo. O fiorde é profundo, mas o canal é tão estreito que é preciso ficar atento. Havia montanhas íngremes a estibordo, e foi bom saber que elas se interpunham entre nós e os alemães. E a coisa mais extraordinária aconteceu quando a gente se aproximou de Murmansk; as partes mais altas dos navios, os mastros e as vergas, começaram a brilhar de repente, uma luz branca e bruxuleante. Eu já tinha ouvido falar disso – eles chamam de fogo de santelmo –, mas foi a primeira vez que de fato o vi. Na névoa, tudo fica carregado de estática e descarrega de qualquer coisa que tenha um ponto. Era como um espetáculo particular. Ficamos extremamente aliviados por isso não ter acontecido na Noruega. Imagina só? Teríamos sido iluminados para os alemães como árvores de Natal!

– Os russos devem ter ficado felizes em ver vocês, com todo o equipamento que levaram para eles.

– Acho que sim – respondeu Alec, fazendo uma pausa para dar um gole na cerveja. – Os estivadores russos não são exatamente pessoas efusivas. Inclusive, quando fizemos o descarregamento, um deles até disse "Isso é tudo que trouxeram para nós?". Mas é difícil a vida que levam no Círculo Ártico. Nesta época do ano, a luz do dia dura apenas uma ou duas horas e o frio é brutal. Acho que eles sobrevivem basicamente à base de vodca. E a guerra trouxe muito sofrimento ao país deles também. Desde o avanço alemão no ano passado, tem havido lutas acirradas no sul, e alguns dos homens que trabalhavam nas docas já entraram em ação por lá. São duros como pregos.

– Bom, graças a Deus que voltaram todos em segurança.

Ele assentiu.

– Tivemos sorte. Pegamos uma aeronave alemã de monitoramento meteorológico em nosso radar um dia, e chegamos a pensar que eles também poderiam ter nos localizado. Mas escapamos dessa vez.

As palavras "dessa vez" fizeram o corpo de Flora se contrair.

– Você já sabe quando partirão de novo?

Alec balançou a cabeça.

– Ainda não. Levará um pouco de tempo para reunir o próximo comboio. Mais ou menos um mês, imagino. Pelo menos o tempo terá melhorado até lá. E, conforme o gelo recuar, poderemos ter um ancoradouro mais amplo no Cabo Norte.

Flora ficou em silêncio. Ela sabia que Alec estava tentando parecer tranquilo, pois, na verdade, as horas do dia também se estenderiam, fazendo os comboios se expor por mais tempo. Era uma faca de dois gumes: a mudança das estações apenas traria riscos diferentes, não tornaria a viagem menos perigosa. Hoje, no entanto, Flora tentava não pensar nisso. Alec estava aqui, e ela, segura em seus braços, ao calor do fogo. Ela sabia que aquela seria uma memória valiosa para os dois e então se inclinou para beijar as linhas enrugadas de tensão da testa de Alec, os cabelos loiros-acobreados dela captando os reflexos dançantes da luz do fogo.

* * *

O navio de Roy e Hal permaneceu ancorado no lago ao lado dos outros navios mercantes tempo suficiente para que os irmãos pudessem tirar alguns dias de folga. Passaram todos os momentos que puderam em terra firme com Mairi e Bridie. Os ruídos na Taberna das Compotas atingiram novos níveis quando o retorno seguro do comboio foi celebrado na primeira noite. O dia seguinte dos irmãos foi passado na companhia das meninas, caminhando na praia e visitando as casas de Bridie e Mairi. As famílias das duas se impressionaram com os bons modos e humor leve demonstrados pelos norte-americanos, embora Flora tenha ouvido a senhora Macdonald dizer a Bridie que ela não deveria se apaixonar por um ianque que provavelmente desapareceria de um jeito ou de outro antes de a guerra terminar.

Bridie chorou incontrolavelmente ao acenar para eles. Flora entregou um lenço para a amiga e envolveu o braço em volta dos ombros dela, enquanto Mairi protegia seus olhos do sol e tentava enxergar Roy. Ele havia desaparecido a estibordo quando foi ajudar os companheiros a levantar âncora, mas ressurgiu para saudá-la e mandar-lhe um beijo, seus cabelos loiros brilhando na luz prateada que ricocheteava na superfície da água. As hélices começaram a girar, fazendo o lago vibrar.

– Eles vão voltar – disse Flora. – Vocês sabem que eles prometeram tentar embarcar em outro comboio para o Ártico para que pudessem ver vocês de novo. Isso mostra o quanto gostam das duas. A maioria dos homens provavelmente não estaria tão entusiasmada assim a ponto de participar de mais um comboio do Atlântico e do Ártico tão cedo, isso se alguma vez mais na vida.

– Ai – soluçou Bridie. – É tão perigoso lá fora. E parece tão errado desejar que eles voltem quando isso significa colocar a vida deles em risco. Mas eu não consigo evitar... – O restante de sua frase se perdeu quando o apito do navio soou, chamado respondido pelos outros navios do comboio, fazendo, por um instante, as colinas ecoarem com o som.

As três garotas observaram o comboio zarpar, desta vez virando a oeste na boca do lago. Assim que o último navio partiu, o rebocador puxou a rede de proteção atrás e as águas de Loch Ewe se acalmaram lentamente.

As meninas voltaram para Aultbea, cada uma perdida em seus próprios pensamentos. Foi então que as nuvens se dispersaram ligeiramente e um raio de sol primaveril brilhou.

– Olha só – Flora cutucou Bridie e apontou para onde o sol havia persuadido as primeiras prímulas a começar, hesitantemente, a desenrolar suas pétalas. Essa visão as animou um pouco, e Bridie voltou a falar, dessa vez mais esperançosa, sobre os piqueniques que poderiam fazer quando os irmãos Gustavsen voltassem.

Lexie, 1978

Temos hoje mais um dia de ouro, com o lago cintilando após um longo período de chuvas, que finalmente deu uma trégua. Algumas nuvens brancas e fofas cruzam o azul do céu. Empurro Daisy de volta para casa, o carrinho dela carregado de compras e parafernálias do *playgroup*, já que acabamos de passar outra tarde fazendo música no salão da associação. É hora do almoço, então as ruas estão desérticas, e Daisy e eu cantamos uma de suas canções favoritas enquanto seguimos em frente:

A estrada alta você pegará
A estrada baixa eu pegarei...

Quando nos aproximamos do cais, uma terceira voz se junta a nós, adicionando uma harmonia tenor ao soprano de Daisy e ao meu contralto ligeiramente áspero.

Davy nos cumprimenta. Apenas sua cabeça e seus ombros são visíveis de onde ele está, no convés do *Bonnie Stuart*, içando cestos nas tábuas do píer.

Quando o alcançamos, Daisy tenta se desvencilhar do cinto que a prende, e eu a deixo sair para que ela possa inspecionar as capturas desta manhã de Davy. Ele segura um enorme caranguejo marrom, com suas garras de aparência poderosa amarradas em segurança, e a deixa tocar a carapaça brilhante como verniz. O barco balança com a brisa, puxando os cabos de amarração que o prendem. Com um satisfeito aceno de cabeça, Daisy permite a Davy colocar o caranguejo no balde e se abaixa para pegar uma concha de ostra jogada nas tábuas do cais por algum pássaro que passou por ali.

– Todo mundo gostou muito de ver você cantando na outra noite. Você deveria fazer disso uma coisa regular, sabia? Ficaríamos felizes em ter sua participação em um *set* com a banda, caso queira.

Os olhos dele encontram os meus, seu olhar tão claro quanto as águas que nos cercam. Acho isso inquietante. É como se ele pudesse ver dentro da minha alma, os lugares mais recônditos, que tento manter escondidos do mundo, aqueles cantos escuros e negligenciados onde a tristeza, a culpa e a dor espreitam. Desvio o olhar, fingindo estar fascinada por uma moita de algas marinhas que trilha seus dedos nodosos na maré.

– De verdade – ele insiste. – Você realmente não sente falta, Lexie? De cantar? Quando isso é uma coisa que está no seu sangue, você acaba negando uma grande parte de si se não estiver fazendo música.

– Eu *estou* fazendo música – digo, gesticulando na direção da bolsa de instrumentos pendurada no carrinho. Minhas palavras soam um pouco mais ásperas do que era minha intenção.

– Sim, para os outros. Mas e quanto à música que você faz para si mesma? Eu mesmo sei que não poderia viver sem isso. Seria como se um membro tivesse sido amputado de mim se eu parasse de tocar e cantar.

Uma onda de aborrecimento cresce dentro de mim. Estou farta de ver todos me julgando. Sei que Davy está apenas tentando ser encorajador, mas as palavras dele soam como crítica para mim – das minhas escolhas e decisões, de como estou tentando viver minha vida.

Estou prestes a replicá-lo que não tenho pressa quanto a isso, que talvez eu jamais queira voltar a cantar em público de novo. E como é que ele saberia como estou me sentindo?

As palavras estão na minha boca. Mas o som de um barulho na água as freia.

Em pânico, olho para onde Daisy deveria estar se ocupando de colocar pedregulhos nas fendas das tábuas, e, no mesmo instante, Davy grita o nome dela. Ouço o som de outro respingo na água, e ele desaparece pela lateral do barco.

Por uma fração de segundo, fico parada, congelada, sozinha no cais. E então o nome de Daisy rasga minha garganta enquanto o grito de novo e de novo e de novo. Caio de joelhos, freneticamente tentando manter o barco longe da borda de madeira, desesperadamente tentando evitar que ele esmague minha menina ou a prenda lá embaixo.

Um silêncio toma conta da minha mente. Os sons do vento e das ondas, os grasnados das gaivotas, tudo é apagado pelo mais puro e cego terror enquanto espero e oro e espero, sem respirar e os ossos dos meus braços parecem prestes a se partir na minha luta contra o barco e a força do vento.

E então o mundo à minha volta entra em erupção. Davy surge das águas no outro lado do barco, segurando um pacotinho sem vida nos braços, gritando palavras que não consigo registrar. Ouço pés correndo, batendo nas tábuas do cais, vozes gritando, alguém dando instruções Chame um médico!... Chamem a guarda costeira! Mãos se esticam na direção de Davy, tirando o pacotinho de suas mãos cuidadosamente e o colocando nas tábuas, ajudando Davy a subir.

Tento dar passos para frente, para onde Daisy está, a água empoçando-se ao seu redor. Mas ela está imóvel, imóvel, imóvel demais, e mais pares de mãos me seguram enquanto Davy se ajoelha ao lado dela e começa – ah, tão gentilmente – a tentar reanimá-la, a persuadir o coraçãozinho dela a bater novamente.

A pequena multidão que se aglomerou – surgida de repente, com as pessoas saindo apressadas de suas casas – se dispersa um pouco, e vejo Bridie e Mairi correndo na minha direção, seus rostos em choque, tão brancos quanto conchas. E então ouço gritos selvagens, estridentes, de novo e de novo, como o choro de um animal ferido, de novo e de novo, como se nunca mais fosse parar. Olho para os lados, frenética, olhos arregalados, apavorada, perguntando-me de onde eles vêm.

E só então percebo, quando Bridie me alcança e envolve seus braços em meu corpo, que os gritos são, na verdade, meus.

Luto para conseguir chegar onde Daisy está, precisando, acima de tudo, ter minha filha em meus braços. Quando finalmente a alcanço, ouço um som gorgolejante de asfixia, e Davy vira a cabeça para o lado enquanto um jorro de água do mar flui de sua boca. Ele pressiona um dedo contra o pescoço de Daisy e olha para mim, o alívio inundando seu semblante.

– Ela tem pulso.

Mas os olhinhos dela ainda estão fechados, e seus cílios úmidos, colados na pele translúcida e pálida de seu rosto. Hesitante e delicadamente, afasto uma mecha de cabelos da testa dela, onde um hematoma começa a se formar. Ela parece tão minúscula e tão frágil deitada ali, inerte, e arquejo quando um choro estremece todo o meu ser, desencadeando um tremor tão violento que é preciso tanto Bridie quanto Mairi para me segurar.

A multidão se afasta quando o médico chega e caminha até o lado da minha filha. Ele se agacha, colocando sua maleta no chão, depois abre o casaquinho dela e pressiona um estetoscópio contra seu peito.

– Ela caiu entre o barco e o cais – diz Davy. – Acho que pode ter batido com a cabeça nesse momento. Ela ficou na água por pouco tempo, mas parecia estar inconsciente quando a peguei. Não estava respirando e também não tinha pulso. Fiz a reanimação cardiopulmonar, ela vomitou um pouco de água, e agora está respirando e o pulso voltou.

Davy soa metódico, clínico, contando ao médico as coisas de que ele precisa saber, mas vê-los falando assim da minha filha só faz meu pânico crescer, como se fosse apenas um corpo vazio, uma casca, e não mais minha vivaz e sorridente Daisy.

O médico assente.

– Não vamos mexer nela por enquanto. Pode ser que ela tenha machucado a cabeça ou o pescoço. O helicóptero está vindo.

Ele se vira, olhando para mim.

– Não se preocupe, Lexie, nós a levaremos para o hospital o mais rápido que pudermos. Você pode ir com ela. O Davy aqui fez todas as coisas que deveriam ser feitas.

O médico nota o tremor que sacode o meu corpo, fazendo meus dentes baterem uns nos outros.

– Ela está em choque – diz ele para Bridie. – Alguém pode emprestar um casaco para ela? – grita.

Um casaco é colocado sobre meus ombros, e Mairi me abraça forte, deixando a solidez calorosa de seu corpo suportar o meu. Alguém mais trouxe cobertores, que estão sobre os ombros de Davy, pois ele, também, está tremendo. E um é colocado gentilmente sobre Daisy enquanto estou ajoelhada ao lado dela, segurando uma de suas mãozinhas, desejando que seus dedos se enrolem em volta dos meus. Mas eles não respondem. E, na minha cabeça, tudo o que consigo ouvir é *por favor... por favor... por favor...* até que, após o uma eternidade, o barulho das hélices do helicóptero corta o ar acima de nós em um milhão de pedaços, que parecem flutuar ao nosso redor como folhas mortas.

* * *

Nossa chegada ao hospital é um borrão de impressões parcialmente recordadas por mim: a gentileza do médico no helicóptero, que segurou minha mão na surpreendentemente rápida viagem que fizemos sobrevoando as colinas e os lagos marítimos; Daisy parecendo tão minúscula e frágil, seu corpo imóvel amarrado a uma prancha que eles levantaram e colocaram em uma maca como se fosse tão leve quanto uma pluma; a equipe de médicos e enfermeiras que a cercou quando corremos pelo labirinto de corredores bem iluminados do hospital; eu, impotente, vendo-os levarem Daisy para tirar as radiografias; a espera; os minutos de respiração suspensa – que pareceram como horas –, eu sentada, com meus braços em volta do corpo, tentando não me despedaçar, enquanto esperava e esperava, e esperava ainda mais.

E então, finalmente, o momento em que a médica que a atendeu no hospital apareceu com um sorriso, segurando minha mão e me dizendo que eles estavam cautelosamente otimistas. As rápidas ações de Davy, sem dúvidas, salvaram a vida de Daisy. – Ela não tem ossos quebrados e parece não ter havido nenhum dano na coluna vertebral. Mas a Daisy teve uma concussão grave e ainda não acordou. Agora devemos esperar para ver como ela estará quando isso acontecer, e, se for preciso, podemos transferi-la de Yorkhill para algum outro hospital de Glasgow onde haja um aparelho para examinar o cérebro dela. Mas ainda é muito cedo para dizer se houve alguma lesão cerebral.

Esforço-me para engolir o pânico que me sufoca quando ouço essas últimas palavras.

– Será que posso vê-la? – consigo perguntar com a voz falha.

– Claro. Só estamos acomodando a Daisy em um quarto ao lado, onde podemos ficar de olho nela. Você pode ir.

* * *

Na penumbra entre observar e esperar, sentada em uma poltrona coberta de plástico ao lado do berço de Daisy, perdi a noção do tempo, se era dia ou noite. Enfermeiras gentis entram e saem, trazendo-me xícaras de chá e pratos de comida. O sono chega de fininho vez ou outra, mas, na maior parte do tempo, fico apenas sentada olhando para ela sob o brilho das luzes fluorescentes, segurando-lhe a mão, tomando cuidado para não tocar nos tubos e medicamentos que a mantêm viva enquanto ela ainda está perdida para mim, flutuando na escuridão além do meu alcance. E, em meio a tudo isso, na tentativa de mantê-la ali comigo, assim como de impedir com que eu me perca, cantarolo baixinho toda e qualquer música que consigo recordar, chamando-a de volta de onde quer que ela esteja agora.

Uma das enfermeiras aparece com a cabeça na porta.

– Estou indo embora agora. O turno da noite acabou de terminar. Só quis vir mesmo checar a pequena Daisy mais uma vez antes de sair.

Forço um sorriso, meus lábios rachados e secos.

– Nenhuma mudança ainda. Mas acho que ela pode ter mexido os dedinhos um pouco um tempo atrás.

A enfermeira assente.

– Vou pedir para eles trazerem um chá para você. E uma tigela de mingau, pode ser? Você precisa se manter forte.

Minha voz sai rouca, apesar do gole no chá, quando canto os versos de *O cântico de amor de Eriskay* mais uma vez:

>   *Pela manhã*
>   *Quando eu for*
>   *Para o mar branco e vistoso*
>   *No chamado das focas*
>   *Teu chamado por mim afetuoso...*

E então acontece: os cílios dela tremulam, seus lindos olhinhos se abrem, sorrindo para mim, e ela diz:

– Foca? Baco?

Sorrio em meio às lágrimas enquanto a abraço, e a abraço de novo, sentindo como se meu coração fosse explodir de tanta alegria e alívio.

Flora, 1942

Ao se despedir de Alec no próximo comboio rumo a Murmansk, Flora se esforçou para ignorar a sensação de mau presságio que se instalou na boca de seu estômago. Parecia ter o peso de chumbo, puxando seu ânimo para baixo mesmo com ela e Alec tendo passado juntos a última noite dele em terra firme. Embora tenha se esforçado para parecer animado, Flora pôde sentir o quão distraído Alec estava quando se sentaram no salão lotado da associação para assistir ao filme de Abbot & Costello. Na realidade, o sorriso do público em geral parecia um pouco forçado aos ouvidos dela, como se muitos dos ali presentes também tivessem seus pensamentos em outro lugar. Aquele comboio tinha o número treze, e era difícil deixar a superstição de lado.

Era março, e os primeiros cordeirinhos cambaleavam pelos campos enquanto corriam, aos sons de balidos, para aninhar-se perto de suas mães, buscando se abrigar daquele vento imprevisível e cruel. Esse mesmo vento dobraria sua força depois da foz do lago quando o comboio partisse no dia seguinte, navegando mais uma vez pelas águas escuras do oceano. Flora sabia que as tripulações se manteriam ocupadas na tentativa de afastar o tédio e a ansiedade constantes que os abatiam com a rígida rotina que Alec havia descrito. Segundo ele, os dias a bordo passavam em um ciclo contínuo de alimentação, sono, manutenção e limpeza. Os homens cunharam a frase "os três Ts" para descrever o que compunha a atmosfera da viagem ao Ártico: tédio, tepidez e terror. Vez ou outra, havia algum exercício de treinamento para mantê-los alertas e a postos para a luta, que consistia em correr até as estações de batalha e disparar contra blocos de gelo pelos quais passavam.

Talvez, desta vez, tenha sido puramente o conhecimento do que acontecera que a tenha levado a se sentir desse jeito. No entanto, assim como o sussurro do vento anunciava a chuva que estava a caminho muito antes de as primeiras gotas começarem a cair, Flora sabia que Alec já reconhecia a crescente determinação das forças nazistas, agora que haviam tomado conhecimento dos comboios passando por suas bases norueguesas para manter a máquina de guerra russa alimentada e abastecida. Ela imaginou como as matilhas de submarinos alemães deviam estar famintas para a caça.

Flora virou de costas, incapaz de assistir à longa cauda de navios que deixava a segurança do porto, dizendo a si mesma que Alec voltaria para ela. Que ela apenas precisava se manter ocupada durante o mês seguinte ou um pouco mais. Isso, junto a bons ventos e alguma sorte, traria Alec de volta para casa a tempo de passarem a Páscoa juntos.

Mas aquele peso de chumbo puxava suas entranhas mais uma vez, insistente como a fresca brisa que bagunçava seus cabelos, soltando os fios e chicoteando-os contra suas faces úmidas de lágrimas.

* * *

Flora e Bridie ajudavam Mairi e duas de suas irmãzinhas a colher algas comestíveis das rochas durante a maré baixa, pegando cuidadosamente suas folhas translúcidas e colocando-as em uma peneira. O racionamento havia limitado muitos dos alimentos básicos, mas os agricultores que viviam ao redor do lago já estavam acostumados a suplementar suas alimentações com ingredientes vindos das colinas e das praias, ainda encontrados em abundância. Com tantas bocas para alimentar, os Macleods conheciam mais do que ninguém os melhores locais para colher produtos silvestres.

Stuart e Davy Laverock apareceram escalando as rochas, com seus estilingues em mãos.

– O que estão fazendo? – perguntou Stuart.

Flora se endireitou, entregando a ele um punhado das algas que havia colhido para os irmãos verem.

– Pegando isto aqui. São boas para comer, especialmente se dá uma leve pincelada de manteiga por cima após assá-las.

– A gente pode ajudar? – perguntou Davy.

– Claro. Peguem as partes frescas, iguais a essas, estão vendo?

Poucos minutos depois, os meninos já estavam entediados com a colheita de algas marinhas e começaram a atirar pedregulhos em um pedaço de madeira flutuante, fingindo ser um submarino alemão.

– Isso aí, você acertou! Ele já era – gritou Stuart, antes de lançar outro pedaço de madeira na água.

Ao ver Hamish McTaggart passando em sua bicicleta, todos pararam e olharam para onde ele estava indo. Desde que fora desmobilizado, após perder um olho por causa de um estilhaço ao lutar contra italianos no norte da África, Hamish fora empregado pela senhorita Cameron com o objetivo entregar os telegramas, que começavam a chegar com bastante frequência agora. Pouquíssimos deles continham boas notícias. Ele ergueu a mão para cumprimentá-los, mas passou reto, seguindo até o final da aldeia, onde a curva da estrada os fez perdê-lo de vista.

Mairi suspirou, balançando a cabeça.

– Será alguém de Poolewe, então. Outra pobre alma ferida ou pior.

– Nossa mamãe estava nos ataques dos aviões em Glasgow. Foi o que a senhora C falou pra gente – anunciou Davy. – Mas aí ela ficou bem porque eles fizeram um abrigo gigante no Porto de Glasgow, e ela dormiu lá quando as bombas caíram.

— Calado, Davy, isso faz muito tempo. Não tem mais ataques aéreos lá agora. Os Jerries estão muito ocupados lutando contra todo mundo hoje em dia — disse Stuart, pegando uma pedra e jogando-a na água com a indiferença típica da juventude.

— Como a senhora Carmichael está? — Flora perguntou aos meninos.

Stuart deu de ombros.

— Bem. Ela sempre deixa a porta do quarto do Matthew trancada. A gente não pode entrar lá agora. Antes, a gente costumava ir lá para ver os selos dele. O Matthew tinha uma coleção enorme, com selos do mundo inteiro. Só que as coisas dele são preciosas demais para a gente poder tocar, agora que ele morreu. De vez em quando, a senhora C entra no quarto e demora um tempão para sair de lá.

— É porque ela está chorando — interrompeu Davy. — Eu ouvi ela. Às vezes, ela não sai nem se estiver na hora de fazer o chá. O senhor C tentou fazer picadinho uma vez, mas acabou queimando tudo, e ele teve até que jogar a frigideira fora. Então, nos últimos tempos, a gente só tem pão com banha mesmo.

— Coitados — disse Flora, balançando a cabeça.

Os meninos saíram correndo ao avistar alguns de seus amigos indo para os correios, esperançosos de que algum deles tivesse um cupom para doces. Quem sabe ele não poderia ser trocado por um palito de alcaçuz e compartilhado com eles?

— É incrível como ela ainda mantém as aparências em público — disse Bridie. — Ainda tem as meninas do Instituto Rural aos pés dela.

— Provavelmente, faz bem a ela ter essa distração. Eu sinto por todos eles por aqueles dois garotinhos ali também — comentou Mairi, enquanto balançava levemente a peneira para acomodar a pilha de algas, que agora chegava à borda. — Acho que já está bom. Vamos levar para casa e cozinhá-las. Logo, logo, papai chegará da ordenha.

Flora se despediu de Bridie em seu portão.

– Alguma notícia do Hal?

Bridie sorriu e tirou do bolso um cartão-postal.

– De Nova York. Ele diz que voltarão assim que houver outro carregamento de presentes para o tio Joe Stalin. Diz também que vai me trazer um frasco de perfume da Macy's, uma loja fabulosa e gigantesca que eles têm lá.

– São boas notícias. – Flora sorriu.

Bridie colocou o cartão de volta no bolso.

– E o Alec voltará também, antes mesmo que você se dê conta. Sei que as semanas devem passar arrastando enquanto ele está lá fora, mas com certeza em breve você receberá notícias de que eles finalmente chegaram a Murmansk.

Flora assentiu.

– Espero que sim. Qualquer dia desses. – Mas desta vez, o sorriso dela não alcançou seus olhos, enquanto ela se virava e seguia para casa.

* * *

A Páscoa chegou, mas mesmo o advento da primavera não foi suficiente para levantar os ânimos de Flora. As notícias sobre o comboio de número treze chegaram à comunidade e logo se espalharam por entre os campos e as cabanas, onde as palavras eram sussurradas, com olhos abatidos e balançares de cabeças. Flora ouvira os comunicados na base: cinco navios mercantes perdidos com todos a bordo, afundados por torpedos vindos das águas e bombas vindas do céu. Ao sul de Bear Island, o mau tempo dispersou a frota, e, com isso, fora impossível para as escoltas navais defenderem todo o comboio. Separados de sua matilha, os navios que ficaram para trás tornaram-se presas fáceis para as aeronaves e os submarinos alemães.

Os navios restantes chegaram a Murmansk após três cansativas semanas em alto-mar. Uma das escoltas, atingida por um dos próprios torpedos quando seu giroscópio congelou, fora levada para reparos no porto russo durante um tempo, acompanhada de vários outros navios mercantes que haviam sofrido danos nos ataques.

Quando a voz de Flora se juntou às dos outros fiéis na igreja para cantar os hinos de Páscoa, ela sabia que a carga do comboio já devia ter sido entregue, e, portanto, o navio de Alec estaria navegando por aquelas águas traiçoeiras em sua viagem de volta. Ela baixou a cabeça sobre as mãos entrelaçadas, unindo-se à comunidade que orava pelo retorno seguro dos navios e dos homens dentro deles, e seus olhos se encheram de lágrimas.

Já no portão da igreja, a congregação se dividiu em grupos menores, que, sob o sol, discutiam as notícias com expressões sérias, balançando as cabeças enquanto tiravam os olhos das águas azuis do lago e os levavam ao horizonte escuro além. Os Macleods e os Macdonalds se juntaram aos Gordons. Mairi e Bridie abraçaram Flora, compadecendo-se de sua angústia. Flora imaginou que as amigas deveriam estar aliviadas com o fato de os irmãos Gustavsen terem se voluntariado tarde demais para este último comboio. Ao mesmo tempo, porém, elas sabiam que Roy e Hal ainda tentavam obter um lugar no próximo comboio a atravessar o Atlântico. A perda de quaisquer marinheiros que fosse afetava a todas, e elas sentiam pelas famílias e pelos amores nos dois lados do oceano que receberiam um daqueles terríveis e desoladores telegramas.

Flora avistou os Mackenzie-Grants em meio à multidão, e, automaticamente, seus dedos deslizaram na direção do broche que havia colocado em seu melhor casaco de domingo, passando-os por entre os contornos da âncora e da coroa. *Sir* Charles, absorto em uma conversa com o ministro da igreja, pareceu não notá-los, mas, quando os avistou, *lady* Helen foi até a família, apertando as mãos de Iain e Ruaridh e dando em Flora um breve abraço.

— Fico muito feliz em ver você usando o broche — murmurou ela, enquanto abraçava Flora antes de voltar correndo para o lado do marido.

Na beira da estrada, eles esbarraram com os Carmichaels. Era o primeiro dia de Páscoa da família desde a perda de Matthew. Tanto Johnny quanto

Jamie ainda lutavam no norte da África, então Flora sabia que este dia devia estar sendo especialmente difícil para o senhor e a senhora Carmichael. Por fora, porém, eles se mantinham tão comprometidos como sempre foram com os esforços de guerra da comunidade.

– Notícias do Alec, minha querida? – perguntou Moira Carmichael em sua melhor roupa de domingo, embora Flora tenha notado que o casaco, cujos botões outrora se esticavam em seu amplo busto, agora ficava largo em seus ombros endireitados.

Flora balançou a cabeça.

– Nada ainda. Eles devem estar fazendo o caminho de volta agora, imagino. Então ficarão incomunicáveis no rádio por um tempo.

– Não se preocupe, ele voltará são e salvo.

Essas palavras supostamente deveriam acalmá-la, mas Flora não podia deixar de perceber um tremor, causado pelo medo e pela tristeza que as subjaziam enquanto a senhora Carmichael pensava nos próprios filhos.

– Mas para onde será que aqueles garotos foram? – ela se perguntou, olhando ao redor em busca dos dois irmãos que escaparam dela para se juntar a seus amigos da escola.

– Acho que são eles ali embaixo na praia, não são? – Flora apontou para onde um grupo de meninos escalava as rochas.

– Stuart e David Laverock, venham já para cá! – a voz da senhora Carmichael retumbou do outro lado da estrada. – Francamente, esses dois são demais. A água do mar vai estragar os sapatos deles.

Ao observarem os garotos, viram Stuart cair com o traseiro em uma rocha ao se apressar para voltar com Davy. A senhora Carmichael resmungou.

– E lá se vai outra boa calça com seu fundilho rasgado. Ora, mas que surpresa.

Com esse lamento de despedida, caminhou para pastorear seus pupilos para o jantar de domingo, enquanto Flora, Iain e Ruaridh caminharam de volta à Cabana do Guardião, onde uma torta do pastor era mantida aquecida no forno, aguardando o retorno da família.

* * *

    Alec parecia mudado quando o *Striker* finalmente retornou ao porto. Estava distante, os pensamentos em outro lugar, mesmo nas noites em que ele e Flora passavam juntos, seguros no calor da cozinha da cabana. Nunca chegaram a repetir a noite que tiveram na Casa Ardtuath. Embora Alec jamais tenha tocado no assunto, Flora sentiu que *sir* Charles deve ter se recusado categoricamente a apoiar a presença dela ali, a menos que fosse por trás da porta de baeta verde, aquele claro lembrete de uma divisória que – na cabeça de seu senhor, ao menos – nunca poderia ser cruzada.

    A princípio, Alec também se mostrava relutante em falar sobre o ocorrido no comboio. Por fim, porém, Flora conseguiu fazer com que ele falasse, pensando que compartilhar as experiências faria a dor dele abrandar ao menos um pouco. Ele contou a ela sobre os navios que perderam de vista e nunca mais voltaram a ver, e dos homens terrivelmente queimados quando explosões atingiram o compartimento de combustível do Induna. Aqueles que não foram mortos de imediato encararam então uma escolha impossível, presos entre o fogo e o gelo: permanecer e ser incendiado ou pular nas águas congelantes onde a morte era certa, sendo puxados para baixo pelo peso de seus casacos de lã e suas botas, que instantaneamente se encheriam de água. Alguns poucos conseguiram sobreviver em um barco salva-vidas, que aeronaves de reconhecimento russas localizaram apenas dias depois. Os sobreviventes foram levados a Murmansk e tratados no hospital militar de lá, mas muitos já estavam bastante mal e não sobreviveram. Outros tiveram terríveis queimaduras de frio pelos dias e pelas noites expostos no frágil barco salva-vidas, e vários perderam mãos e pés.

    Flora notou como as feições de Alec se endureciam ao falar, as sombras de sua dor transformando-as em uma máscara de pedra. Ela segurou as mãos dele, apertando-as com firmeza, como se estivesse determinada, pela força física, a impedir que ele se afundasse na escuridão.

    – Quanto tempo ficará aqui desta vez?

– Os próximos comboios vão sair da Islândia. Faz mais sentido mesmo eles se reunirem lá, com o tempo melhorando e os dias mais longos. À medida que o gelo recuar, os navios poderão navegar mais para o norte e, pelo menos, isso os deixará fora do alcance de ataques vindos dos aeródromos alemães. Bem, para a maioria. Então acho que ficarei no mar por um bom tempo. Não sei quando volto, embora eles tenham que nos dar alguma folga em algum ponto do verão. Mas não acho que terei base aqui de novo até o outono, quando trocarão o ponto de agrupamento de volta para Loch Ewe.

Flora se esforçou para não deixar transparecer seu medo e sua decepção. Mesmo feliz que a rota do comboio passaria a ficar mais longe das bases de ataque alemãs instaladas na Noruega, a viagem levaria muito mais dias. E cada um desses dias seria preenchido com as horas remanescentes de luz do Ártico, deixando os navios mais expostos. Ela sabia que Bridie e Mairi ficariam decepcionadas, também. O uso da Islândia como ponto de agrupamento para os comboios diminuía as chances de que vissem Roy e Hal em Loch Ewe antes do outono.

Mas o poder dos nazistas ameaçava toda a Europa, e, com as outras Potências do Eixo agora alinhadas, a guerra havia se espalhado para os cantos mais remotos do mundo. Os noticiários transmitidos no telão improvisado ao lado das águas remotas de Loch Ewe comunicavam bombardeios da *RAF* na Alemanha e a presença de tropas americanas no Extremo Oriente. Lugares dos quais Flora nunca tinha ouvido falar ganharam vida nas imagens granuladas e em preto e branco: Essen; Lübeck; Valletta; Leningrado; Rangoon; Darwin; Bataan. A impressão era de que nenhum local permanecia intocado pelas cenas de devastação provocadas pela guerra. E Flora se deu conta do quão vital cada carregamento seria para tentar ajudar a virar a maré da guerra, sentindo-se culpada por tantas pessoas estarem lutando e sofrendo quando tudo pelo qual ela orava era a volta em segurança de Alec.

No último dia de sua licença, Alec veio encontrá-la no estábulo, a caminho de retornar ao navio. Flora terminava de reabastecer o saco de feno e o pendurava para o garron, dando uma palmadinha no largo pescoço do pônei antes de trancar a meia porta da baia. Depois de tirar alguns fios de palha perdidos em sua calça, ela o abraçou.

O rosto dele estava pálido. Flora notou os círculos escuros em volta de seus olhos e como suas maçãs do rosto pareciam mais pronunciadas, apesar das duas últimas semanas de folga. Ele mal retribuiu o abraço dela, parecendo distraído, e Flora sabia que os pensamentos dele já estavam lá, em alto-mar.

Ela manteve um tom leve para tentar parecer otimista, pensando que isso tornaria a partida de Alec mais fácil.

– Bem, cuide-se, então. Até breve.

No entanto, em vez de sorrir como ela esperava, o semblante de Alec se fechou, enrubescendo de raiva. E então, inesperadamente, ele socou a parede, a centímetros do ombro de Flora.

Flora se encolheu de maneira involuntária, estremecendo ao ver os nós dos dedos ensanguentados dele, a mancha vermelha na parede branca.

– Alec! – ela arquejou, chocada e assustada. – O que você tem?

Naquele instante, Flora sentiu que mal o conhecia. Toda a gentileza de seu protetor da infância havia desaparecido, e, em seu lugar, o que ela vislumbrou dentro dele foi a possibilidade de uma violência terrível, de uma raiva e uma tristeza que poderiam dominar os dois. E isso a apavorou.

Alec cobriu o rosto com as mãos, seu corpo destroçado por soluços silenciosos.

Com bastante calma e cautela, no caso de ele atacar novamente – e a ela desta vez –, Flora o envolveu com os braços e colocou a cabeça dele em seu ombro, segurando-o enquanto ele chorava mais ruidosamente agora.

– Eu não consigo – disse ele, por fim, ao se acalmar o suficiente para falar. – Eu simplesmente não consigo fazer isso mais, Flora. Não consigo continuar deixando você. Não consigo voltar lá. Não consigo assistir a mais navios sendo explodidos. Não consigo passar por homens gritando por ajuda. Não consigo dar mais ordens que sei que causarão mais mortes e sofrimento.

Flora o acariciou, passando as mãos pelos cabelos lisos e escuros dele, tirando-os de sua testa, buscando os olhos dele.

– Alec, você se lembra do dia em que eu o encontrei aqui neste mesmo estábulo? O dia em que você iria para a nova escola?

Alec assentiu, os olhos vermelhos, mal conseguindo olhar para ela.

– E você se lembra do que eu lhe disse na época? Que estaríamos aqui esperando por você? Eu, Ruaridh, o garron? Então, nós continuaremos aguardando. Você voltará, e eu estarei aqui. Eu prometo.

Suas palavras soaram mais seguras do que ela própria se sentia. Aquela atitude dele foi tão diferente do Alec que ela conhecia que uma semente de dúvida agora havia sido plantada.

Flora percebia um buraco se abrindo entre os dois mais uma vez. A distância física que os separaria quando Alec fosse cumprir seu dever para com o país era algo que ela sabia que poderia suportar. No entanto, o afastamento também era emocional. E essa era uma distância que a amedrontava ainda mais. Uma distância que ela não tinha certeza se poderia ser transposta.

Flora sentiu uma pontada de culpa. Estaria ela certa em encorajá-lo a ir, a enfrentar mais uma vez o terror e a monotonia dos comboios? Quando garoto, sua ida para a nova escola sem dúvidas teve um custo emocional. A partida para enfrentar a morte e a desolação do Mar Ártico custaria ainda mais caro. Mas o que seria ganho em lhe implorar para não ir? Apenas tornaria as coisas mais difíceis para ele. Flora sabia que Alec não desistiria de seus deveres.

Uma vez mais, assim como fizeram há todos aqueles anos, as palavras de Flora pareceram acalmá-lo. Alec levantou os olhos, encontrando os dela. Ele respirou fundo, e o tremor de seu corpo lentamente diminuía conforme ele retomava o controle de si.

Flora assentiu, confortando-o sem precisar de palavras.

– Desculpe-me – ele sussurrou. – É que às vezes é demais para suportar.

Ela ergueu os dedos ensanguentados dele até sua boca, beijando-os gentilmente.

Vindo do lago, ressoou o som do apito, levado a eles pelo vento.

Alec endireitou os ombros, e ela percebeu que ele se preparava para partir.

– Venha se despedir de Ruaridh e papai antes. E podemos limpar esta sua pobre mão também.

Alec acenou com a cabeça, colocando sua mochila no ombro. Flora pegou a mão dele, e os dois caminharam através dos pinheiros até a Cabana do Guardião. Ela esperava que passar os últimos minutos com eles antes de partir lhe desse forças.

Após se despedir de Iain e Ruaridh, Alec segurou Flora em seus braços na porta, e os dois ficaram ali, em silêncio, pois não havia palavras a serem ditas. Ela usava o broche que ele lhe dera preso no suéter de lã. E pensou que aquela seria a única coisa a manter seu coração inteiro, impedindo-o de se fragmentar em milhares de pedaços enquanto o via indo embora.

Lexie, 1978

Hesito antes de abrir a porta da associação. É a primeira vez que Daisy e eu voltamos ao grupo desde o acidente dela, e me pergunto como ela lidará com todo o barulho e a empolgação das outras crianças. Já faz uns dez dias que voltamos para casa, mas todos têm nos dado tempo e espaço para nos recuperarmos. Não vi ninguém nesse intervalo, a não ser Bridie e Mairi, que foram até lá nos levar pão, leite e uma enorme panela de cozido.

Para ser honesta, também sinto estar um pouco na defensiva, pensando em como as outras mães me julgarão. Até posso imaginá-las me repreendendo, dizendo como elas jamais deixariam seus próprios filhos saírem correndo pelo cais daquele jeito.

Chegando aqui, porém, vejo como não havia nada com que eu devesse me preocupar. Daisy se contorce em meus braços, ansiosa para ser colocada no chão e poder se juntar às outras crianças. O pequeno Jack imediatamente se aproxima e dá nela um tímido abraço e um tamborim, ambos aceitos por ela com um sorriso.

Elspeth vem correndo na minha direção e me envolve com um abraço antes de as outras mães também virem e nos cercarem, dizendo o quanto sentiram nossa falta e o quão felizes estavam em nos ter de volta. Na verdade, elas parecem mais solidárias do que nunca. Talvez eu apenas imaginei que me julgariam; talvez sempre tenha sido apenas o meu julgamento sobre mim que eu temia. Pode ser que Davy tenha mesmo razão, e eu precise ser menos dura comigo.

– Não foi o mesmo sem você, Lexie – diz Elspeth. – Dei o meu melhor para te substituir, mas não me lembro de todas as canções como você.

– O que cantaremos hoje? – pergunta alguém.

Estico meu braço até minha bolsa e tiro de lá o livro de cantigas de mamãe.

– Achei que talvez *A linda garota de Fyvie* seria uma boa – sugiro, folheando o livro para encontrar a página que eu havia marcado, e então a abro sobre o piano.

As crianças se juntam ao redor cheias de expectativa, e suas mães lhes entregam os instrumentos, que vão desde os improvisados (garrafas plásticas preenchidas com macarrões e que podem ser sacudidas, criando um som satisfatório, além de panelas que podem ser batidas com colheres de madeira) aos mais convencionais (vários xilofones e um triângulo). Elspeth põe Daisy em seu colo, e sorrio agradecida quando começo a tocar de ouvido as primeiras notas. Sinto-me tão bem em estar de volta ao grupo, no fim das contas, e não há um pingo sequer de condenação por parte das outras mães. Do contrário, sinto o apoio delas me envolver, dando-nos as boas-vindas. Nossas vozes se juntam em uma só, preenchendo o salão com a música repassada a nós por nossos pais e a eles por nossos avós, enquanto começamos a cantar as canções que nos ligam ao nosso passado partilhado, assim como ao futuro de nossos filhos.

* * *

Após nossa sessão musical, ajudo Elspeth a carregar parte da parafernália de volta à casa dela, levando uma sacola de instrumentos na parte de trás do carrinho de Daisy. Ela os resgatou todos no cais quando os larguei lá no dia do acidente, e faz mesmo mais sentido que continue a guardá-los na casa dela, onde há mais espaço do que na cabana e fica mais próximo à associação.

– Entre um pouquinho, venha fazer um lanche – diz ela ao pararmos em frente à porta amarela. Mas Daisy parece exausta após aquela animada manhã, então respondo que é melhor voltarmos para casa para eu dar de comer a ela e depois colocá-la para dormir.

Elspeth assente.

– O sol e o ar fresco farão bem a Daisy, trarão cor de volta às bochechinhas dela. Se cuide, Lexie. Te vemos em breve.

Daisy levanta sua mãozinha rechonchuda para se despedir, e eu viro o carrinho na direção da nossa casa. Cantarolo para tentar mantê-la acordada, pois não quero que ela durma antes de eu lhe dar almoço, e Daisy se junta a mim aqui e ali, alegremente batendo seus pezinhos quando chegamos ao refrão.

Ao nos aproximarmos da casa próxima ao cais, nossas vozes são acompanhadas por um assobio, o tom da melodia perfeito e cada nota tão clara quanto o canto de um pássaro. Daisy para de cantar e sorri quando a cabeça de Davy surge por trás do emaranhado de madressilvas sobre a cerca em frente à sua casa. Ele está de joelhos, colhendo framboesas selvagens dos galhos que se entrelaçam na cerca viva.

Nosso encontro é um pouco estranho, já que não nos vimos desde o acidente. Talvez ele esteja me evitando. Ou talvez seja eu quem o esteja evitando. Até tinha intenção de ligar para agradecer-lhe de maneira adequada, mas meio que não consegui.

– Olá para as duas – diz ele, levantando-se e tirando a terra de seus joelhos. – Caramba, que maravilha ver vocês de volta e tão bem. Ocupadas fazendo música, acertei?

Aproximo-me da cerca e o abraço com força, sem palavras por um momento.

– Davy, obrigada. Muito, muito obrigada pelo que você fez.

Ele sorri para mim, os cantos de seus olhos se enrugando, e balança a cabeça, como se não fosse nada de mais.

– Sinto tanto que aquilo tenha acontecido. Eu deveria ter ficado de olho na Daisy com mais atenção.

– Essa responsabilidade era minha, não sua.

– Bem, estou muito feliz que ela não tenha se machucado – diz ele, acariciando a bochecha dela.

– *Ir*? *Baco*? – diz Daisy, apontando esperançosamente para o cais. O acidente não parece ter diminuído em nada o entusiasmo da minha filha.

– Já saí nele esta manhã – diz ele, esticando a tigela de framboesa na direção dela. Daisy pega uma e a encara, pensativa, antes de colocá-la na boca. – Levei o *Bonnie Stuart* mais longe hoje e peguei um belo salmão selvagem.

– *Mão* – responde Daisy, em tom de aprovação.

– Mas poderíamos ir passear de barco outra vez qualquer dia desses, não poderíamos, quando os ventos estiverem mais calmos? Hoje ainda está um pouco frio.

– Isso seria ótimo – respondo, já que Daisy está ocupada demais alcançando outra framboesa para responder por conta própria.

Pego um lenço do bolso e limpo o suco cor de vinho dos dedos dela.

– Agora é melhor eu levar esta mocinha aqui para almoçar. E, desculpe, Davy, ela parece já ter acabado com a maior parte da sua sobremesa.

– Tchau, tchau, Daisy – diz ele, apertando a mão pegajosa dela. – Até breve, Lexie.

Viro o carrinho em direção à nossa casa.

– Sim – sorrio. – Até breve, Davy.

E, conforme Daisy e eu seguimos nosso caminho, o vento carrega conosco as distantes notas de alguém assobiando perfeitamente *A linda garota de Fyvie*.

Flora, 1942

O verão escocês nunca aparentava durar o bastante, mas este ano parecia interminável para Flora, Mairi e Bridie. Elas se esforçavam para ser gratas ao clima mais ameno e aos dias mais longos, sabendo que essas seriam coisas que tornariam a vida um pouco mais fácil para Alec, Roy e Hal, e os milhares de outros que navegavam nos agitados mares do norte. No entanto, quando reunidas, as três podiam confidenciar umas às outras o desejo secreto que compartilhavam para que o verão terminasse logo, e, assim, os ventos do outono trouxessem seus homens de volta a Loch Ewe.

Flora agradecia por suas tarefas a manterem tão ocupada. Ela e Mairi foram selecionadas para receber um treinamento médico adicional, e agora passavam ainda mais tempo dirigindo a ambulância para a qual foram alocadas, trabalhando como um time. As amigas conheciam as estradas que circundavam o lago como as palmas de suas mãos e faziam viagens quase diariamente, transportando doentes e feridos de um lado a outro, entre a enfermaria na base de Mellon Charles e o hospital de Gairloch.

– Ainda não consigo me acostumar à ideia do quanto as coisas mudaram – comentou Flora. Elas haviam ido buscar um oficial polonês em seu alojamento em Poolewe, que precisava de tratamento para um abscesso em um de seus dentes. O oficial conversou com as amigas durante o trajeto, descrevendo como conseguiu escapar de Warsaw quando os alemães invadiram o lugar e o quão determinados a lutar ele e seus camaradas estavam para conquistar seu país de volta.

As duas deixaram o oficial no hospital, que bateu continência, saudando-as, quando elas saíram com o veículo.

– Quem poderia imaginar que estaríamos fazendo isso? – disse Flora, passando a mão no volante da ambulância.

– Entendo. É estranho, não é? Só que, ao mesmo tempo, parece tão familiar agora. Não consigo me imaginar voltando a ser a pessoa que eu era antes, apenas ajudando na fazenda e cuidando das crianças. Você acha que a nossa vida algum dia voltará a ser a mesma?

– A guerra vai acabar um dia. Mas você tem razão. Acho que, quando isso acontecer, a nossa impressão será de que nossa vida mudou para sempre... para melhor ou pior, suponho.

Mairi se virou para olhar para a amiga.

– Você chegou a ouvir? Eles estão querendo organizar alguns concertos para entreter as tropas. Vi um aviso na cantina solicitando voluntários. Você deveria cantar para eles, Flora. Seria selecionada em um segundo.

– Ah, não tenho certeza se eu teria coragem de cantar para um público maior – disse Flora, balançando lentamente a cabeça. Ela estava dividida: se, por um lado, adoraria cantar, por outro, já conseguia imaginar o que *sir* Charles faria disso caso descobrisse. Seria outra mancha contra ela, meter-se em tamanha frivolidade enquanto Alec estava lá fora nos mares. *Sir* Charles certamente desaprovaria. E sua confiança diminuiu ainda mais quando se perguntou se o próprio Alec não faria o mesmo. O ataque de fúria dele plantara uma semente de dúvida nela. Flora não conseguia compreender por que isso a deixava tão nervosa, mas, naquele momento, sentiu que ele havia se tornado outra pessoa, não o Alec que ela pensava conhecer.

– Flora Gordon, você por um acaso é uma mulher ou um rato? Você nunca teve medo de cantar na vida. E, com essa sua voz, seria até um crime não compartilhá-la com esses pobres homens e mulheres presos aqui, tão longe de suas casas, e desejando apenas um pouco de entretenimento.

Flora sorriu.

– Você está me desafiando, Mairi Macleod? Porque você sabe muito bem que também tem uma voz perfeitamente boa para cantar, então eu poderia dizer o mesmo de você.

– Com certeza estou lhe desafiando se preciso for! Mas VOCÊ sabe muito bem que não tenho sua voz. Embora eu ache que Bridie e eu poderíamos ser suas segundas vozes, caso fique mesmo insegura de cantar sozinha em frente a uma plateia grande. Na verdade, Bridie amaria isso! Vamos lá, Flora, vamos pelo menos tentar.

E foi assim que o trio de amigas se tornou "As Passarinhas de Aultbea", com suas apresentações regulares e muito populares nos concertos semanais da associação. *Alec não poderia se opor*, Flora pensou. Ela fazia parte de um grupo que ajudava a manter os ânimos da comunidade e de seus visitantes para cima. E se ela começasse a imaginar onde seu canto a poderia levar... Flora jamais havia compartilhado esses sonhos com ninguém, nem mesmo com Mairi e Bridie, apesar das tantas vezes que lhe falaram como tinha uma voz que qualquer um estaria disposto a pagar para ouvir.

Nos longos entardeceres de verão, quando estava longe da diversão, das risadas e dos aplausos do salão, ao terminar seu jantar, Flora subia sozinha a colina até a lagoa. Algumas vezes, pescava trutas-marrons, que deslizavam entre os caules das ninfeias. Mais frequentemente, contudo, o que fazia era apenas se sentar, perdida em seus pensamentos enquanto olhava o oceano distante, imaginando Alec lá, em algum lugar, perguntando-se se as mesmas ondas que encontravam as rochas na boca do lago alcançariam o navio de Alec ao rolarem em direção à costa norte da Escócia. Flora estava sentada ao lado da piscina prateada em forma de concha no interior das colinas, e o cervo observava, do alto, silencioso e imóvel. E ainda mais alto, o canto das cotovias flutuava no ar do cair da noite.

Chegado o fim de agosto, as frondes das samambaias começaram a ganhar um tom bronze, e os galhos das sorveiras-bravas pendiam com seus pesados cachos de frutos vermelhos. E, quando os primeiros bandos de gansos apareceram nos céus, com seus roucos grasnados anunciando o fim do verão, as redes foram puxadas para permitir a três navios mercantes passarem conforme o próximo comboio rumo ao Ártico se reunia. Ruaridh era uma fonte útil de informação, monitorando as últimas chegadas de seu posto na estação de sinalização e, com isso, mantendo Flora, Mairi e Bridie informadas.

– Por enquanto, são navios britânicos, vindos das Costa Leste, de Tilbury e Hull. Mas dizem que há outro comboio a caminho vindo do Atlântico, e alguns da Marinha Mercante dos Estados Unidos estão transportando suprimentos para a Rússia. Então pode ser que vejamos Roy e Hal em breve.

Bridie e Mairi já não recebiam cartões-postais dos irmãos há algumas semanas, e estavam com a sensação de que, ou se tratava de uma notícia muito boa ou muito ruim. Assim, passaram a observar o horizonte com ainda mais frequência do que o normal, em um misto de expectativa e pavor. Flora ouvira de Alec que ele ainda patrulhava a costa da Islândia, mas ela, também, esperava impacientemente pelo retorno do *Striker*.

Quando o sol surgiu sobre as colinas, Flora e Mairi já preparavam sua ambulância, conferindo seu *checklist* diário. Mairi se assegurava de que elas tinham os itens necessários em seu *kit* de primeiros socorros, enquanto Flora limpava a densa condensação que o frio da noite depositara no para-brisa. Elas haviam recebido ordens de levar um paciente ao hospital e pegar dois soldados que tiveram alta, deixando-os no acampamento ao voltar.

Era um daqueles dias calmos de início de outono em que a terra e o mar pareciam ter recebido uma nova camada de tinta: a água tinha o mais puro tom verde-azulado, e o verde-escuro das colinas era salpicado aqui e ali pelo dourado dos lariços que trocavam de cor. Ainda assim, os dois soldados – que, na verdade, eram do regimento indiano instalado acima de Mellangaun – pareciam um pouco infelizes quando as meninas os deixaram no acampamento.

– Sinto tanto por eles – disse Mairi. – Deve ter sido um choque terrível ter de viver aqui em barracas. Eles estão acostumados ao calor e à areia, não à chuva e à lama. Sem contar a comida. Bem, não é de se surpreender que eles tenham acabado com dores tão fortes no estômago. Não que a comida do hospital tenha feito os dois se sentirem melhor.

– É verdade – concordou Flora. – Mas não estavam tão mal assim a ponto de deixar de pedir nossas mãos na viagem de volta de Gairloch.

– Tem razão – admitiu Mairi. – O clima não parece ter diminuído o romantismo deles. Mas imagino que eles estejam apenas se sentindo solitários mesmo. – Ela se interrompeu abruptamente, distraída pela visão de um navio que acabara de surgir contornando a ponta da ilha. Protegendo os olhos contra a luz do sol, Mairi se inclinou para frente, esforçando-se para enxergar o estandarte sendo erguido acima do convés. Desenrolando-se com lentidão no insistente puxão da leve brisa, ele finalmente revelou as estrelas e listras inconfundíveis da bandeira norte-americana.

Flora parou a ambulância na beira da estrada, acima da baía onde os mercadores britânicos estavam ancorados. As garotas observaram os rebocadores abrirem as redes, permitindo ao navio deslizar para o porto seguro de Loch Ewe.

E então, de repente, Mairi pulou do veículo, acenando com seu chapéu de *wren*. E a luz do sol de outono reluziu nos cabelos loiros dos dois marinheiros que acenaram de volta para ela, igualmente entusiasmados, de seus postos no convés, ao lado do mastro da bandeira.

* * *

O outro lado do lago estava apinhado de navios mercantes, e a escolta naval se reunia na baía de Mellon Charles. Na semana seguinte, o primeiro comboio da estação partiria de Loch Ewe, mas, por ora, as águas mal podiam ser vistas entre as embarcações da lotada flotilha.

Igualmente lotado estava o salão para o baile de sexta-feira quando Flora, Mairi e Bridie chegaram com seus respectivos pares, Alec, Roy e Hal. A pedido do público, as Passarinhas de Aultbea apresentariam algumas músicas mais tarde, mas, primeiro, suas integrantes esbaldaram-se na pista quando a banda começou, determinadas a aproveitar ao máximo seus poucos dias juntas de seus pares.

Quando Alec retornou de seus deveres em alto-mar, Flora se sentiu estranha em sua companhia. A lembrança da atitude dele – tão diferente de sua usual gentileza – continuava a enervá-la. Ela tentava tirar isso da cabeça, dizendo a si mesma que tudo havia sido apenas por causa do estresse dos comboios e afastamento de casa por tanto tempo. No entanto, no momento em que Alec esmurrara a parede, ela reconhecera algo mais nele, algo que a fazia se contrair, fisicamente: uma semelhança com o pai. Era impossível não pensar nisso, ou nos machucados que notou no pulso de *lady* Helen na noite em que a ajudou na cozinha.

A ausência de Alec deixou um vácuo que as dúvidas e os medos poderiam facilmente preencher. E, talvez, tenha sido por esse motivo que Flora propositadamente se mantinha tão ocupada. Assim como nos concertos à noite, ela se jogou de cabeça em seu trabalho diurno, assumindo funções extras ao se voluntariar para ajudar na manutenção dos motores dos barcos menores e das ambulâncias. Rapidamente, Flora descobriu uma aptidão para trazer até o mais relutante dos motores, corroídos pelo sal e alagados, de volta à vida. As distrações proporcionadas pelo canto e pelo trabalho – assim como a parceria com as outras *wrens* e os marinheiros com quem trabalhava – ajudaram o tempo a passar enquanto Alec estava longe. Mais do que isso, Flora passou a desenvolver um novo senso de realização: um senso do seu próprio eu e da sua própria voz. Gostaria Alec, contudo, desse novo lado dela? Flora pensou em *lady* Helen mais uma vez, sempre parecendo uma sombra do que realmente poderia ser. Começaria Flora, também, a desaparecer se um dia se casasse com Alec?

Apesar de suas preocupações, quando Alec apareceu na porta da Cabana do Guardião, ela teve a sensação de que ele parecia mais introvertido, tendo perdido algo de sua autoconfiança. Ela, por sua vez, tornava-se mais forte, mais confiante em seu trabalho. Ele hesitou, como se em dúvida se era bem-vindo ali ou não, e Flora rapidamente se aproximou, envolvendo-o com os braços, acabando com a distância entre os dois, confortando-o com um beijo que dizia a ele que tudo estava bem e que ela ainda o amava. "Apenas precisamos de um pouco de tempo para nos reajustarmos", Flora pensou. Foi quando tentou novamente apagar a imagem do rosto de Alec ao esmurrar a parede do estábulo. Sempre que pensava nisso agora, era o rosto de *sir* Charles que ela via, o que a deixava ainda mais nervosa que o acesso de raiva de Alec.

A velha intimidade entre os dois voltou à tona conforme passavam tempo juntos caminhando pelas praias ou colinas acima da Casa Ardtuath. Ficava mais fácil, também, quando estavam na companhia de Mairi e Roy e Bridie e Hal, cuja felicidade era contagiante.

Mais cedo naquele dia, os três casais foram até Slaggan Bay e, chegando lá, estenderam toalhas de piquenique sobre os montes de feno-das-areias. Desse ângulo, os navios atracados no lago ficavam escondidos por uma parte de terra mais elevada que cercava a praia, permitindo ao grupo, mesmo que por algumas horas, esquecer a partida iminente do comboio.

Roy e Hal narraram histórias das travessias do Atlântico das quais participaram desde a última vez em Aultbea, que os levaram a Portsmouth e Liverpool.

– Foi um pouco frustrante estar tão perto e tão longe ao mesmo tempo – disse Roy.

Hal sorriu.

– Queríamos tentar uma permissão para sair do navio e pegar um trem, mesmo que fosse para passar apenas um dia aqui. Só que não tínhamos nenhum documento de viagem, então fomos mandados de volta antes mesmo de conseguirmos sair do porto.

Eles estavam orgulhosos de fazer parte da tripulação do *Patrick Henry*, um dos navios classe Liberty recém-construídos, cujas entregas foram feitas em tempo recorde pelos norte-americanos para substituir as embarcações perdidas em ataques inimigos.

– Ela foi lançada pelo próprio FDR – disse Hal.

– É engraçado chamar um navio de "ela" com ele recebendo o nome de um homem – disse Bridie, pegando um capim e mastigando-o, pensativa. – E quem é Patrick Henry, afinal?

– Foi o cara que disse "Deem-me a liberdade ou a morte". E esses navios com um novo estilo vão mesmo trazer liberdade para a Europa – disse Hal, estendendo a mão e entregando a Bridie um ramo de cravo-do-mar que havia colhido de um *machair* na praia. – Para você, minha dama.

Bridie sorriu ao colocar a flor entre suas madeixas escuras, as pétalas cor-de-rosa realçando o rubor de suas faces, coradas pelo vento e o sol.

"Ela parece tão bonita", Flora pensou, "porque está tão feliz. Todos estamos, hoje". Mas então olhou para Alec. Ele estava deitado ao lado dela na toalha xadrez, apoiado nos cotovelos e observando a luz do sol brincar na água da baía. Mesmo relaxado, havia ali uma escuridão, correndo como uma correnteza profunda sob a superfície de seu sorriso ao vê-la olhando para ele.

O destroier em que ele estava acabara de retornar da patrulha à passagem norte entre Orkney e Shetland.

– E como foi lá em cima? – perguntou Roy a ele.

Alec ficou em silêncio por um instante, relutante em permitir que a realidade da guerra lançasse uma sombra sobre o dia de todos. Mas então descreveu as paisagens surreais que vira: as ilhas Orkney, espaçadas e de baixa altitude, com suas praias límpidas e campos verdejantes; os penhascos acidentados de Shetland, que se erguiam das ondas como uma fortaleza, austera e ameaçadora; e a Islândia, com suas surpreendentes praias de areia preta e vulcões cobertos de gelo. Relatou também a viagem do último comboio do Ártico, que partira de Reykjavik no início do verão.

– Era enorme, com quase quarenta navios, e a viagem foi mais longa também, cobrindo todo o trajeto até Arkhangelsk desta vez. Sabíamos que era um risco, mas esperávamos que a passagem mais ao norte fosse fazer a diferença.

Calando-se por um instante, ele olhou, distraído, as ondas que batiam suavemente na areia.

– Foi um desastre. O comboio foi descoberto, e os alemães vieram para cima de nós com tudo. Nós estávamos preparados para lutar, mas então veio o comando de Londres, do Almirantado, ordenando que a escolta recuasse. Cada um dos homens ali tinha certeza de que aquela decisão estava errada. Abandonar aqueles mercantes foi um dos piores momentos de toda a minha vida. Sabíamos que, no instante em que nos afastássemos, os submarinos e os aviões alemães se aproximariam para matar.

Alec virou a cabeça para o outro lado, não sem antes Flora notar como seu rosto se contorceu de dor, as memórias fortes demais para suportar. Ela pegou em sua mão, entrelaçando seus dedos nos dele, puxando-o para longe da escuridão de seus pensamentos e de volta para a suave luz do sol de outono que o banhava com seu brilho terapêutico.

Com esforço, ele se recompôs, apertando a mão de Flora em agradecimento. E então balançou a cabeça, como se tentasse se livrar das imagens gravadas em sua mente.

– Perdemos trinta e sete navios e centenas de homens para os alemães. No fim, apenas onze conseguiram chegar a Arkhangelsk. Foi quando decidiram suspender as viagens pelo resto do verão. Em vez disso, então, passamos os últimos meses patrulhando as extensões ocidentais do Mar Ártico, tentando impedir que os navios alemães escapassem do lado leste e acabassem atacando os comboios do Atlântico. Sabemos que eles têm o *Tirpitz*, um dos maiores navios de guerra deles, escondido em um dos fiordes noruegueses, e não queríamos arriscar que ele conseguisse passar.

– Agradecemos por isso, meu amigo – disse Hal. – Enquanto estávamos lá, na nossa travessia, foi bom saber que vocês, da Marinha, protegiam a gente.

Com tato, os outros mudaram de assunto, sentindo a perturbação de Alec. Mas pareceu a Flora que as sombras ao redor deles se tornaram mais escuras e que, se ouvisse atentamente, as ondas batendo na areia traziam consigo ecos dos lamentos das almas perdidas. Ela se aproximou de Alec, tentando fechar o buraco que dava indícios de afastá-lo dela mais uma vez, e os dois apenas permaneceram sentados em silêncio, deixando a conversa fluir ao redor.

Naquela noite, no baile, Flora segurou Alec forte enquanto o acordeão tocava a última valsa. E ele aplaudiu com tanto entusiasmo quanto o resto do público quando ela cantou O cântico de amor de Eriskay. Ainda assim, Flora podia sentir o peso daquelas perdas sobre Alec. Ela não conseguia imaginar as cenas que ele tivera de testemunhar durante o tempo que passou com os comboios – navios em chamas, corpos incendiados e afogados que retiraram das águas, enterros em alto-mar, com mais e mais jovens sendo enviados para as covas frias e profundas do oceano, que permaneceriam sem túmulos e sem visitas. Ainda pior foram os que eles tiveram que deixar para trás nas águas, passando por braços estendidos e gritos desesperados e suplicantes, incapazes de ajudar. E ela então imaginou a última leva de telegramas a chegar em tantas casas na Grã--Bretanha e nos Estados Unidos, o indesejado bater de porta anunciando a entrega de um pedaço de papel, tudo o que restara de seus pais e filhos para aquelas famílias.

Flora desejou, do fundo de seu coração, que a música jamais terminasse, que eles pudessem apenas ficar ali dançando, perto um do outro, para sempre. Porque então não haveria dúvidas e medos, não haveria despedidas. E ela não precisaria ver o navio dele partindo na manhã seguinte, separando-os mais uma vez enquanto Alec enfrentava o frio brutal e o medo implacável da próxima corrida ao Ártico.

O SEGREDO DAS TERRAS ALTAS

* * *

A chuva caía sem parar, e os lariços choravam lágrimas douradas no dia em que Hamish McTaggart lentamente percorreu com sua bicicleta a curta distância entre a agência dos correios e a casa no fim do cais, mais uma vez. E, agora, o telegrama que carregava, endereçado ao senhor e à senhora Archibald Carmichael, pesava em sua bolsa de couro mais do que qualquer um que tivera de entregar no último ano. Ele estava lá no momento em que a senhorita Cameron cuidadosamente transcrevera as palavras e entregara o bilhete a ele com um balançar pesaroso de cabeça.

LAMENTAMOS PROFUNDAMENTE INFORMÁ-LOS
A MORTE DE SEUS FILHOS JOHN ARCHIBALD
CARMICHAEL E JAMES ROSS CARMICHAEL DURANTE
COMBATE, EM EL ALAMEIN. SEGUE CARTA ANEXA.

Lexie, 1978

– E como foi ser mandado para cá como um refugiado? – pergunto para Davy.

Ele está sentado na cozinha, após ter aceitado minha oferta de uma xícara de chá quando passou para ver se Daisy e eu gostaríamos de algum item da sua pesca de hoje para nosso jantar.

Davy põe açúcar na xícara e mexe, refletindo sobre minha pergunta.

– Eu era tão menino. Não tenho nenhuma memória clara do dia em que a gente chegou. Acho que me lembro um pouco da viagem de ônibus, o fato de me sentir nervoso por ser mandado para longe da nossa casa, junto da empolgação por ver o litoral. "É para lá que nossa mãe disse que vamos", Stuart me contou. "Para viver no litoral." Lembro também do cheiro ruim em meu casaco por eu ter vomitado e não ter nada no ônibus para me limpar. E acho que me lembro de me sentar em uma mesa de cavalete com as outras crianças e receber um prato de picadinho de carne e purê de batatas, mas pode ser que isso seja apenas algo que Stuart tenha me contado depois. As primeiras coisas de que definitivamente me lembro são de quando encontrei uma estrela-do-mar em uma piscina natural entre os rochedos e de como o giz do professor costumava arranhar o quadro. Eu devia ter por volta de seis anos, acho. E aí me lembro dos dias em que os telegramas chegaram para os Carmichaels. O primeiro dizendo que Matthew estava desaparecido, presumivelmente morto no Extremo Oriente, e o segundo, sobre o Johnny e o Jamie em El Alamein.

Davy fica em silêncio e vira o rosto na direção da janela, olhando para o lago. Mas tenho a impressão de que ele não vê a forma como a água cintila como prata derretida sob o sol, contrastando com o pano de fundo das colinas salpicadas de roxo, nem ouve o grasnado das gaivotas. Em vez disso, penso que o que ele vê é a dor contorcendo o rosto de Archie Carmichael. E o que ele ouve é o grito angustiado e agudo de Moira, um grito de uma só palavra, arrancada do âmago de seu ser: *Não!*

Por fim, ele olha para a xícara de chá entre suas mãos, como se estivesse surpreso em vê-la ali. E toma um gole.

– Deve ter sido terrível para você e o Stuart testemunharem esses momentos – digo gentilmente.

– Foi péssimo estar na casa naqueles dias, ouvir a batida na porta, olhar da janela do nosso quarto e ver o senhor McTaggart ali, sabendo o que ele estava trazendo para os dois. Mas foi ainda pior depois. Os Carmichaels eram boas pessoas, mas sempre tivemos a sensação de que não devíamos estar ali, pois isso significava nós dois ocupando o espaço que os próprios filhos deles deveriam ocupar. Eu e o Stuart odiávamos ser os lembretes do que eles tinham perdido, os garotos errados vivendo sob o teto deles, dormindo na cama de seus filhos mortos. As coisas deles estavam espalhadas por todo canto: as prateleiras eram cheias dos seus livros sobre os ases da aviação da Primeira Guerra e os anuários do *Boy's Own*; as varas reluzentes de pesca deles ficavam na varanda; a coleção de selos do Matthew, a coleção de vidros marinhos do Jamie, os esboços de pássaros costeiros do Johnny. Suas fotos ficavam em molduras na cornija da lareira, o orgulho dos

Carmichaels, e eu mal conseguia olhar para eles. Os três pareciam tão cheios de vida naquelas fotos, eu não conseguia acreditar que tinham morrido.

Como se sentisse a tristeza de Davy, Daisy anda cambaleante na direção dele, agarrando em seu joelho para se firmar, e lhe entrega seu Coelhinho Azul. Ele sorri para ela e então a coloca em seu colo, cuidadosamente afastando a xícara de chá quente. Mas percebo o quão distraído ele está, ainda de volta àquela casa vazia demais de sua própria infância.

– A gente rastejava por aí, tentando não perturbar a senhora C nos piores dias dela. E, olha, houve vários deles, dias em que ela não conseguia nem sair da cama. Mas quem poderia culpá-la? Todos os três filhos dela indo embora, assim, em um piscar de olhos. O mesmo acontecendo com tantas famílias das Terras Altas. E, nessas pequenas comunidades agrícolas, a perda desses jovens foi um golpe devastador.

Penso em minha mãe e nos Carmichaels e em todas aquelas pessoas que perderam tanto na guerra. Pertenceram a uma geração que precisou se acostumar a dizer adeus. E percebo o quão afortunada sou por ter nascido assim que a guerra acabou, em uma outra geração, que conheceu apenas o otimismo de um futuro pacífico.

Observo Davy sorrindo para Daisy. Ele pega em sua mãozinha com sua mão muito maior para brincar com ela. Seus olhos são tão escuros como o mar soprado pela tempestade, mas, ao mesmo tempo, tão cálidos quanto as pedras aquecidas pelo sol em uma noite de verão. O rosto dele está marcado com as linhas de sua história de vida, pelos ventos e as perdas que precisou suportar. Ainda assim, ele parece em paz consigo mesmo e com o mundo que tanto tirou dele. Penso nele tocando com a banda no bar, em como a música parece fluir de dentro dele até ser difícil dizer onde seus braços terminam e sua guitarra começa, pois tudo parece fazer parte da mesma música. E talvez essa música tenha tido seu papel em curar essas feridas, também. Elas deixaram cicatrizes, disso não há dúvidas. Mas pode ser que tocar e cantar as músicas que tantos cantaram antes dele tenham ajudado a levá-lo a um lugar em que ele finalmente pôde encontrar uma forma de conviver com essas perdas. Talvez essa seja a única maneira de lidar com a dor. É um peso grande demais para suportar sozinho, mas saber que há outros ali com quem se possa compartilhá-la é de grande ajuda.

Minha própria dor tem sido uma carga pesada de se levar. Tão pesada que dei o meu melhor para colocá-la de lado e ignorá-la.

Daisy ri e estende a mão para acariciar o rosto de Davy, incentivando-o a jogar de novo.

E, diante da amabilidade dele, algo parece mudar dentro de mim, dissolvendo levemente o nódulo de tristeza alojado aqui já há tanto tempo.

Ele olha para cima e percebe algo em minha expressão – a largura do meu sorriso, talvez, ou o semblante de ternura em meus olhos – que o faz arquear as sobrancelhas de um jeito questionador. Eu o encaro, dando minha resposta.

Ele engole em seco, como se juntando coragem para dizer algo, e eu espero, dando a ele o tempo que precisar.

– Você acha que Bridie e Mairi podem ser convencidas a ficar de babá e nós dois sairmos para jantar uma noite dessas? Apenas nós dois, talvez?

Balanço a cabeça em afirmativa.

– Eu gostaria disso. Muito.

– É um encontro, então? – Davy sorri para mim. – Não um *encontro-encontro*, claro – acrescenta.

Não consigo evitar com que minhas faces fiquem vermelhas.

– Embora – ele diz, sem deixar de olhar para mim – eu me pergunte se um *encontro-encontro* poderia ser uma possibilidade um dia? O que você acha, Lexie?

– O quê? Como assim? – pergunto, com um falso espanto. – Você está me convidando para um *encontro-encontro*, Davy Laverock?

– Bem, sim, eu acho. É claro que Bridie e Mairi e todo mundo em Aultbea saberão exatamente o que vamos fazer e ficarão de olho em nós dois. Então você vai precisar chegar em casa antes da meia-noite ou sua reputação ficará manchada.

Eu sorrio.

– Olha, sinto que minha reputação foi para as cucuias há muitos anos já. Mas, se você não se importar em arriscar a sua, associando-se à mulher escarlate de Ardtuath, eu adoraria.

– Tudo bem. Que tal amanhã?

Balanço a cabeça.

– Tudo bem – respondo, ecoando o alívio que detectei por trás das palavras dele. – Amanhã, então. Um *encontro-encontro*.

* * *

Davy me pega em casa, e seguimos para o melhor restaurante da cidade – que, claro, é o único restaurante da cidade, e fica no hotel. É um pouco estranho não estar indo para o bar, para variar, e, a princípio, ficamos os dois um pouco constrangidos por estarmos sentados frente a frente em uma mesa posta com guardanapos de linho e taças de vinho reluzentes. O hotel fica bem às margens do lago, então, pelo menos, temos a bem-vinda distração do sol poente pintando o céu em tons corais cada vez mais profundos.

Não consigo evitar minha preocupação com relação a Daisy. É a primeira vez que a deixo desde o acidente, e, embora eu saiba que ela está bem agora e que terá todo tipo de diversão e brincadeiras com Bridie em nossa casa, a ansiedade que sinto faz minha garganta se contrair e meus ombros curvarem. Respiro fundo e tento relaxar.

– Você está bonita.

– Você também – respondo, ajeitando o guardanapo em meu colo para me distrair do quão estranho esse nosso diálogo soa.

Então olho para cima, e ele está sorrindo para mim.

– Sabe, Lexie, eu gostei muito mesmo de ouvir você cantar no aniversário da Elspeth. Como eu dizia lá no cais antes de o acidente com a Daisy acontecer, se um dia quiser fazer aquilo de novo, você será mais do que bem-vinda. Sua nova voz cai bem com as nossas canções tradicionais.

— Obrigada. Quem sabe um dia — digo, sem admitir que aquilo pareça ter acontecido há uma eternidade e que acredito que minha voz tenha enferrujado de novo.

Paramos de falar quando o garçom nos traz o cardápio e nos serve taças de água. Tomo a minha, agradecida.

— É engraçado, não é? — comenta Davy. — O povo das Terras Altas geralmente é de poucas palavras. E, mesmo assim, as canções tradicionais expressam as coisas que normalmente não diríamos. Imagino que seja por isso que tenham vindo em forma de texto, originalmente. Para dizer as coisas que importam e passá-las de geração a geração.

Sorrio.

— Bem, sim, elas são em sua maioria sobre amores e perdas, no entanto. Mas suponho que a vida seja feita principalmente disso.

Ele balança a cabeça e suspira teatralmente.

— Ah, Lexie Gordon, tão cínica para alguém tão jovem.

— Não tão jovem! Certamente com idade o bastante para já ter vivido amores e perdas. E aposto que, para cada música feliz que você me disser, eu poderia dizer três mais que são tristes.

— Ninguém nunca disse que a vida seria fácil, disse? E é provável que fosse especialmente difícil naquela época, quando essas músicas foram escritas. Mas é isso o que nos une no final das contas, não é? Dificuldades compartilhadas e a esperança eterna de tempos melhores à frente. Para nossos filhos, pelo menos, se não para nós.

Reflito sobre isso enquanto finjo olhar o cardápio. Uma imagem da minha mãe flutua diante dos meus olhos, e chego até a ouvir as músicas que ela costumava cantar. A vida dela foi muito difícil, considerando tudo, mas Davy está certo: sempre havia esperança, mesmo em meio à tristeza. E fazer parte de uma comunidade dera a ela uma sensação de solidez, de pertencer a algo tão inabalável quanto as colinas e tão constante quanto as marés. A música neste lugar é tão natural para nós quanto o canto das aves-marinhas e o som do vento nas colinas – as seções de sopros e cordas em uma orquestra que criam a música de fundo das nossas vidas.

Enquanto olha o cardápio, Davy murmura o trecho de uma música, e eu reconheço o refrão de "O drinque da despedida".

Davy também conhece bem sobre despedidas, dou-me conta. O quão difícil deve ter sido para ele perder o irmão tão repentinamente e testemunhar a lenta e interminável morte de sua mãe pelo alcoolismo. Minha mãe costumava cantar esta música. Talvez pensasse em todas as pessoas que perdeu na guerra. O quão difícil para ela deve ter sido me deixar partir, quando chegada a hora de eu ir para Londres e a promessa de uma nova vida para mim lá, e o quão fácil ir embora pareceu para mim: uma versão moderna de tantas despedidas que aconteceram em frente a essas cabanas ao longo da costa do lago. As Terras Altas são inegavelmente maravilhosas, mas também podem ser duras, assim como a própria vida. Esta é uma ilha há muito acostumada a despedidas.

Como se pudesse ler meus pensamentos, Davy levanta os olhos do cardápio e diz:

– Não fique tão triste assim, Lexie. A vida é cheia de começos, assim como de fins. – E serve nossas taças de vinho com a garrafa que o garçom colocou entre nós. – Um brinde! Aos começos. E a encontrar novas músicas para cantar.

Conforme conversamos e comemos e conversamos mais, começo a relaxar. E algo parece me nutrir, além do ótimo filé com fritas que jantamos. Quando terminamos nossa refeição e tomamos as últimas gotas de vinho de nossas taças, uma sensação de contentamento toma conta de mim. Essa é uma nova sensação, não apenas o contentamento de uma barriga cheia após um belo jantar. É mais do que isso. E parece ter relação com estar na companhia de Davy Laverock.

Flora, 1943

Conforme o ano passava, Flora foi se acostumando ao ciclo de chegadas e partidas. As águas do lago raramente estavam tranquilas, com as constantes idas e vindas da armada e atividades dos navios-tanque e movimentações de redes. Depois que um comboio partia, agitando as águas até o ponto de espumá-la, poderia haver um ou dois dias de relativa calma. E, então, os navios mercantes começariam a se reunir, lançando âncoras para além da ilha, até que trinta ou quarenta mais se juntariam a eles, formando uma massa sólida de navios. Eles então assumiriam suas posições, em linha, e partiriam para a próxima e perigosa jornada.

Mas não importava quantas vezes essas reuniões e partidas se repetiam, Flora sentia que jamais conseguiria se acostumar a dizer adeus a Alec. Todas as vezes antes de ele zarpar, ela permanecia em seus braços, saboreando os momentos finais ao seu lado, momentos preciosos antes de terem de dizer um ao outro "até breve" e ela o visse ir embora de novo. Por mais que tentasse, Flora não conseguia endurecer seu coração contra o baque provocado pela visão dos largos ombros de Alec desaparecendo no caminho, erguidos e determinados como se ele se preparasse para encarar os mares do Ártico novamente. E parecia doer mais o fato de saber que, a cada vez que ia, Alec teria que encarar todas aquelas situações difíceis que corroíam sua alma. Não raro, Flora sentia que os dois estavam à deriva naquelas águas frias e cinzentas, lutando contra as correntes submarinas que tentavam separá-los e podiam, no fim, ser fatais.

Flora sabia que, com as forças de Hitler cercadas e sitiadas na luta desesperada por Stalingrado durante o cruel inverno de 1942, tornou-se ainda mais crítico manter as linhas de abastecimento soviéticas abertas. Assim, exatamente pelo mesmo motivo, tornou-se ainda mais importante para os nazistas tentar impedir que esses mesmos suprimentos alcançassem seu destino. Ela imaginava Alec a bordo do *Striker*, tentando proteger os comboios enquanto navegavam na escuridão pela tempestuosa imensidão coberta de gelo do Mar de Barents.

Os homens a bordo nunca sabiam se o próximo ataque poderia vir de cima ou de baixo, enquanto lutavam contra as fortes ondas que transformavam os conveses dos navios em palácios de gelo, tortos e pesados, ameaçando virar até as embarcações mais pesadas. Se contavam com armas antiaéreas e cargas de profundidade para se defender dos submarinos e bombardeiros Heinkel, tudo o que tinham para lutar contra o manto de gelo sufocante eram picaretas e pás. De alguma forma, contudo, muitos dos navios conseguiram passar, entregando suas preciosas cargas.

No fim do inverno, a sequência de comboios foi suspensa novamente, e Alec voltou para a patrulha da extensão de mar entre as Ilhas do norte. Por vezes, Flora olhava para as águas enquanto dirigia sua ambulância, buscando no horizonte embarcações recém-chegadas e procurando entre a flotilha de navios ancorados na baía por aquele que trazia Alec.

E foi então que, por fim, a paciência de Flora foi gratificada. Foram concedidos a Alec alguns dias de folga, dias em que ela esperava passear na praia com ele e pescar n lagoa coberta de lírios. Mas *sir* Charles encontrou ocupações para Alec na propriedade, o que levou Flora a suspeitar de que o pai dele estava deliberadamente mantendo o filho longe da Cabana do Guardião.

Em um cálido fim de tarde de verão, Flora vagou até os estábulos, pois havia se oferecido para cuidar do garron. Ao se aproximar do lugar, ouviu o bater rítmico de um machado na madeira e, atrás dos estábulos, encontrou Alec. Ela sorriu a princípio, observando os músculos de suas costas se movendo sob a camisa com cada golpe desferido. Alec deve ter trabalhado por horas, ela notou, ao ver as toras rachadas espalhadas caoticamente ao redor dele. E então viu também como a camisa dele grudava nas costas, encharcada de suor.

– Alec – Flora o chamou suavemente. No entanto, ele se concentrava no movimento do machado, girando-o no alto e batendo em outro tronco. A força do movimento partiu a tora de madeira em dois pedaços. Flora o chamou de novo, mais alto desta vez. Ele então se virou, o machado erguido, e, por um terrível segundo, ela pensou que Alec estava prestes a acertá-la na cabeça, partindo seu crânio com a mesma facilidade com que partiu as toras espalhadas pelo chão.

Aquele segundo pareceu se prolongar enquanto os dois pararam, congelados, em um grotesco quadro de fúria e medo. E foi então que Flora notou o rosto de Alec, obscurecido com a mesma raiva que ela já havia testemunhado, suas feições se contorcendo e se transformando nas de seu pai. Arquejando, Flora olhou para o cabo do machado. Estava vermelho de sangue. Consumido pela fúria, Alec esfolou suas mãos até elas se tornarem garras deformadas e escarlates.

Naquele momento, ela mal o reconheceu. Alec parecia completamente perdido na escuridão de sua ira. Instintivamente, Flora se encolheu contra a parede do estábulo, prendendo a respiração, até Alec baixar lentamente o machado e soltá-lo, deixando-o cair no chão ao lado dele. Engolindo seu medo, Flora foi até Alec enquanto o corpo dele era destroçado por soluços entre o ar que lhe faltava

– Me desculpe, Flora! Me desculpe.

Segurando-o até que ele se acalmasse, Flora então o levou para sua casa em silêncio, onde limpou e enfaixou suas mãos.

– Você precisa descansar. Você deveria estar de folga.

Alec balançou a cabeça.

– Eu não consigo descansar. Eu não consigo dormir. Toda vez em que fecho meus olhos, vejo as ondas crescendo na minha frente. Sinto como se eu estivesse afogando, Flora. É melhor eu me manter ocupado, assim não tenho que pensar. E assim não tenho tempo de me lembrar dos rostos dos homens que perdemos.

Ela segurou as mãos dele, agora envoltas em bandagens brancas, como se fisicamente tentasse impedi-lo de afundar no desespero e na ira que tanto a lembravam *sir* Charles. Mas ela estava apavorada. A cada viagem de Alec, Flora temia perdê-lo e, algumas vezes, tinha a sensação de que já o havia perdido.

No dia da partida de Alec, os dois se sentaram na praia, e Flora o abraçou forte, falando sobre o amanhã, quando não haveria mais necessidade de dizerem adeus um ao outro: os dois levariam seus filhos para pescar na lagoa e pegar conchas nas piscinas rochosas ao lado do lago. Flora não mencionou a oposição de *sir* Charles a essa visão otimista do futuro dos dois: ela supunha que o tempo resolveria esse impedimento, de um jeito ou de outro. Da mesma forma, não expressou as dúvidas que sentia em seu próprio coração sobre a distância entre eles e as correntes obscuras de raiva e dor que ainda fluíam em Alec, logo abaixo da superfície.

* * *

As estações giravam em seus ciclos de constante mudança, e as colinas cobertas de urze iam do verde ao roxo e do roxo ao marrom. Então, certa manhã, Flora as encontrou salpicadas por uma cobertura branca. E seu coração se alegrou quando os primeiros raios de sol fizeram seus picos brilharem contra o azul do céu invernal, pois isso era um sinal de que Alec deveria voltar a qualquer momento.

Uma semana depois, Flora fazia o chá e cantarolava baixinho enquanto Ruaridh, próximo à janela da cozinha, comia sua tigela de mingau, olhando o próximo comboio de mercadores começar a convergir para Loch Ewe. Os dois irmãos usavam seus uniformes navais, prontos para os deveres do dia.

Ruaridh pegou o binóculo que estava no parapeito da janela e observou as atividades no porto, então se virou para Flora com um sorriso.

– Vem ver – disse ele, estendendo o binóculo para ela.

Flora suspirou de alegria ao avistar os familiares contornos do *Striker* indo para o píer. E, de pé no convés principal, conseguiu identificar um oficial em posição de sentido, que ergueu a mão para saudar a Cabana do Guardião, seus cabelos pretos despenteados por uma rajada de vento que fez a superfície do lago dançar. Pegando seu sobretudo e seu chapéu, Flora correu até a base. Para sua consternação, no entanto, descobriu ao chegar lá que não era a única a receber Alec. *Sir* Charles estava no final do píer com seu *spaniel* aos pés. Ao ver Flora, o cachorro veio na direção dela, pulando e abanando o rabo, e empurrou o focinho úmido na mão de Flora até que ela acariciasse suas orelhas macias e sua testa larga e ossuda.

– Corry! Junto! – *Sir* Charles chamou a atenção. O *spaniel* imediatamente voltou para perto de seu dono, a cabeça baixa de medo.

– Bom dia, *sir* Charles – disse Flora educadamente. – Não é bom ver o *Striker* de volta ao porto?

Sir Charles olhou com frieza para Flora e se virou de volta para assistir ao navio manobrar.

– Você não deveria estar, neste momento, cumprindo com suas tarefas, senhorita Gordon?

Ela olhou para seu relógio de pulso.

– Tenho dez minutos antes de o meu turno começar, então pensei em vir aqui primeiro para recepcionar o Alec.

As feições de *sir* Charles se contraíram em aborrecimento.

– Bom, como você pode ver, eu já estou aqui. Não é preciso uma delegação inteira para recebê-lo. Tenho certeza de que o meu filho vai querer ir diretamente para a Casa Ardtuath ver a mãe. Haverá tempo suficiente para suas *boas-vindas* – ele enfatizou a palavra com um sorriso sarcástico –, depois, quando você terminar seu trabalho. A Marinha de Sua Majestade não está pagando para você ficar aqui distraindo seus homens e atrapalhando operações importantes.

Os dedos de Flora se enroscaram em volta do broche no bolso de seu casaco, apertando-o com tamanha força ao ponto de sua coroa entranhar-lhe a carne. Ela estava prestes a respondê-lo quando *sir* Charles se virou para encará-la, seu semblante uma máscara de ira. Flora se encolheu, aterrorizada, reconhecendo mais uma vez aquela fagulha de semelhança entre pai e filho.

– Gostaria que eu conversasse com seu comandante, senhorita Gordon? Ou talvez com o comandante-geral, amigo pessoal meu? Acho que faria bem a você ter isso em mente. Eu poderia facilmente transferi-la para outra base, e aquele seu irmão também. Não tenho dúvidas de que ele aprecia o cargo seguro e agradável que tem em terra firme, enquanto outros, como meu filho, enfrentam os perigos no mar – disse ele, cuspindo as palavras para ela, com resquícios de saliva acumulando-se nas laterais de sua boca.

Involuntariamente, Flora se afastou dele, sentindo um misto de horror e perplexidade com o veneno de sua declaração. Por um momento, ela ficou sem palavras enquanto tentava organizar seus pensamentos, mas acabou por engolir a réplica contundente que subia em sua garganta ao perceber a manga de seu casaco sendo puxada por uma mão firme. Virando-se, e piscando para conter as lágrimas furiosas que inundaram seus olhos, encontrou Mairi parada ao lado dela.

– Venha, Flora – disse a amiga, puxando-lhe o braço. – Vamos pegar nossas tarefas do dia. Enquanto caminhavam em direção às casamatas, Mairi disse a ela:

— O que foi aquilo? Pelo seu jeito, acho que *sir* Charles disse algo que lhe machucou. Ele ainda não continua aceitando a sua relação com o Alec, não é?

Flora mordeu o lábio para impedir suas lágrimas de cair, determinada a não dá-lo essa satisfação.

— Não importa — disse ela, quando finalmente sentiu confiança de que sua voz não falharia. — Alec está de volta. Isso, sim, é tudo o que importa. E eu o verei em breve — continuou, com um olhar agradecido para Mairi. — Obrigada por intervir naquela hora. Eu estava prestes a dizer algumas coisas que certamente não teriam ajudado em nada a situação.

Mairi balançou a cabeça.

— Não faz muito sentido discutir com um homem como aquele. Ele não ouvirá o que você disser, não tem jeito. Dê tempo ao tempo. Tudo será diferente quando a guerra acabar, você vai ver.

Flora suspirou.

— Mais tempo... Como você e eu vamos suportar isso, Mairi? Sinto como se nossas vidas estivessem em espera há anos.

— Sim, sei, mas há progresso sendo feito. Você ouviu sobre o *Tirpitz*? Bridie disse que houve uma missão secreta na Noruega e que ontem receberam a notícia de que ela foi um sucesso. Parece que usaram minissubmarinos e pegaram o *Tirpitz* no fiorde onde ele se escondia. Calculam que agora ele ficará fora de circulação por meses. Então, Flora, se anime, esse é um perigo a menos para a gente ter com que se preocupar quando Alec e Roy estiverem lá fora, não é mesmo?

Flora deu um sorriso.

— Você tem razão. Cada dia que passa é um dia mais perto de eles voltarem para casa de uma vez por todas.

— E não se atreva a se esquecer disso, Flora Gordon! — Mairi lhe deu um abraço rápido. — Se não vai deixar o senhor Hitler te atingir, também não pode deixar *sir* Charles fazer o mesmo, não é? Agora, vamos continuar com a nossa parte para que esse dia chegue um pouco mais cedo.

* * *

    Flora enfiava galhos de pinheiro na parte de cima do espelho da entrada para que enchessem a cabana com o cheiro da floresta, além de entrelaçar uma guirlanda de azevinhos e seus frutos para pendurar na porta da frente. Embora não estivesse muito engajada nos preparativos de fim de ano, ela sentia que precisava se esforçar para levantar seu ânimo, fazendo algum tipo de atividade alegre e dentro da normalidade.
    Foi bom ter Alec em Loch Ewe por algumas semanas, mesmo que, nos momentos em que conseguiam ficar juntos, ela se sentisse um pouco preocupada e distraída após as brutais ameaças de *sir* Charles. Não fora capaz de contar a Alec o que o pai dele lhe dissera, sabendo que isso o colocaria em uma posição ainda mais difícil. Alec já estava no limite. E agora seu dia de Natal seria passado no crepúsculo do Ártico, olhando para o mar cinza e constantemente alerta a ataques inimigos.
    Na noite passada, as Passarinhas de Aultbea cantaram músicas natalinas no salão lotado da associação. Flora notou como os presentes se esforçaram para manter um semblante corajoso, cantando em uníssono os versos familiares das canções natalinas para encobrir a saudade de casa. Hoje, uma espessa névoa envolvia os navios ancorados no lago, e Flora sentiu também o peso dela contra seus pulmões, tão sufocante quanto o medo que envolvia este quinto Natal dilacerado pela guerra.
    Enquanto colocava no forno a assadeira contendo o par de faisões, Flora se perguntou quantos Natais mais essa guerra poderia durar. A comunidade de Aultbea era aconselhada por cartazes afixados no quadro de avisos do lado de fora da agência dos correios a seguir as orientações: *Vire-se com o que tem, coma com moderação (um prato limpo significa uma consciência limpa) e evite tomar bebidas alcoólicas às segundas-feiras para ajudar com o esforço de guerra.* Flora se sentia grata pois as colinas e as águas forneciam adicionais substanciais aos monótonos alimentos disponíveis na mercearia: ela prepara um prato de *skirlie* para ajudar a render a carne das caças, com

sua cama de aveia absorvendo os sucos saborosos da frigideira; e, embora não houvesse frutas secas para fazer o *clootie dumpling*, tradicional preparo com frutas secas e especiarias, improvisou um pudim de maçã e mel, que cozinhava em banho-maria. As frutas haviam sido embebidas em uma dose de uísque da preciosa garrafa dada a Iain por *lady* Helen, que, Flora esperava, infundiria a receita com um pouco de alegria festiva. Havia um jarro de creme na despensa, presente da família de Mairi, e a boca de Flora salivou ao imaginar como ele escorreria sobre as fatias de pudim quente. No entanto, mesmo enquanto preparava a refeição de Natal, não podia deixar de se perguntar qual seria a de Alec. Ela lhe dera uma lata de biscoitos amanteigados, feitos com a maior parte da porção de açúcar permitida por mês, esperando tornar sua dieta a bordo, formada de sanduíches de carne enlatada e canecas de *kye* – ou cacau aguado, como os marinheiros o chamavam – ao menos um pouco mais festiva.

Todos tentavam parecer fortes e aproveitar ao máximo o que tinham disponível. Mas igualmente exaustos com essa guerra interminável. Cinco natais. E ainda sem um fim à vista.

* * *

Com Alec em serviço no Ártico e Hal e Roy em outra navegação pelo Atlântico, nenhuma das garotas teve vontade de comparecer ao *ceilidh* que aconteceria no salão da associação no dia 26 de dezembro. Ofereceram-se para ficar de plantão naquele dia e faziam uma pausa para o chá na cantina quando Ruaridh entrou. Ele havia acabado de terminar seu turno na estação de sinalização e também estava em busca de uma xícara de chá para aquecer o corpo após as horas passadas na cabana de concreto, que pouco abrigo oferecia diante do vento cortante que dissipara a névoa do dia anterior.

Sua testa estava franzida enquanto tirava o chapéu e passava a mão sobre seus cabelos loiros bem aparados.

Flora levantou os olhos, imediatamente ficando tensa ao notar a expressão do irmão.

– O que foi?

Ruaridh pressionou os lábios, como se relutasse em contar a ela as notícias que ouvira do sinaleiro que o substituíra em seu posto. Bridie colocou uma xícara de chá em frente a ele.

– Obrigado – agradeceu, encontrando os olhos ansiosos de Flora. – Eles foram pegos – disse Ruaridh, lacônico. – Por um navio de guerra alemão.

Flora congelou, esperando o irmão lhe dizer mais. Não era necessário perguntar a quais navios ele se referia.

– Mas pensei que o *Tirpitz* ainda não estava em funcionamento – Mairi entrou na conversa, instintivamente esticando a mão para colocá-la no braço de Flora.

– Foi outro, o *Scharnhorst*. Ele estava ancorado em um dos fiordes do Cabo Norte. Começou a ir na direção do comboio logo nas primeiras horas do dia, então a escolta interviu.

– *Striker*? – perguntou Flora, já sabendo da resposta.

Ruaridh balançou a cabeça.

– Todos os três destroieres. Mas isso é tudo o que sei no momento. O comunicado acabou de chegar.

Automaticamente, a mão de Flora deslizou para o bolso do casaco, onde seus dedos se fecharam em volta do broche, como se, ao segurá-lo firmemente, pudesse proteger Alec. Era insuportável imaginar o que ele estaria enfrentando naquele exato minuto, mas tudo o que podiam fazer era aguardar por mais notícias. Ela se sentia completamente impotente.

Bridie, no entanto, tinha outra ideia em mente. O grupo a assistiu pegar um prato do bolo amarelo e atravessar a cantina até onde dois oficiais se sentavam, debruçados sobre suas xícaras de chá conversando. Não foi possível ouvir o diálogo, abafada pelo chiado da chaleira e o zumbido da cantina, mas Bridie retornou em poucos minutos – sem o prato de bolo – e, com um sorriso triunfante, apertou a mão livre de Flora.

– Está tudo bem! O Striker está a salvo. Os dois ali acham que a batalha já terminou e que o navio alemão foi abatido. O comboio está de volta ao curso rumo a Murmansk.

Ruaridh olhou para ela, admirado.

– Bridie Macdonald, suas habilidades estão sendo desperdiçadas no NAAFI! Eles deveriam destacar você como agente secreta, isso sim. Se aqueles caras ali abrirem o bico com algumas fatias de bolo, imagine só que tipo de informações mais você conseguiria tirar das pessoas?

Os quatro conseguiram respirar novamente, mas o momento foi ofuscado pela imagem de mais vidas perdidas com o naufrágio do navio inimigo. Pois eles sabiam que o cemitério nas profundezas do oceano era solitário, com blocos de gelo no lugar de lápides e apenas criaturas marinhas de olhos sem vida para vigiar as ossadas de marinheiros perdidos de ambos os lados.

* * *

Alec pegou a mão de Flora, puxando-a pelos últimos metros do íngreme caminho até chegar à velha cabana ao lado da lagoa. Ele tinha alguns preciosos dias em terra, e, desta vez, passaram cada minuto livre de Flora juntos. No retorno dele, um período de tempestades se abateu sobre o lago, mantendo-os dentro de casa. Em todos os fins de tarde, ele descia até a cabana para vê-la, deixando as botas e o casaco encharcados na porta e esticando as pernas no calor do fogão, enquanto perguntava a Iain sobre as caças ou conversava com Ruaridh sobre os últimos navios que chegaram ao porto. Ele se abriu um pouco, confirmando o que Flora há muito suspeitava, quando Alec confidenciara a ela que preferia o calor do lar dos Gordons à fria formalidade da Casa Ardtuath. Para o alívio de Flora, ele voltou a se parecer com o velho Alec, mais calmo e relaxado, na atmosfera acolhedora da Cabana do Guardião. Também revelou que sua relação com o pai estava ainda mais tensa. Os dois se desentenderam novamente devido à recusa de Alec em se candidatar a uma transferência para um cargo em terra, mas no sul. A mãe ficara ao lado do filho na discussão, e o que resultou disso foi pior para os dois. Nem era preciso dizer que a presença de Flora seria um incômodo a mais para *sir* Charles, por isso ela se sentia grata que Alec nunca mais a tenha convidado para ir à casa dele.

E então, finalmente, o vento e a chuva diminuíram, e o dia amanheceu claro e calmo.

– Aproveitem o máximo que puderem – alertou Iain. – Os cervos estão se abrigando do vento. Eles sabem quando há outra tempestade chegando.

Enquanto Flora e Alec subiam a trilha que levava à lagoa, a ventania voltou a aumentar. Do alto, os dois viram um par de navios entrando no lago.

– Era para ter outro comboio vindo do Ártico tão cedo assim? – perguntou Flora, surpresa.

Alec balançou a cabeça.

– Ainda não. Esses aí devem ter vindo do sul para se juntar à convocação para o próximo comboio do Atlântico. Há um programado para partir dentro de alguns dias.

Flora suspirou de alívio por saber que ele estava seguro em terra firme um pouco mais. Os dois pescaram por um tempo, mas não pegaram nenhum peixe. Então se abrigaram nas paredes da cabana, que ofereciam um pouco de proteção contra as rajadas furiosas do vento, o sopro do Ártico atravessando suas camadas de roupas. Havia um pequeno estoque de gravetos secos e turfa em um canto, parcialmente enterrado sob algumas tábuas velhas, e Alec conseguiu acender a lareira para que pudessem aquecer as mãos e tostar o pão de aveia que levaram.

Alec a puxou para perto de si e envolveu seu casaco em volta dos dois, isolando-os do mundo além das paredes da cabana e fazendo Flora sentir o cheiro da fumaça de turfa em seus cabelos.

– No verão, vamos vir acampar aqui? – perguntou ele.

Ela confirmou com a cabeça, com uma onda de esperança a inundando ao pensar que o verão chegaria e Alec estaria lá. E até lá, quem sabe, a guerra já terá acabado, e a dúvida e o medo que lançam sombras sobre eles há tanto tempo terão se dissipado? Os dois poderiam finalmente planejar uma vida sem despedidas, e sem a angústia paralisante e silenciosa de que cada uma dessas despedidas pode ser a última. E ela seguraria Alec firme em seus braços até que ele estivesse curado.

O brilho do fogo começou a se apagar, e as turfas se transformaram em um pó cinzento. Alec se levantou, limpando as migalhas de sua roupa, e pegou a mão de Flora para ajudá-la a se levantar. Fora do abrigo das paredes, o vento era como uma lâmina fria contra suas faces.

– Parece que seu pai tinha razão – disse ele, olhando para o oeste. À medida que o sol invernal descia em direção ao mar, um banco de nuvens negras se erguia para encontrá-lo, avidamente devorando a luz. – Há outra tempestade chegando. É melhor irmos embora.

Quando chegaram à cabana, a escuridão já havia engolido o lago. Fechando a cortina para bloquear a visão daquela tempestade ameaçadora, Flora estremeceu levemente, apesar do calor da cozinha. Não era uma noite para se estar no mar. Ela se sentia grata por Alec estar ali e pensou também que, talvez, aquela tempestade atrasasse a partida do próximo comboio do Atlântico. Flora apenas desejava que todos os navios estivessem agora reunidos em segurança dentro do porto.

* * *

Ao emergir de seu sono, a princípio Flora pensou que o estrondo que ouvira fazia parte da sinfonia da tempestade, uma batida grave que se juntava ao uivo do vento e à forte rajada de neve sendo arremessada contra as paredes da casa. Mas foi então que percebeu: a batida rítmica e insistente era, na verdade, de alguém à porta. Saindo da cama com dificuldade, ouviu os passos de seu pai no corredor para ir atendê-la.

Ainda era bem cedo, e estava escuro lá fora. Alec passou pela porta, fechando-a rapidamente enquanto a tempestade ameaçava arrancá-la de suas mãos. A neve derretida escorria de suas roupas e formava uma poça ao redor de suas botas.

– Temos um navio com problemas depois do ponto – disse ele. – Vamos precisar de mais mãos, macas, ambulâncias. Flora e Ruaridh?

– Estamos aqui – disse Ruaridh, já vestindo uma camisa e estendendo a mão para Alec, e pegando em seguida suas roupas impermeáveis, que estavam penduradas ao lado da porta.

Em seu quarto, Flora enfiou apressadamente a camisola dentro das calças e pegou seu sobretudo.

– Me deixem na base – disse aos dois, quando eles pularam para dentro do carro. – Vou pegar a ambulância e depois a Mairi. Encontramos vocês no fim da estrada.

Alec assentiu.

– O acidente aconteceu nas rochas de Furadh Mor. Não será fácil chegar lá. Vá com a ambulância pela estrada o mais longe que puder, com segurança.

* * *

Em meio à escuridão, os faróis da ambulância mal conseguiam transpor os redemoinhos de neve que chicoteavam o para-brisa. Flora se esforçava para identificar pontos de referência, dirigindo o mais rápido que conseguia e grata por conhecer cada curva como a palma de sua mão. O vendaval atingia as laterais da ambulância, fazendo-a balançar, a neve batendo contra o metal como as balas de uma metralhadora, e Flora precisou lutar para manter o veículo na estrada, já escorregadia pelo gelo derretido. Mairi estava sentada ao lado dela, com o rosto pálido e tenso, agarrando-se às laterais do banco.

Flora sabia o que se passava na cabeça da amiga. Outro dia mesmo Bridie lhe mostrara um cartão-postal de Hal dizendo que os irmãos estavam a caminho de Loch Ewe após conseguirem vaga em um dos navios Liberty vindos de Londres, que se reuniria com outros ali antes de retornar aos Estados Unidos para coletar outra carga. Nenhuma das garotas falou enquanto a ambulância avançava, lutando contra a tempestade, mas ambas compartilhavam o mesmo medo, e cada uma rezava, silenciosamente, para que Hal e Roy estivessem em algum outro navio, em algum outro porto, durante esta tempestade.

Já havia uma aglomeração de veículos militares estacionados onde a estrada terminava, logo depois das cabanas de Cove. A porta de uma delas se abriu quando ajudaram uma vítima congelada e enlameada do acidente a entrar, e lá dentro as senhoras Kennedy e McKenzie faziam o que estava ao seu alcance para aquecer aqueles que conseguiram chegar à costa. Flora passou cautelosamente com a ambulância e a manobrou pela trilha acidentada, parando atrás de outro veículo que já havia estacionado no topo do penhasco, seus faróis iluminando o espesso véu de neve e as águas turbulentas além.

– Vocês têm uma maca? – gritou um homem com as divisas de capitão pregadas nas mangas de seu casaco. – Entreguem a eles – gesticulou para Alec e Ruaridh – e tragam os suprimentos que puderem. Há vítimas na praia, mas tenham cuidado. Aquele caminho pelo penhasco é perigoso e não podemos lidar com mais feridos.

Flora arquejou ao chegar à beira do penhasco e avistar a praia coberta pela neve. Em meio à fúria do vento, ela podia ouvir as ondas batendo nas rochas com toda a potência do Atlântico. Forçou os olhos para ver o navio que afundava, mas à sua frente havia apenas a escuridão, chuva e neve, além do feixe dos faróis. Ela foi primeiro, com Mairi logo atrás, descendo com dificuldade em direção ao desconhecido, enquanto a tempestade puxava seu casaco e chicoteava seus cabelos no rosto, tentando arrancá-la das rochas e jogá-la no caldeirão furioso que rugia lá embaixo.

Tudo era caótico na costa. As luzes das tochas oscilavam aqui e ali enquanto o grupo de resgate procurava por sobreviventes. Era impossível dizer se os montes cobertos de óleo na praia eram rochas ou corpos até se abaixar para tocá-los, quando se sentia ou a pedra dura ou o toque macio da carne. Vez ou outra, ouvia-se um grito de "Aqui!", as palavras abafadas pelo vento e quase perdidas no quebrar das ondas.

Os moradores de Cove foram os primeiros a chegar ao local, convocados pelos sinalizadores enviados quando o navio encalhou nas rochas; e um oficial conseguira nadar até a praia e escalar o penhasco para pedir ajuda. Homens correram até a baía, seguidos pelas mulheres, que trouxeram cobertores e chá quente; era possível ter vislumbres deles em um ponto e outro, iluminados pela luz oscilante das tochas enquanto tentavam reanimar os sobreviventes.

Flora e Mairi cambalearam em direção à fraca chama de uma das tochas e ajudaram a colocar uma das vítimas em uma maca. O marinheiro vomitou e engasgou, coberto do óleo espesso e negro e cuspindo a água do mar, exausto por nadar até a praia.

Em algum lugar lá fora, além do alcance das tochas e dos faróis dos veículos que aguardavam no topo da falésia que iluminava a dança febril da neve, a embarcação era inexoravelmente engolida pelo oceano. Se tivesse navegado apenas algumas centenas de metros adiante, a tripulação teria conseguido fazer a curva e chegar em segurança ao lago, mas, com a escuridão e a neve, aproximaram-se demais da costa antes da hora, e a tempestade acabou por levar o navio à boca rochosa da ponta da ilha. Alertado pelos sinalizadores disparados do navio, um rebocador do porto tentou alcançá-lo, lançando um cabo em direção a ele na tentativa de puxá-lo até um local seguro, mas as ondas e o vento eram fortes demais, frustrando a tentativa de resgate.

– Já sabemos o nome da embarcação? – gritou Flora para um dos padioleiros, quando estavam prestes a fazer a perigosa viagem de volta pelo penhasco com o paciente.

– É um navio ianque – ele gritou de volta. – *William H. Welch*.

Ansiosa, Flora se virou para Mairi, prestes a perguntar se ela sabia o nome do navio dos Gustavsens, mas congelou quando a tocha iluminou a máscara de angústia no rosto da amiga. Seguindo o olhar de Mairi, Flora se virou, vendo Alec e Ruaridh carregando um corpo sem vida entre eles. Quando uma luz fraca os iluminou fugazmente, algo pálido cintilou, um brilho dourado na escuridão. E então Flora percebeu, horrorizada, que o que ela vislumbrou havia sido uma mecha de cabelos loiro.

– É o Hal – gritou Ruaridh.

Quando se aproximaram, Flora colocou as pontas dos dedos na curva macia do pescoço dele, sentindo seu pulso. Mas ela já sabia que era tarde demais.

Mairi saiu cambaleante, chamando por Roy, seus gritos angustiados como os de uma ave-marinha ao vento. O grupo procurou freneticamente, sabendo que ele não estaria longe do irmão, que deveria, naquele momento, estar ali, em algum lugar. Após o que pareceu ser uma eternidade, finalmente o encontraram, levado à praia pelas águas, seus cabelos flutuando como algas-marinhas douradas. Enquanto Flora gritava por uma maca, Mairi caía de joelhos ao lado dele, sem se importar com a água congelante, encostando o ouvido em seu peito e chorando de alívio ao sentir a respiração fraca de Roy aumentar. Flora precisou afastar a amiga quando os médicos começaram seu trabalho, desejando que Roy vivesse, respirasse mais uma vez, nadasse com força contra a corrente que já engolira seu irmão.

* * *

A tempestade finalmente começou a diminuir no irromper de uma aurora cinzenta. Flora e Mairi subiram cansadas pela trilha do penhasco, seguindo os padioleiros que carregavam os últimos sobreviventes. Não havia muitos. Apenas uma escassa dúzia da tripulação de mais de setenta marinheiros sobrevivera ao ataque brutal do mar açoitado pela tempestade. As meninas estavam encharcadas até os ossos, tremendo pelo choque e também pelo frio, que mal se deram conta de todo o cenário ao redor. Durante as escuras horas daquela manhã de fevereiro, as duas fizeram a viagem de ida e volta ao hospital de Gairloch três vezes para levar os sobreviventes, cada um deles um verdadeiro milagre retirado das águas negras. O primeiro deles fora Roy Gustavsen.

Na extremidade mais próxima à praia, uma longa fila de corpos fora disposta na areia úmida, seus membros gentilmente endireitados enquanto eram colocados com cuidado um ao lado do outro. Alguns eram tão jovens, meninos que se juntaram à Marinha Mercante por ainda não terem idade suficiente para o serviço militar. Naquela fileira, Hal Gustavsen jazia ao lado de seus companheiros de tripulação. Flora havia derramado lágrimas quentes e salgadas sobre ele, com o coração pesado ao pensar no momento em que transmitiria a notícia a Bridie, e Mairi, a Roy. E então a fraca luz do dia invernal venceu a luta, empurrando a noite para o oeste e revelando a carcaça destroçada do *Willian H. Welch*, empalada nas rochas onde as ondas famintas e necrófagas continuavam a absorver sua ossada.

* * *

Toda a comunidade se reuniu na igreja naquele domingo para rezar e cantar hinos pelas almas perdidas no naufrágio do dia anterior. E choraram os filhos de outras mães e outros pais como se fossem seus, como gostariam que seus homens fossem pranteados se caíssem em terras distantes: pois a humanidade não tem fronteiras.

Durante todo o tempo, Moira Carmichael se manteve imponente, mesmo com mechas de cabelos grisalhos escapando de seu chapéu. Seu contralto profundo sustentava o soprano mais frágil e vacilante de *lady* Helen, e a voz de Flora, que se elevava como a de uma cotovia, subindo até as vigas da igreja, acima de seus bancos apinhados de fiéis. E quando a congregação se juntou ao coro final, o sol atravessou a janela, cegando os olhos de Flora com suas lágrimas de ouro derretido enquanto ela olhava para Bridie, que se sentava com a cabeça baixa pelo peso de sua dor, incapaz de ficar de pé, incapaz de cantar, incapaz de falar.

Lexie, 1978

Muitas das antigas canções desta região narram histórias do mar levando entes queridos. Suponho que isso seja algo inevitável em uma comunidade de pescadores, cujas mulheres esperavam por aqueles que talvez nunca mais voltassem. Enquanto Mairi e eu estacionamos o carro e caminhamos pela trilha até o promontório, os versos de uma dessas canções tocam repetidamente em minha cabeça.

> *Que seu lamento silencie*
> *Pássaro solitário do mar*
> *Tua casa nas rochas és um abrigo para ti*
> *Tua casa és a onda raivosa,*
> *Sim, moça de cabelos negros, vire-se para mim*

Viemos até Black Bay, onde alguns lamentáveis resquícios do naufrágio do *William H. Welch* ainda podem ser vistos, dispersos e enferrujados. A carcaça do navio se foi, jazendo submersa nas águas que cercam as rochas de Furadh Mor. No entanto, ao descermos as falésias até a praia, vejo os restos retorcidos e quebrados de um barco salva-vidas entre as rochas. Quando começamos a caminhar pelas pedras, murmuro a melodia lamentosa. O vento pega suas notas e as lança nas águas, até chegar à ilha traiçoeira e escarpada que marca o túmulo do navio. Pedaços de metal enferrujado, arrancados do navio pela fúria da tempestade naquela noite de 1944, ainda podem ser vistos entre as pedras. Abaixo-me para pegar um deles – algum tipo de parafuso – e sinto seu peso na palma da minha mão. Esfrego meu polegar sobre sua superfície áspera pelo sal, e a peça deixa uma mancha de ferrugem na minha pele. Cuidadosamente, recoloco o ferrolho em seu leito de pedras. Toda esta praia parece um túmulo, e tenho a sensação de que nada aqui deve ser mexido.

Deixei Daisy na casa de Bridie esta manhã quando peguei Mairi para nosso passeio até a ponta da ilha. Quando saímos, Bridie entregou a Mairi um buquê de rosas silvestres e madressilvas, amarradas com uma fita de marfim. Ela não disse nada, apenas se virou segurando a mão de Daisy e caminhou lentamente até a porta.

Olho para Mairi, que foi até a beira d'água e agora está de pé com o buquê nas mãos, contemplando as ondas. Fico para trás, deixando-a ter seu espaço enquanto ela se lembra da noite em que a vida de Hal se perdera e a de Roy fora salva. Tempos depois, ela procura por um lenço no bolso para enxugar suas lágrimas, e eu atravesso os seixos para ficar ao lado dela.

– Obrigada por me acompanhar, Lexie – diz Mairi, com um sorriso. – Nunca havia conseguido voltar a este lugar, até hoje. Mas é bom estar aqui com você, rememorando aqueles que perdemos. Sua mãe foi incrível naquela noite, sabia? Ela trabalhou incansavelmente, fazendo tudo o que era possível pelos sobreviventes. Tomou conta de mim, também. Depois que encontramos o Roy e o levamos ao hospital, foi ela quem insistiu em voltarmos duas vezes mais para ajudar no resgate. Eu estava quebrada por dentro – ver o corpo do Hal aqui daquele jeito e pensar que tínhamos perdido o Roy também foi um dos piores momentos da minha vida. Mas a Flora me fez continuar, e eu sabia que era o certo a se fazer. Mesmo que não tivéssemos podido salvar o Hal, havia outros que precisavam da nossa ajuda. Alguns eram apenas meninos iguais a ele, ainda nos seus dezoito. Em alguns lugares, tínhamos que tatear com as mãos, porque com a tempestade e a escuridão era impossível distinguir os corpos cobertos de óleo das rochas.

É difícil imaginar uma noite como aquela em um dia de verão como este, com as cabeças rosadas dos cravos-do-mar balançando na brisa e o sol aquecendo as pedras. Se eu fechar os olhos, porém, consigo ver os socorristas tropeçando cegamente na tempestade: moradores, soldados e marinheiros se juntando à busca desesperada, a cena iluminada pelos faróis dos veículos estacionados na beira do penhasco.

Caminhamos até a extremidade da enseada, e Mairi cuidadosamente coloca o ramalhete de Bridie nas rochas à beira d'água. Então, com um aceno de cabeça, ela pega meu braço e nos viramos. Depois de alguns passos, olho para trás e vejo que as ondas já alcançaram o valente buquê, e sua fita branca agora esvoaça ao vento.

Voltamos em silêncio para o lugar onde mamãe estacionou a ambulância naquela noite. Mairi contempla pela última vez as rochas de Furadh Mor e abre a porta do carro.

– Bom – diz ela com um pouco mais de seu brilho e vivacidade habituais –, não sei quanto a você, mas uma bela xícara de chá e um aperto na pequena Daisy cairiam muito bem agora.

– Obrigada por me mostrar isso. Realmente ajuda, sabe? Você e Bridie me contarem mais sobre a vida da mamãe antes de eu nascer.

– Eu sei. Mesmo sendo tão doloroso, o luto é algo pelo qual temos que passar cedo ou tarde. Não há jeito de contorná-lo, de evitá-lo. Existe algo que todos aprendemos na guerra: você supera. Mas, se nessa jornada tiver um amigo ou outro ao seu lado, isso te ajuda a suportar melhor.

Absorvo as palavras dela enquanto dirijo de volta. Mairi tem razão. De jeitos diferentes, os amigos que encontrei aqui estão me ajudando a carregar o peso da minha dor enquanto percorremos o caminho juntos. Ajuda saber que eles estão ao meu lado.

* * *

Quando abrimos a porta da casa de Bridie, o som de cantos nos recebem.

Com alegria passamos
Vamos, vamos
Calcanhar no calcanhar
E dedo no dedo, aqui
Braço no braço
Tudo para quê?
O casamento da Mairi

Bridie está ensinando Daisy a canção, batendo palmas para marcar o tempo.

– *Oh an oh* – canta Bridie, sorrindo enquanto Daisy brinca de cavalinho com ela. – Olha, elas chegaram, sua mamãe e sua titia Mairi.

– *Mama, Maí* – concorda Daisy, esticando as mãozinhas na minha direção. Pego-a, mas ela então se contorce para ser colocada no chão e vai até a mesa de café onde um grande álbum de fotos está aberto. Sento-me no sofá e o pego. Há uma fotografia em preto e branco de Mairi e Roy no dia de seu casamento ao saírem da igreja. Formando fileiras de cada lado, está a guarda de honra das *wrens*, em posição de sentido em seus impecáveis uniformes. O vento sopra o véu de Mairi, e ela sorri para Roy, cujas madeixas loiras brilham sob o sol enquanto ele sorri de volta para sua bela esposa.

Mairi vem se sentar ao meu lado, e Daisy escala até o colo dela, onde sente-se tão à vontade quanto se estivesse no meu.

– Olha. – Mairi aponta para outra foto na próxima página. – Esta é a sua vovó.

Daisy contempla seriamente a foto e aponta também seu dedo rechonchudo.

– Vó.

– E a Bridie também. As duas foram suas madrinhas! – exclamo.

Eu nunca havia visto essas fotos. Mamãe e Bridie, uma de cada lado, Mairi no centro, e as três segurando um ramalhete de flores. Engulo em seco quando percebo que são buquês de rosas silvestres e madressilvas, amarrados com pedaços de fita brancos, assim como o buquê que Bridie entregou a Mairi para deixar na praia de Black Bay. Bridie também deveria estar se casando com Hal nesta foto. Deveria estar embarcando na maior aventura de todas ao lado da amiga, rumo à sua nova vida do outro lado do Atlântico. Em vez disso, a vida que ela deveria ter tido morreu em uma praia obscurecida pela tempestade, em uma noite de fevereiro de 1944. Meu coração dói por ela, e penso no que Mairi falou mais cedo no carro sobre luto, dor e tristeza.

Fico feliz que Bridie e mamãe tiveram uma à outra enquanto caminhavam juntas por aquele caminho duro e pedregoso, lado a lado.

Flora, 1944

Com a chegada da primavera, Alec foi transferido para as patrulhas no mar a oeste e, com uma promoção a comandante, juntou-se a uma nova tripulação a bordo do *Kite*. Embora fosse difícil se separar dele mais uma vez, a imagem de suas mãos ensanguentadas no machado assombrava os sonhos de Flora, e ela não pôde deixar de sentir uma – ainda que culpada – sensação de alívio.

Mairi, que a conhecia tão bem, foi astuta o bastante para notar a mudança no humor da amiga, e certo dia, enquanto as duas esperavam na ambulância, do lado de fora do hospital, comentou sobre o assunto.

– Como estão as coisas entre você e o Alec?

– Bem – respondeu Flora, percebendo a inflexão defensiva de sua própria voz. Tentou então um tom mais despreocupado. – Por que você está me perguntando isso? – questionou, relutante em conversar sobre suas dúvidas com a amiga. Afinal de contas, Bridie perdera Hal e Mairi quase perdera Roy. Supostamente, ela deveria se sentir a pessoa sortuda ali.

– Porque é estranho. Você quase parece mais feliz esses dias com Alec em alto-mar. Nunca foi assim. As coisas estão difíceis com os pais dele de novo?

Flora se virou para Mairi, o semblante triste.

– É isso, sim. Mas também mais do que isso – admitiu, por fim. – Sinto que estou perdendo o Alec. É como se tudo estivesse contra nós, não só o pai dele e a posição do Alec, mas a guerra, a última promoção dele... às vezes, sinto como se tudo conspirasse para nos separar. Não sei se consigo continuar lutando contra isso por muito mais tempo. Mais precisamente, não sei se ele também consegue.

– Sei o quanto é duro serem separados assim. A guerra tem cobrado um preço enorme da gente. Mas qualquer um consegue ver o quanto ele te ama.

– Você acha? Porque realmente não tenho mais certeza disso. Ele está com problemas, Mairi. E fico pensando se o fato de estar comigo tem tornado as coisas mais difíceis.

– Ah, isso é apenas a interferência de *sir* Charles afetando você. Não se atreva a deixá-lo, Flora Gordon! Não dê a *sir* Charles a satisfação de destruir uma coisa tão boa assim.

O passageiro delas apareceu, interrompendo quaisquer chances de dizer algo mais relacionado ao assunto. Enquanto voltavam para a base, Flora tentou se tranquilizar com as palavras de Mairi. No fundo do seu coração, porém, as dúvidas permaneciam.

A princípio, Alec ficaria fora até o outono, mas antes disso, ainda quando as cabeças brancas das margaridas acenavam da beira da estrada e as rosas caninas floresciam ao lado das pedras cinzentas dos diques, veio a notícia, via Ruaridh, de que havia um plano para arriscar outro comboio de verão, que se reuniria no lago e partiria para Arkhangelsk em meados de agosto. E foi assim que, com um misto de sentimentos, Flora voltou a observar o horizonte setentrional em busca de uma mancha cinza no azul profundo das águas. Quem sabe não seria o *Kite* retornando ao porto?

Bridie foi a primeira entre eles a ouvir, e correu pátio afora para contar as notícias a Flora, enquanto ela e Mairi estacionavam a ambulância. Era a primeira vez em meses que Flora via Bridie sorrir, e, embora a amiga ainda parecesse abatida, com o rosto pálido e olheiras, era agradável vislumbrar aquele lampejo de sua antiga alegria, mesmo que durasse tão pouco quanto um fósforo aceso em meio à ventania.

– O navio de Alec deve chegar dentro de uma hora – anunciou Bridie, um pouco sem fôlego e pressionando a mão na lateral do corpo, onde sentiu uma pontada. Ela deu um abraço rápido em Flora e depois voltou às suas tarefas na cantina.

– Me dê aqui – disse Mairi, estendendo a mão para pegar a chave da ambulância. – Vou encher o tanque e resolver tudo para amanhã. E você, dê o fora daqui, senhorita Flora Gordon. Tire seu uniforme e esteja no cais quando ele chegar.

Flora sorriu em agradecimento.

– Dê um olá ao Roy para mim.

Mairi assentiu. Roy estava ficando na fazenda, ajudando o pai dela enquanto se recuperava. Seus pulmões haviam sido seriamente afetados pela água do mar na noite do naufrágio, e eles quase o perderam para uma forte pneumonia que se recusava a abrandar, mantendo-o no hospital por semanas. Roy flutuara entre a consciência e a inconsciência, à deriva entre a vida e a morte, quando finalmente o aperto determinado de Mairi em sua mão o puxara de volta para o lado dos vivos. De volta para ela. Depois disso, Mairi o ajudou a escrever cartas para os pais dele, contando-lhes sobre as horas finais de Hal e descrevendo como os irmãos se juntaram aos esforços desesperados para tentar salvar o navio. Por três vezes, o rebocador de Loch Ewe tentara disparar uma linha até o navio naufragado e por três vezes a força da tempestade apoderara-se dela, arrancando-a do *William H. Welch*. Quando os marinheiros mercantes se deram conta de que tudo estava perdido, os irmãos mergulharam, juntos, rumo à praia, de onde podiam ver os faróis das ambulâncias no topo do penhasco iluminando um caminho através do turbilhão das águas. A força da tempestade os separara, mas o pensamento de que Hal poderia ter chegado em segurança em terra firme mantivera Roy lutando, mesmo enquanto o frio cortante minava suas últimas forças.

Escreveram sobre Bridie, sobre o quão feliz Hal teria sido com ela e o quanto ele desejava vê-la novamente; contaram o quão amado seu filho mais novo era por todos que conhecera naquela ilha montanhosa e selvagem, tão distante de sua casa nas pradarias.

E Roy prometera aos pais que um dia, tão logo conseguissem uma passagem segura, ele voltaria, levando consigo a bela garota escocesa de quem agora estava noivo. Dissera a Mairi que, juntos, todos eles colocariam flores no túmulo de Hal: uma simples pedra branca gravada com seu nome, a data de seu nascimento e a data do naufrágio – 23 de fevereiro de 1944 – em um cemitério à beira de um mar de trigo ondulante.

* * *

Pelo silêncio de Alec, Flora sabia que algo o preocupava. Ele seguia na frente dela a caminho da lagoa, carregando a mochila com as coisas de que precisariam para acampar na velha cabana por alguns dias. A turfa macia e úmida amortecia seus passos, resultado de uma recente chuva de verão. Flora mudou sua cesta de braço, trocando o par de varas de pescar de mão, e ajustou seu ritmo para caminhar ao lado dele no ponto onde a trilha se alargava o suficiente para isso. Ela estava um pouco cautelosa, no entanto, em estado de alerta para alguma possível mudança repentina de humor dele, sabendo que a escuridão crescente dentro dele poderia levar a outro ataque daquela raiva incontrolável que ela já presenciara.

Ele olhou para ela e sorriu como se pedisse desculpa.

– Sinto muito, não sou uma companhia muito boa hoje de novo. Tive outra briga feia com meu pai esta manhã.

Flora não perguntou sobre o que fora a briga, sabendo que ela quase certamente tinha a ver com a relação inadequada de Alec com a filha do guarda-caça. Se *sir* Charles suspeitasse de que o plano de Alec de acampar nas colinas envolvesse também passar um tempo com Flora, isso sem dúvidas teria incendiado sua ira. Conforme caminhavam, ela se perguntava mais uma vez se conseguiriam ficar juntos quando a guerra tivesse fim. Aqueles tempos incomuns permitiram que certas barreiras fossem abertas, mas o que aconteceria quando a vida voltasse ao normal? Seria Alec capaz de se curar algum dia? Os antigos limites se reafirmariam? Poderia ela um dia se tornar a senhora da Casa Ardtuath? Ou, se forçado a escolher, Alec deixaria sua herança para trás para ficar com ela? O que se provaria mais importante no fim: o dever ou o amor? E quanto ao seu senso de si mesma, que havia crescido com seu trabalho e seu canto? Estaria ela fadada a silenciar a voz que encontrara se ela e Alec se tornassem marido e mulher?

As incertezas de Flora passaram a pesar mais do que a cesta que carregava, acentuadas pelo profundo silêncio entre eles, cada um com seus pensamentos não ditos.

Por fim, ela perguntou:

— Como está sua mãe? — sabendo que o mau humor de *sir* Charles poderia ter tido repercussões mais amplas.

— Está bem, acho. Mantendo-se ocupada, agora que está envolvida com o Instituto Rural. Isso é algo bom, pois a tira de casa.

Com seu jeito discreto, percebendo que precisavam de ajuda, *lady* Helen se ofereceu para auxiliar a senhora Carmichael, gentilmente insistindo que o *status quo* deveria ser mantido, com Moira como presidente, mas que ficaria feliz em dar uma mãozinha nos bastidores para manter o Instituto funcionando. Com o grande número de militares que ia e vinha, e a alimentação mais racionada do que nunca, a contribuição delas para manter a cantina e a organização de eventos sociais havia se tornado ainda mais importante.

Na parte mais íngreme da subida, os dois pararam para tomar fôlego, virando-se para olhar o lago. Alec respirou fundo e, para o alívio de Flora, quando sorriu para ela, seus olhos escuros pareciam ter recuperado um pouco de seu velho calor. Estar nas colinas fazia bem a ele.

A maioria das embarcações mercantes já estava reunida e ancorada além da ilha, com os navios Liberty atracados ao lado dos britânicos. Navios-tanques iam de um lado a outro, entre o depósito e a frota, enchendo seus tanques em preparação para a partida, além de atender um petroleiro norueguês que acompanharia o comboio, reabastecendo os navios em rota. Mais próximo à baía, estava o *Kite*, ancorado ao lado do restante da escolta naval.

– Eles parecem tão pequenos olhando daqui – comentou Flora. – Odeio pensar em você lá fora, tão vulnerável nessa rota mais longa. Sem contar que há luz do dia até quase meia-noite por lá.

Alec envolveu os ombros de Flora com o braço, dando-lhe um aperto tranquilizador.

– Não se preocupe. Um par de porta-aviões se juntará a nós quando chegarmos a Scapa Flow, então também teremos suporte dos *Stringbags* da Aviação Naval. Esses pilotos são os melhores.

Flora vira um desses porta-aviões uma vez, cujo imenso volume superava o dos outros navios da Marinha no porto. Ruaridh explicara a ela que os biplanos *Swordfish* presos ao convés – carinhosamente apelidados de *Stringbags* – podiam até parecer antiquados à primeira vista, com seus *cockpits* abertos e fuselagens cobertas por tecido, mas eram eficientes caçadores de submarinos, com capacidade para lançar cargas de profundidade e torpedos em quaisquer invasores. Também descrevera a habilidade necessária aos pilotos para se lançar com tudo do convés de lançamento, pairando sobre as ondas para caçar submarinos inimigos, e depois retornar ao porta-aviões, pousando na embarcação em movimento, com apenas uma chance de alcançar o cabo de desaceleração que pararia o avião a tempo e impediria que ele ultrapassasse o convés, mergulhando no mar revolto. Flora não conseguia imaginar como deveria ser para aqueles pilotos, muitas vezes voando às cegas e emergindo do cobertor de neblina do Ártico apenas poucos metros acima do convés.

Mesmo com o apoio de dois porta-aviões, Flora sabia como aquele comboio de verão estaria vulnerável. "Apenas mais uma ofensiva" era o que todos diziam. "Terá acabado no Natal", de novo. Ela esperava que talvez esse comboio fosse o último, mas quantas vezes já havia feito aquela mesma oração?

Os dois pegaram seus equipamentos e continuaram em direção à lagoa, dando as costas para a flotilha cinzenta no lago abaixo.

O tempo estava bom, então não havia necessidade de colocar uma cobertura. Amarravam insetos em suas linhas e começaram a pescar para o jantar. A colcha de plantas aquáticas sobre a lagoa oferecia abrigo para a truta-marrom, cujas escamas lustrosas exibiam o mesmo tom das águas infundidas com turfas. Não demorou muito e pegaram uma de bom tamanho. Alec a limpou e Flora acendeu o fogo na lareira da cabana onde se abrigavam. Depois de pôr um pouco de manteiga na frigideira que trouxeram, Flora colocou os filés de truta para fritar. Em pouco tempo, a pele estava crocante e dourada nas bordas, e a carne do peixe, regada com manteiga marrom, havia se partido em suculentas lascas. Como acompanhamento, batatas, fritas na mesma frigideira, e um punhado de ervilhas doces.

Alec deitou-se com a cabeça apoiada no colo de Flora, que estava recostada na parede da cabana, e os dois conversaram até o entardecer, sobre como Roy estava se recuperando bem – o que estava intimamente ligado aos cuidados que recebia de Mairi e sua família na fazenda – e como Bridie parecia estar começando a recobrar um pouco o ânimo.

– Como Stuart e Davy estão indo? – perguntou Alec.

Os Carmichaels ainda sofriam pelo luto, e Flora estava preocupada com o fato de que as duas crianças talvez estivessem recebendo pouca atenção. Sugeriu à senhora Carmichael, então, que os garotos fossem ajudá-la na horta e auxiliar Iain em outros afazeres na propriedade. Assim, durante as férias dos meninos, três dias por semana, eles iam à Cabana do Guardião e se jogavam de cabeça em quaisquer tarefas que Iain encontrasse para eles, ajudando-o com o pônei e os cachorros, desenterrando batatas e arrancando ervas daninhas da horta. Stuart estava crescendo tão rápido quanto um cardo, com seus pulsos e tornozelos magros apontando dos punhos de sua calça e seu casaco, e o peixe e a carne extras que os meninos comiam na mesa dos Gordons os ajudavam a ganhar um pouco de peso. Braan era companheiro constante dos meninos, e Davy, em especial, adorava o garron, feliz em passar horas desfazendo os emaranhados e tirando os carrapichos de sua longa crina dourada.

— Eles parecem bem. Vão voltar para a escola esta semana, mas continuarão vindo à tardinha para ajudar o papai e tomar chá conosco. Além disso, eles já estão com idade para ajudar na caça. Papai disse que serão bons caçadores.

— E a mãe deles? Conseguiu vir visitá-los durante este verão?

Flora balançou a cabeça.

— Sei que os Carmichaels a convidaram, mas ela não conseguiu vir. Disse que viria para o aniversário do Davy, mas nunca apareceu. Foi péssimo vê-lo tentando não demonstrar sua decepção. Ele foi tão valente, me disse que ela estava muito ocupada para vir no momento, pois estava ajudando a fazer bombas para parar os alemães, mas que faria isso e levaria ele e o irmão para casa assim que a guerra acabasse. Por enquanto, eles estão melhor aqui, acho.

Alec se apoiou em um cotovelo e jogou outra porção de turfa no fogo. Não estava frio, mas a fumaça ajudava a manter os insetos longe.

— Olha só — ele suspirou, acomodando-se no colo dela de novo e pegando sua mão. — Acho que nunca me cansarei de assistir ao pôr do sol da Costa Oeste.

Com suas silhuetas em destaque no cume da colina, uma manada de cervos vermelhos permanecia imóvel, de frente ao sol poente que pintava o horizonte ocidental de um tom carmesim. As cores ficaram mais fortes e profundas antes de se desvanecerem, por fim, com a noite desenhando uma cortina preto-azulada no céu e escondendo os animais.

Naquele momento, na segurança das colinas, as sombras das dúvidas de Flora se dispersaram um pouco. Alec parecia em paz, parecia mais com o seu antigo eu, e Flora sentiu sua tensão no pescoço e nos braços relaxar. Aconchegou-se ainda mais perto, pousando sua cabeça sobre o peito dele enquanto as estrelas surgiam no céu.

Ela conhecia algumas das constelações. A Ursa Maior, que girava em torno da Estrela do Norte, era um elemento constante no céu noturno sobre o lago, uma amiga para todas as famílias de agricultores e os homens que pescavam nas águas traiçoeiras do Minch. E, na infância de Flora, seu pai lhe mostrara como o caçador Orion aparecia sobre as colinas ao sul no inverno, procurando pelas Plêiades, colocadas no céu por segurança pelo rei dos deuses.

– Conte-me uma história sobre as estrelas – pediu Flora.

Alec se acomodou mais confortavelmente, puxando-a para o calor de seu abraço. E então apontou para uma das constelações ao norte.

– Vê aquelas estrelas brilhantes em forma de W? Elas formam uma das minhas constelações favoritas: a Cadeira de Cassiopeia.

– Quem foi Cassiopeia? – perguntou Flora, traçando a linha da face de Alec com o dedo. Os olhos dele eram tão escuros quanto o céu noturno.

– Foi uma belíssima rainha, mãe de Andrômeda. Mas se gabou ao deus dos mares, Poseidon, de que a filha dela era mais adorável do que as ninfas do mar dele. Poseidon ficou furioso e a lançou ao céu com seu trono, sentenciando-a a girar em torno da Estrela do Norte por toda a eternidade.

– Coitadinha, teve de ficar de cabeça para baixo metade do tempo – sorriu Flora.

– Bom, agora que você está familiarizada com ela, quando eu estiver em alto-mar, podemos olhar para lá, sabendo que sua luz brilha sobre nós dois. A distância entre nós não é nada se pararmos para pensar no quão distantes essas estrelas estão. Eu me lembrarei disso quando estiver de guarda nos mares do Ártico, de que você nunca está longe de verdade – disse Alec, entrelaçando os dedos dela com os seus, unindo suas mãos.

Enquanto observavam, mais e mais estrelas emergiram até parecer que os dois estavam sob um cobertor de veludo negro sobre o qual um milhão de gotas de orvalho cintilantes caíram. E, conforme as estrelas traçavam um vasto redemoinho de luz no céu noturno, Flora e Alec iam se aproximando mais e mais até não haver mais distância entre as batidas de seus corações, e eles se fundirem, tornando-se um só.

Lexie, 1978

Daisy está na cama dela, embaixo de seu xale com estampa de conchinhas, e Davy e eu estamos sentados nos degraus da entrada da Cabana do Guardião terminando a garrafa de vinho que compartilhamos no jantar. Inclino minha cabeça sobre o ombro dele e assisto às estrelas se materializarem, enquanto a noite de outono estende seu próprio manto de escuridão sobre o lago.

Há uma confortável sensação de companheirismo entre nós, como se nos conhecêssemos desde sempre. O que, de certa forma, é verdade. É uma nova sensação para mim, este sentimento de contentamento, e percebo que jamais me senti tão em casa quanto agora.

– Fale-me o nome das estrelas? – peço a ele.

Ele aponta para Ursa Maior.

– Todo mundo conhece aquela ali, útil quando se está lá no mar. Sempre aponta para a Estrela Polar, ou Estrela do Norte, um dos pontos fixos no céu da noite. E quando você sabe onde o verdadeiro norte fica, é possível navegar com mais facilidade.

– E aquela ali? – pergunto, apontando para uma linha ziguezagueante sobre nós.

– A com formato de um W? É a Cadeira de Cassiopeia. Normalmente, é fácil achá-la com aquelas cinco estrelas brilhantes. E a que fica sobre ela é Sirius, Cão Maior. A mais brilhante do céu. Se achar algo mais brilhante do que ela, provavelmente é um planeta.

Ele se inclina para frente para olhar na direção sul.

– Nesta época do ano, é possível ver minha constelação favorita nas noites mais claras. Aquila, a Águia. É mais difícil localizá-la, mas você vê aquela estrela mais brilhante na borda da Via Láctea? É Altair, a cabeça da águia. As asas dela se estendem em forma de V, saindo de Altair, conseguiu enxergar? – A mão de Davy descreve o movimento das asas da águia, desenhando a forma na escuridão. – Qualquer noite dessas que estiver calma como a de hoje, vou levar você para passear de barco. Lá na água, longe das luzes das cabanas, você vai poder ver as estrelas com ainda mais nitidez.

Penso em como seria estar lá, imaginando a água profunda e negra sob o barco que engole a luz da lua e das estrelas. E esse pensamento me faz estremecer ligeiramente.

– Vamos – diz Davy. – Você está ficando com frio. Hora de entrar.

Balanço minha cabeça, resistindo a sair dali, não querendo quebrar o encanto da nossa aproximação. Ele fica de pé.

– Bom, pelo menos, vou lá dentro buscar um cobertor.

O calor do corpo de Davy evapora da minha pele, e agora percebo que, de fato, estou com frio. Ele começa a se afastar, e, do nada, a memória da rejeição que senti em Londres cai sobre mim. É absurdo, eu sei. Ele não está me deixando, apenas sendo atencioso. Mas as feridas do abandono de Piers devem ter sido mais profundas do que eu havia julgado.

– E aí está você de novo, ainda tentando cuidar de todo mundo – digo, com a intenção de soar leve, mas as palavras saindo da minha boca da forma mais errada, parecendo petulantes e acusatórias.

– E aí está *você* de novo, com medo de deixar alguém cuidar de você, com medo de que te machuquem – ele responde.

Há um tom de irritação nessas palavras que me faz recuar, tentando ler a expressão dele. Mas as sombras escondem o rosto de Davy, e ele se vira para entrar na cabana.

Suspiro e me levanto também, antes que Davy volte com o cobertor. Esse pensamento faz com que eu me sinta claustrofóbica, além de as palavras dele terem me ferido. É tarde demais agora. O encanto foi completamente quebrado. Entro em casa, acendo a luz e começo a limpar a louça da janta deixada na pia.

Davy está parado na porta. O cobertor xadrez em suas mãos já não é mais necessário. Ele o dobra cuidadosamente sobre o encosto de uma das cadeiras da cozinha.

– Vou indo, então.

Balanço a cabeça, esfregando uma panela para me manter ocupada, sem encontrar os olhos dele.

Davy se aproxima, gentilmente tirando a esponja da minha mão, e então me envolve em um abraço.

Não sei exatamente por que essa noite desandou desse jeito. Talvez nós dois estejamos acostumados demais a viver sozinhos. Talvez apenas sejamos muito diferentes um do outro. Ou talvez o muro que construí ao redor dos meus sentimentos com o passar dos anos seja simplesmente resistente demais para qualquer um, mesmo ele, derrubar. Tudo de repente parece tão complicado, deixar alguém entrar na minha vida, dedicar-me a um relacionamento, e volto a ansiar pela simplicidade da minha vida apenas com Daisy, mesmo sabendo o quão solitária ela pode ser.

– Desculpe-me – digo, enterrando o rosto na camisa dele. – Mas, Davy, não tente me salvar, assim como você tenta salvar todo mundo, porque não conseguiu fazer isso com sua mãe e seu irmão.

Davy se afasta, angustiado. Ele se vira para ir embora e hesita, olhando para mim.

– Não estou tentando te salvar, Lexie. Estou tentando te amar.

* * *

Atravesso camadas de sonhos conturbados, tentando entender os sons que me acordaram. Faz uma semana que o tempo está calmo por aqui, por isso a tempestade repentina que caiu enquanto eu dormia é desconcertante, uivando como uma alma penada enquanto se arremessa contra as paredes da cabana com uma fúria que parece ter saído do nada. Ouço outro som, mais constante e insistente do que o vento e a chuva. Finalmente, percebo que é o toque do telefone, e uma onda de preocupação toma conta de mim. Estamos no meio da noite. Quem neste mundo poderia estar me ligando a uma hora dessas?

Desço as escadas correndo e pego o fone do gancho, fazendo uma rápida oração de agradecimento por Daisy não ter sido acordada pelo barulho.

– Lexie, o Davy está aí com você? – É a Bridie, com a voz aguda pelo pânico.

– Não, não vejo o Davy há dias. – Desde a noite em que falei aquelas coisas tão ofensivas para ele, mas não digo isso a ela.

– Ele saiu com o barco ontem. Disse que passaria uns dois dias fora pescando, enquanto o clima estava bom. A previsão já dizia que o tempo ia mudar, mas não tão rápido assim.

O pânico de Bridie mexe comigo, e minha mente começa a girar em um redemoinho de medo.

– Ele disse exatamente para onde estava indo? – pergunto, tentando ficar calma para pensar com mais clareza.

– Não. Só que ele estaria no mar. Ai, Lexie, o que a gente faz?

– Vou ligar para a guarda costeira e checar se Davy se comunicou com eles pelo rádio. Talvez tenha ido para Gairloch ou se abrigado em Gruinard Bay. Dependendo da resposta, direi a eles que Davy está desaparecido para que iniciem as buscas. Ligo de volta assim que tiver falado lá.

Ainda estou na linha com a guarda costeira quando Bridie aparece na porta da frente, não conseguira esperar sozinha por mais tempo. Ela está encharcada depois de vir pedalando em meio à tempestade, e lhe entrego uma toalha para que enxugue os cabelos. Bridie começa a tremer incontrolavelmente.

– Está tudo bem, Bridie – digo, sentando-a em uma das cadeiras da cozinha, tentando acalmá-la, embora eu mesma esteja sentindo tudo, menos calma. – Eles abriram um chamado de busca para o *Bonnie Stuart*. O último contato por rádio dele foi deste lado das Ilhas Shiant, quando Davy disse que voltaria para casa antes da tempestade.

Tento tirar da mente a imagem dos Homens Azuis de Minch, os espíritos das águas, deslizando para fora de suas cavernas nos penhascos para arrebatar marinheiros de seus barcos e puxá-los para a morte sob as ondas famintas.

Seguro as mãos de Bridie, mas não consigo parar o tremor dela.

– Tem alguma coisa de errado – ela insiste. – Sinto isso.

O medo dela está me infectando. Vejo Davy diante de mim, seus olhos azuis-acinzentados nublados pela mágoa ao sair daqui naquela noite, e ouço o eco de suas palavras tristes e baixas sob o rugido da tempestade: "Não estou tentando te salvar, Lexie. Estou tentando te amar". Tenho uma visão repentina dos restos do barco salva-vidas na praia de Black Bay, e sei que preciso fazer algo, qualquer coisa que seja. Não posso simplesmente ficar aqui sabendo que ele está lá, em algum lugar.

– Bridie, você pode ficar aqui e cuidar da Daisy para mim, por favor? Vou até a ponta da ilha.

Ela acena com a cabeça, como se isso fosse a coisa mais sensata a se fazer no meio da noite com uma forte ventania lá fora. Mas nós duas sabemos, sem nada dizer, que, se Davy estiver voltando das Ilhas Shiant, é para Loch Ewe que ele irá, passando por Furadh Mor.

– Pegue a Land Rover dele. – É tudo o que Bridie diz. – Você vai conseguir. Só tenha cuidado, Lexie.

Assinto, colocando minhas calças de pijama dentro das minhas galochas, e pego o sobretudo da mamãe do cabideiro. Enquanto o abotoo, meus dedos passam pelo broche que prendi nele, e sentir a prata sob as pontas de meus dedos me dá um pouco de coragem, lembrando-me de que mamãe fez essa mesma jornada em uma noite de tempestade, há tantos anos.

Paro ao lado da Land Rover de Davy, que está estacionada na frente de sua casa, as chaves na ignição como de costume. O motor engasga uma, duas vezes, mas finalmente consigo sair. Levo um tempo para me acostumar à embreagem, e então disparo estrada afora, a chuva tamborilando no teto do carro. Aperto o volante enquanto o vento bate no veículo, tentando levá-lo para a vala. Felizmente, não há mais ninguém na estrada esta noite. Olho para o céu, desejando que houvesse ao menos um vislumbre da luz das estrelas para me fazer companhia, mas as nuvens da tempestade apagaram as constelações que Davy me mostrou na outra noite. Sem elas, como ele saberá para onde ir? Só rezo para que a bússola do *Bonnie Stuart* esteja apontando para uma direção segura, longe da selvageria do mar.

Por fim, chego às cabanas em Cove e então ao fim da estrada. Avanço com cautela, incapaz de ver qualquer coisa além do feixe dos faróis. Estou terrivelmente ciente de que há uma encosta à minha direita enquanto a força da tempestade uiva ao meu redor. Chego no limite do quanto me atrevo a ir e paro bruscamente, puxando o freio de mão. Abaixo os faróis por um momento, curvando-me sobre o volante para limpar a condensação do para-brisa com a manga do sobretudo, examinando a escuridão em busca de qualquer vislumbre de luz. E então eu vejo. Um pequeno brilho, tão tênue quanto a luz das estrelas, que aparece e depois some quando as ondas o encobrem. Espero, prendendo a respiração, forçando meus olhos. E ele então aparece mais uma vez. Definitivamente, um barco! Mas ele está do lado errado de Furadh Mor e perto da costa, virando cedo demais, não enxergando na escuridão os dentes cruéis do promontório.

Rapidamente, volto a ligar os faróis altos, mesmo sabendo que sua luz não pareça ir muito além, engolida pela escuridão. No entanto, se o barqueiro – quer seja ou não o *Bonnie Stuart* lá fora – olhar para cima, ele verá o fraco feixe de luz e perceberá que há terra entre ele e a boca do lago.

Saio do carro, e a tempestade me agarra, quase me derrubando, tirando meu fôlego. Tropeço em direção à beira do penhasco, agarrando-me a punhados de urze para me ancorar ao chão. E lá está ela novamente, a pequena luz lutando contra as ondas. Mas ela ainda está indo em direção às rochas, e eu grito e aceno, mesmo sabendo que não posso ser vista nem ouvida com o rugido do mar.

– Sai daí! – eu grito. – Vira!

Entro de volta no carro e freneticamente ligo e desligo os faróis, sinalizando um aviso. O ponto de luz aparece, sendo engolido de novo pelas ondas.

E então choro de alívio. Pois, na próxima vez em que o vejo, ele muda de rumo, afastando-se das rochas traiçoeiras de Furadh Mor. Seu progresso é dolorosamente lento na luta contra a força da tempestade. Ele desaparece por completo durante alguns minutos, minutos intermináveis, e, quando finalmente reaparece à direita do promontório, passando em segurança pelas rochas, solto o ar, só então me dando conta de que estava prendendo a respiração o tempo todo enquanto aguardava ver aquele ponto de luz mais uma vez. Aquele pequeno brilho na vastidão negra do oceano, tão tênue quanto a luz das estrelas.

Espero até o barco estar bem longe do ponto e virar a estibordo, entrando na foz de Loch Ewe levado pelas ondas. E então, com cuidado, dou ré até chegar a um lugar onde posso manobrar o carro. Enquanto dirijo de volta pelas margens do lago, estico a cabeça em cada curva onde é possível ver a água. Sou recompensada aqui e ali por vislumbres de uma luz que agora avança, firme, em direção a Aultbea. Finalmente, a escuridão parece um pouco menos densa, e os suaves raios da aurora se arrastam sob o manto de espessas nuvens de tempestade que se aglomeram sobre as águas turbulentas e escuras do lago.

Sigo para o cais. A notícia se espalhou, e há homens reunidos lá, esperando para pegar as cordas que Davy joga e ajudá-lo a trazer o *Bonnie Stuart* para o abrigo do porto. Mãos se estendem para puxá-lo até a margem, e ele grita seus agradecimentos por cima da fúria do vento. Os homens o aplaudem na praia, cada um deles agradecido por um dos seus estar de volta em casa e em segurança, resgatado das garras dos espíritos das águas.

E então ele me vê, esperando ao lado da pilha de cestos, e caminha em minha direção. Dou alguns passos, encontrando-o no meio do caminho, e o seguro com mais força do que jamais segurei antes.

– E então – diz ele, quando finalmente recupera o fôlego o suficiente para falar. – Quem é a salvadora agora, posso saber, Lexie Gordon?

Flora, 1944

Conforme o dia da partida de Alec se aproximava, Flora sentia a escuridão crescendo nele mais uma vez. Os preciosos dois dias que passaram acampando os aproximaram mais do que nunca, e, por um momento, ela conseguiu se convencer de que seu amor realmente poderia ser o suficiente para curá-lo. Contudo, conforme as próximas semanas de separação se aproximavam, Flora o sentia se afastando dela outra vez, distante e distraído. E aquelas antigas dúvidas voltaram correndo para preencher a lacuna deixada.

Ela gostaria de passar cada minuto possível com ele, mas o trabalho dela na base os mantinha separados. E a ansiedade de Flora só fez aumentar quando Alec parou de ir à sua casa nos fins de tarde para suas usuais visitas, em que se sentava na cozinha com Flora, Iain e Ruaridh e compartilhavam um trago ou dois de uísque.

As atividades no porto ganharam um senso maior de urgência, sinalizando a partida iminente do comboio, e Flora se esforçava para se concentrar no motor que consertava. Ela olhou para cima quando ouviu passos.

– Alec! – seu coração palpitou ao vê-lo.

Ele retribuiu o beijo, mas não o sorriso de Flora, seus olhos não encontrando os dela.

– Que bom te ver – ela continuou. – Estava preocupada de você ir embora e que acabássemos sem ter a chance de dizer adeus – disse, limpando as mãos em um pano e prendendo uma mecha solta de cabelos de volta em sua trança.

Alec olhou para onde o *Kite* estava ancorado.

– Vim dizê-lo agora. Não vamos sair até amanhã pela manhã, mas não terei chance de ver você outra vez antes de eu partir.

– Não vai conseguir vir à cabana hoje, então? Você sabe o quanto papai e Ruaridh adorariam te ver.

Alec balançou a cabeça.

– Não conseguirei. Tenho algumas coisas para fazer em casa. E terei de estar a bordo muito cedo para preparar o navio antes de zarparmos.

E lá estava mais uma vez: a angustiante distância entre os dois. Flora envolveu os braços em volta dele, tentando recuperar um pouco que fosse da proximidade daquela noite quando se deitou ao lado dele sob as estrelas. Mas era como se Alec já a tivesse deixado, sua mente antecipando a próxima jornada brutal à frente.

– Ah, sim, tudo bem. Até breve – disse ela, esperando que aquelas palavras familiares fossem fazê-lo sorrir. A expressão de Alec, no entanto, continuava séria, e o que ele fez foi apenas se abaixar para beijá-la pela última vez. E então se virou e foi embora, de volta à Casa Ardtuath.

Tentando se livrar do medo que sentia – por ele, por eles –, Flora o assistiu partir, esperando que Alec se virasse e sorrisse e acenasse, para que, assim, ela pudesse dizer a si mesma que tudo ficaria bem. Mas ele continuou, sem olhar para trás. Quando finalmente desapareceu de vista, Flora, relutante, pegou uma chave-inglesa e voltou sua atenção para o trabalho.

* * *

Flora estava terminando seu turno, devolvendo as ferramentas ao depósito da base, quando avistou o carro. O motorista e a pessoa que o acompanhava não a notaram, mas suas janelas estavam abertas, e ela os viu claramente.

Quando Alec acelerou, uma mecha dos cabelos loiros de Diana Kingsley-Scott esvoaçou na brisa, zombando de Flora enquanto ela os observava ir embora.

Uma onda de fúria e humilhação – o ápice de todas as vezes em que sentiu vergonha por sua exclusão do mundo de Alec – correu por suas veias. Diana não podia simplesmente ter chegado na Casa Ardtuath do nada. Ela já devia estar lá havia alguns dias, e Alec não lhe contou. Não apenas isso, como também a estava evitando: isso explicava o repentino fim de suas visitas nos fins de tarde. Em vez disso, ele estava lá, aproveitando jantares requintados com seus pais e Diana na sala de jantar da grande casa, constatação que doeu muito mais ao pensar nos dias e nas noites que passaram juntos na colina. Mas que tola ela foi, acreditando nas alegações de inocência dele, quando Diana hopedou-se na Casa Ardtuath no final de semana de caça. Isso deve ter sido recorrente desde então, e, por todo o tempo, Alec apenas a usava. Mas ela não seria humilhada por ele outra vez. Seus dedos se fecharam em volta do broche em seu bolso, agarrando-o com tamanha força que as extremidades lhe perfuraram a pele.

Ela o tirou do bolso e olhou para a palma de sua mão, onde a prata havia sido manchada por uma gota cor de ferrugem, uma gota de seu sangue.

* * *

Flora correu até a casa de Alec, tropeçando, na pressa, nas raízes dos pinheiros. Ela não queria vê-lo, então precisava deixar a carta antes que ele voltasse de onde quer que tivesse ido com Diana. Para seu alívio, não havia sinal do carro dele, e a porta da frente estava destrancada. Ela colocou o envelope contendo seu bilhete e o broche na bandeja de prata onde o carteiro deixava as correspondências, para que Alec o encontrasse quando retornasse. Virou-se e desceu a trilha, com seus passos pouco firmes, agradecida pela escuridão que a engolia sob a copa das árvores.

* * *

Após uma noite insone, Flora se levantou cedo, antes de seu pai e irmão acordarem. Envolvendo seu xale xadrez sobre o corpo, contra o frio orvalho do amanhecer, ela tentou ignorar os navios mercantes que começavam a manobrar em posição para o comboio na parte mais distante do lago, enquanto colhia framboesas silvestres do emaranhado de galhos que crescia sobre a cabana.

A fruta seria uma adição bem-vinda à mesa do café. E então ela falaria com seu pai sobre o plano que fizera enquanto rolava de um lado para outro na cama. Ela precisava deixar Ardtuath, afastar-se de Alec e da família dele. Não podia suportar pensar em vê-lo com Diana mais uma vez. Sentia que sua presença aqui seria estranha para todos, até mesmo para seu pai e irmão, que dependiam da propriedade para terem um lar. Agora, Flora disse a si mesma, ela havia descoberto habilidades que poderiam ser úteis para que se mantivesse sozinha. Havia descoberto, também, uma voz própria. Estava decidido: ela pediria transferência para outra base e, quando Alec retornasse, já não estaria mais aqui. E aí então, quando a guerra estivesse acabada, encontraria outro trabalho, onde quer que estivesse no momento. Ela sentiria muito a falta de seus familiares e amigos, pensou, com uma pontada que fez seu coração se apertar. E sentiria falta também de cantar com as Passarinhas de Aultbea. Haveria outras oportunidades, no entanto, outras chances. Talvez até mesmo outro homem, algum dia, um em que ela pudesse confiar e que a amaria com reciprocidade.

Um movimento nas sombras entre os pinheiros fez Flora olhar para o alto. Ela colocou de lado a tigela de framboesas e limpou as mãos no avental ao ver *lady* Helen se aproximando, apressada.

– Bom dia, senhora.

Lady Helen ignorou a saudação. Suas faces normalmente pálidas estavam coradas, e ela parecia um pouco sem fôlego.

– Flora! Estou tão feliz por tê-la encontrado. Por favor, você tem que acreditar em mim quando digo que Alec a ama, e apenas você. – As palavras saíram de sua boca se atropelando, sem a reserva tão habitual a *lady* Helen.

Flora a olhou estupefata, sem palavras.

– O meu marido é culpado da mais terrível interferência. Ele se considera no direito de controlar as vidas de todos à volta dele. Por muito tempo, permiti a ele fazer isso, mas não posso mais ficar parada e assisti-lo destruir meu filho. Alec ama você. Ele me contou sobre sua carta. Sim, Diana ficou conosco durante alguns dias, mas a convite do meu marido, mais uma vez. Alec ficou furioso e não quis lhe contar, sabendo que isso apenas a deixaria chateada. Ontem ele teve uma briga daquelas com o pai e disse com todas as palavras para a senhorita Kingsley-Scott que não tinha o menor interesse nela. Ele chegou em casa tarde, depois de levá-la para a estação de trem. Foi quando achou sua carta. Ele está devastado, Flora. Você é a garota que ele ama. E agora ele precisa ir, entrar naquele maldito navio de novo e velejar mais uma vez, pensando que você deixou de amá-lo, e isso está partindo o meu coração

Flora jamais vira *lady* Helen dizer tantas palavras e com tanta força assim, sendo uma delas até um impropério! Quando o choque inicial passou e ela pôde absorver aquelas palavras, Flora levou as mãos à boca, virando-se, descontrolada, em direção ao lago, onde os navios mercantes já se alinhavam em suas posições, apenas esperando a partida.

– Não! – ela gritou. – Alec! Preciso ir até ele. Tenho que dizer a ele que entendi tudo errado.

Ela tentou se virar para correr até o píer, mas *lady* Helen ainda não havia soltado seu braço.

— Tome, leve isto com você — disse ela, pressionando algo contra a mão de Flora. — Agora vá!

Os pés de Flora voaram sobre a trilha, a estrada, a praia. Mas, quando chegou, era tarde demais. O *Kite* deslizou até sua posição à frente do comboio e começou a liderar a linha de navios na direção da boca do lago. Desesperada, balançou os dois braços para o alto na esperança de que Alec pudesse vê-la ali, mesmo sabendo que ele já estava longe demais para isso. Enxugou as lágrimas, abriu a mão e olhou para o broche que *lady* Helen lhe havia devolvido, prendendo-o então cuidadosamente em seu xale enquanto observava o comboio partir.

— Volte para mim — sussurrou.

A brisa tomou suas palavras e as espalhou pelas águas prateadas.

* * *

Era final de agosto, uma semana após a partida de Alec. Rosas silvestres brotavam das sebes, e o canto das cotovias flutuava na brisa de verão. Flora ia para casa depois de sair da base quando viu os garotos Laverocks correndo na direção dela. Aquela era uma das tardes em que ajudariam Iain em Ardtuath, e eles vinham direto da escola, as meias enroladas nos tornozelos acima de seus sapatos gastos, os joelhos protuberantes como nós de pinheiro. Ela sorriu e acenou para os dois, mas parou quando viu seus olhares.

— O que foi? — perguntou Flora, estendendo automaticamente a mão para tirar a franja de Stuart de seus olhos. — A gente viu aquele carteiro. Na bicicleta dele. Ele entrou nos portões da casa grande.

Stuart engasgava para respirar, ofegando entre as palavras.

— Quem? O senhor McTaggart?

Os garotos confirmaram com a cabeça ao mesmo tempo. Flora empalideceu. Um telegrama. Alec.

Ela hesitou, querendo saber, mas sem coragem de ir até a Casa Ardtuath e encarar os Mackenzie-Grants. A ira de *sir* Charles já seria ruim o bastante. A tristeza de *lady* Helen, ainda pior.

Mas o não saber era insuportável. Flora estava prestes a se preparar para fazer isso quando avistou outra figura em um uniforme das *wrens* correndo pela estrada em direção a eles, braços estendidos. E quando as pernas de Flora cederam, Bridie a alcançou e a agarrou, pouco antes de a amiga ir ao chão.

Lexie, 1978

A voz de Mairi é gentil ao se lembrar dos fatos envolvendo a morte do meu pai. Eu já os havia ouvido da boca de mamãe, claro. O *Kite* estava acompanhando aquele comboio de verão pelo Mar de Barents quando foi atingido por um torpedo. Ele afundou rápido, levando consigo sua tripulação de duzentos e trinta e nove homens. Apenas nove se salvaram, tirados das águas por um navio de resgate, enquanto o resto da frota seguia seu caminho para Arkhangelsk.

Portanto, meu pai jaz, assim como tantos outros marinheiros, em um túmulo que jamais poderei visitar. O nome dele no memorial da família Mackenzie-Grant no cemitério não parece nem de longe o suficiente, mas suponho que seja tudo o que mamãe tivesse. E aquelas flores silvestres que levávamos lá todos os domingos era tudo o que ela podia oferecer. Ele morreu sem saber que ela ainda o amava. E ela teve que viver com isso o resto de seus dias. Ele morreu sem saber que ela estava carregando a filha dele no ventre.

E então Bridie me conta como, após a cerimônia na igreja, *sir* Charles enquadrou Ruaridh na frente de todos, cuspindo toda sua raiva e tristeza, dizendo ao meu tio que ele deveria se envergonhar, sentado, seguro, em um emprego que Alec se assegurou de arranjar para ele, enquanto o corpo de seu filho jazia sob cem braças de mar gelado. Ruaridh apenas ficou ali ouvindo, sem nada dizer, o rosto pálido como um fantasma, com sua própria dor pela perda do amigo de infância.

Flora implorou para que ele não fosse, mas, já no dia seguinte, Ruaridh marchou até a base e pediu para ser transferido para algum dos navios de escolta. E, pelo fato de precisarem de um sinaleiro, foi dado a ele um posto no *Cassandra*, cujo nome acabou por ser um presságio de desgraça. *Cassandra* naufragou quando o penúltimo comboio estava retornando a Loch Ewe após uma passagem segura por Murmansk, sua proa atingida por um torpedo alemão.

E foi assim que, na vez seguinte em que pedalou pela estrada em direção a Ardtuath, o senhor McTaggart passou pelos portões da propriedade e seguiu para a Cabana do Guardião com o telegrama que partiria – de novo – os corações de Iain e Flora, apenas três meses depois de receberem as notícias de Alec.

* * *

– Então foi isso – digo, quando finalmente digiro a história que as melhores amigas da minha mãe me contaram. Toda essa tragédia me faz querer chorar.

Não me surpreende o porquê de mamãe sempre ter achado difícil falar sobre meu pai. Ela deve ter se sentido tão culpada em entregar aquela terrível carta a ele. Com ele navegando rumo à morte sem ao menos saber o quanto ela o amava.

Outra angustiante constatação me atinge: ela devia se sentir responsável pela morte do próprio irmão, também. A fúria de *sir* Charles por causa amor de Alec por Flora possivelmente teve sua participação na raiva extrema que sentia, e que explodiu em Ruaridh. Tanto meu pai quanto meu tio eram heróis de guerra, mas agora entendo a complexidade dos sentimentos de mamãe com relação ao fato de imaginar ter sido em parte responsável por suas mortes.

E para que serviu tudo isso, afinal? Será que algum dia poderíamos pertencer ao mundo dos Mackenzie-Grants? A última fraca esperança disso acontecer morreu com Alec. Mamãe nunca ficou com ninguém depois dele.

Muitos dos homens que deixavam as Terras Altas para lutar jamais voltaram, criando-se então outra geração de mulheres, assim como na guerra anterior, cujas perspectivas de casamento eram quase nulas. Mamãe foi uma entre as tantas mulheres solteiras dali, vivendo sua vida tranquila na pequena comunidade à beira do lago entre as colinas, criando-me na cabana com o vovô, até ele morrer logo após meu quinto aniversário.

Fico em silêncio por um tempo, refletindo sobre tudo. Por fim, pergunto:

– O que aconteceu com as Passarinhas de Aultbea?

– Nunca voltamos a cantar em público depois que Alec e Ruaridh morreram, a não ser na igreja – diz Mairi, sua voz soando ligeiramente melancólica. – Mas, Lexie, significou tanto para a sua mãe quando você ganhou aquela bolsa para estudar em Londres. Ela sentia que foi dada a você a oportunidade que ela nunca teve. De compartilhar sua voz com o mundo.

Sei que a intenção de Mairi é soar gentil, mas eu me retraio, sentindo-me ainda pior por ter decepcionado todos. E minha mãe em particular. Ela sempre foi cuidadosa em não colocar pressão sobre mim, mas agora percebo o quanto minha carreira deve ter significado para ela, tão mais do que eu jamais imaginei. Pego a foto de mamãe com o vento soprando em seus cabelos e o sol em seu rosto, seu semblante repleto de um amor tirado dela tão brutalmente. Coloco o porta-retrato de volta na cornija da lareira. Quando olho em volta, percebo Bridie e Mairi se entreolhando.

– O que foi? – pergunto.

Bridie balança a cabeça e aperta os lábios, como se as palavras pudessem lhe escapar.

Mas Mairi se inclina e acaricia a mão da amiga.

– É hora de ela saber a história toda, Bridie. Para que ela possa entender.
– Entender o quê? – pergunto, meus olhos indo de uma para a outra.

A expressão de Bridie é cautelosa enquanto ela tenta, uma última vez, manter o segredo que guardou por tantos anos. Quase trinta e quatro, para ser precisa: o meu tempo de vida. Mas Mairi assente, encorajadora. E assim, relutante, Bridie me conta o resto da história.

Flora, 1944

Iain olhou para Flora enquanto terminava seu café da manhã.

– Você não precisa vir, sabe disso, minha filha.

Flora pegou o bule e encheu sua xícara.

– Vou com você, papai, e ponto-final. O senhor não pode controlar o garron e lidar com as armas ao mesmo tempo lá em cima com *sir* Charles. Sabe como ele fica obcecado pela carne de cervo para o Natal dele. Mesmo que ele não tivesse pedido que me levasse, eu gostaria de ajudar o senhor.

Seu pai soprou o vapor do chá e olhou para ela por cima da borda da xícara.

– Tem certeza de que está bem para ir? Não está se sentindo muito cansada?

Automaticamente, Flora pousou uma mão sobre a barriga. Ela estava apenas de quatro meses, mas naquela manhã havia descoberto que não conseguia mais abotoar suas calças. Encontrou então um cinto nas gavetas de Ruaridh – que não haviam sido esvaziadas, pai e irmã ainda sem coragem para isso –, que segurariam suas calças.

– Ficarei bem, papai, de verdade. Não estou me sentindo tão mal esses dias, e ficarei apenas sentada com o garron enquanto vocês sobem até o topo da colina.

Nenhum dos dois precisava ser lembrado de que não havia mais ninguém agora, de qualquer maneira, sem Alec e Ruaridh por perto. Os garotos Laverocks, embora tivessem se provado abatedores obstinados durante as caças a galos e faisões, eram jovens demais para ter a paciência e resistência necessárias às caças maiores.

Flora se levantou, colocando as tigelas na pia, e então entregou ao pai um pacote de sanduíches embrulhado em jornal. Depois de vestir um casaco, jogou seu xale xadrez sobre os ombros, em parte para se aquecer, em parte para ajudar a esconder de *sir* Charles sua barriga saliente. Ela não queria adicionar à ira e à dor pela perda do único filho as notícias de que a filha do guarda-caça estava carregando seu neto. Flora até ficou tentada a contar a *lady* Helen, que ficaria feliz em saber que uma parte de Alec ainda vivia, mas, na última vez em que a viu em um dos encontros do Instituto Rural, afastou-se, inconscientemente protegendo sua barriga com o braço, preocupada que algo pior pudesse ser adicionado ao hematoma roxo na face de sua senhoria se a raiva de *sir* Charles se agravasse.

Pai e filha seguiram para o estábulo e trabalharam em silêncio, com Flora colocando o cabresto sobre a cabeça do pônei e afivelando a correia, enquanto seu pai erguia a pesada sela nas costas e amarrava a cilha. Flora conduziu o garron lentamente pela trilha ao lado da Casa Ardtuath e Iain foi pegar os rifles no cofre de armas e avisar *sir* Charles que os dois estavam prontos. Sua senhoria pegou sua Purdey de cano duplo do pai de Iain sem dizer uma palavra, mal notando a presença de Flora enquanto avançava pela trilha. Ela caminhou com firmeza, embora um pouco mais devagar do que de costume, o pônei pacientemente acompanhando seu ritmo enquanto cruzavam as colinas acima da aldeia. Os três seguiam para a lagoa, onde Flora esperaria com o garron enquanto os dois homens subiriam até a parte mais alta, local em que o cervo se abrigava do vento tempestuoso de dezembro. Quando o caminho ficou íngreme, o pai de Flora se virou e olhou para ela, preocupado, levantando as sobrancelhas como se lhe fizesse uma pergunta. Ela respirava pesadamente, mas deu ao pai um aceno tranquilizador.

Uma hora depois, os três cruzaram o riacho logo abaixo da lagoa, cheio pela chuva invernal, e seu pai estendeu a mão para ajudá-la a se firmar nos locais onde as pedras estavam escorregadias devido ao musgo úmido. Flora olhava para baixo, certificando-se para onde ia, uma mão na rédea principal e a outra automaticamente segurando com cuidado a barriga, o xale deslizando levemente para trás, e, quando voltou a levantar a cabeça, seus olhos encontraram os de *sir* Charles. Ele a avaliava com frieza do alto. Flora congelou quando viu o semblante dele se fechar e seu rosto ficar vermelho de raiva ao se dar conta do que aquilo significava. *Sir* Charles se virou abruptamente e seguiu em direção às águas da lagoa, tão obscurecidas quanto seu estado de espírito.

Quando chegaram ao abrigo da cabana, Iain entregou o rifle a Flora por precaução e depois tirou o binóculo da bolsa de couro pendurada em seu quadril, examinando a encosta.

Um pequeno grupo de cervos que forrageava à procura dos escassos alimentos disponíveis no solo invernal ergueu a cabeça. Estavam longe o bastante para não entrar em pânico com a aparição dos três humanos e do pônei branco, mas, cautelosamente, os observaram da colina. O líder do grupo ficou inquieto e começou a se afastar, com os outros o seguindo em fila única até ele parar novamente. *Sir* Charles e Iain se esconderam atrás da parede da cabana, e Flora deixou o garron cortar os tufos de grama desbotada que cresciam ao lado das pedras, mantendo-o quieto. As orelhas do cervo erguiam-se enquanto ele esperava, imóvel, músculos tensionados, o momento para fugir. No entanto, como os humanos não ressurgiram de trás da ruína, voltou a se acomodar, retomando sua busca entre os galhos.

Ainda observando os cervos pelo binóculo, o pai de Flora disse em voz baixa:

– É possível atirar daqui. Eles estão bem espaçados, e você tem toda a colina atrás.

Flora olhou para *sir* Charles. Ele não observava os animais na colina, mas, sim, a ela. O corpo dela congelou.

O rubor de raiva de *sir* Charles havia desaparecido, dando lugar a um semblante frio, calculista. Muito deliberadamente, ele enfiou a mão no estojo preso em seu cinto e tirou dele duas balas. Com os olhos ainda fixos em Flora, carregou seu rifle. Então se afastou dos dois enquanto levava a arma ao ombro.

O cervo voltou a se mover, agora nervoso, e Iain baixou o binóculo.

– Sem dúvida eles vão subir mais, agora que nos viram. E é bem provável que irão para a parte mais distante da depressão, na encosta do cume.

O garron também se mexeu, batendo, inquieto, seu casco no chão.

Um clique suave pôde ser ouvido quando *sir* Charles soltou a trava de segurança, o cano duplo de seu rifle preparado para atirar.

Ao ouvir o som, o pai de Flora se virou para ele, levantando a mão e dizendo:

– Você não vai conseguir um tiro limpo no peito agora, o ângulo está errado – ele parou, suas palavras suspensas, sem resposta, no ar invernal.

Por um momento, uma quietude tão profunda se abateu, a própria terra parecia ter prendido a respiração. As três figuras estavam paradas, congeladas em um quadro grotesco, observadas apenas pelo cervo vermelho e uma única cotovia que soltou suas notas de advertência no silêncio, quebrando o transe.

E então o ar se estilhaçou. O som de um tiro ecoou nas colinas, ricocheteando nas águas escuras da lagoa, e, em uma corrida aterrorizada, o cervo fugiu para longe da matança.

* * *

Com as passadas firmes de sempre, o garron seguiu pela trilha. A sela em suas costas balançava a cada passo com o peso do corpo pendurado sobre ela, o sangue escarlate contrastando com sua pelagem branca. Quando chegaram à beira do lago, os cascos do pônei ressoaram, ocos, na superfície mais dura da rodovia.

Os moradores saíram em silêncio de suas cabanas enquanto Iain Gordon e sua filha conduziam o garron pela aldeia, caminhando lentamente em direção aos portões da Casa Ardtuath. Ao se aproximarem da associação, um grupo de mulheres surgiu, e Iain e Flora pararam.

Em meio a suspiros, alguém sussurrou:

– É o *sir* Charles!

Todas as cabeças se voltaram para *lady* Helen, que estava congelada na porta.

Foi Moira Carmichael quem se moveu primeiro, correndo na direção de Flora, que começou a tremer incontrolavelmente sob seu xale de lã.

Iain tirou seu desbotado chapéu e parou diante de sua senhoria, os olhos baixos. Ele ergueu o rosto, contorcido de dor.

Sua voz soava áspera de angústia, embora as palavras que saíram de sua boca fossem claras e firmes, altas o suficiente para que todos ouvissem.

– Sinto muito. Eu fiz isso.

Flora caiu no chão, e Bridie correu para o lado dela, envolvendo-a em seus braços e acalentando-a enquanto ela chorava, seu choro tão lamentoso quanto o do maçarico-real na costa.

Foi então que *lady* Helen deu um passo à frente do corpo do marido, e Iain levou as mãos à cabeça mais uma vez, incapaz de encará-la.

– Não – ela proferiu com uma firmeza que não tolerava divergência. Por um momento, o único som foi o das ondas na areia, pois até o maçarico--real se calou.

Todas as cabeças se viraram de novo na direção de sua senhoria.

– Não – ela repetiu. – Já tivemos perdas o bastante. Não teremos mais. Isso aqui foi um acidente, Iain. Um trágico acidente.

– Mas... – ele começou.

– Não – ela repetiu, silenciando-o. – Duas testemunhas viram o que aconteceu: você e Flora. A arma dele disparou acidentalmente. Todos entendemos isso, não entendemos? – disse ela, olhando para o pequeno grupo que ali se aglomerava, os membros daquela comunidade unida que compartilhavam suas vidas uns com os outros. O hematoma em sua face contrastava com a brancura de sua pele. Houve silêncio, depois alguns leves acenos de cabeça.

Ela se abaixou, estendendo a mão para Flora.

– Venha, minha querida, saia desse chão frio. Você sofreu um choque terrível. E, na sua condição, é preciso ter cuidado extra.

Com ternura e delicadeza, *lady* Helen ajustou o xale no corpo de Flora, envolvendo um braço em volta de seus ombros.

– Vamos para o meu carro. Vou levar vocês para casa, Iain. Bridie, venha conosco também.

Ela se endireitou e olhou em volta, impondo-se, para o grupo ali reunido. Sua voz, geralmente suave e um pouco hesitante, era forte desta vez.

– Senhor Carmichael, senhor McTaggart, vocês fariam a gentileza de levar o pônei de volta à Casa Ardtuath? E alguém poderia pedir que o doutor Greig viesse o mais rápido possível? Obrigada. Eu o esperarei.

Lexie, 1979

É uma manhã clara de primavera, e Daisy e eu estamos visitando o cemitério para inspecionar a lápide de mamãe, com sua simples inscrição, agora no devido lugar. Colhemos um buquê de flores silvestres das cercas vivas ao redor da Cabana do Guardião – margaridas, silenes e ulmárias – e as amarramos com um fio de lã da caixa de costura dela. Acho que mamãe gostaria disso. Daisy carrega um pequeno ramalhete separado. Nós os colocamos ao lado da lápide, próximo à que leva os nomes do pai, da mãe e da irmãzinha de mamãe. Passo as pontas de meus dedos sobre as letras entalhadas, retirando um pouco do líquen que começou a incrustar a pedra mais velha. Daisy se ocupa colhendo tufos de algodão para adicionar às nossas ofertas. Sento-me no chão coberto de musgo e a observo brincar, a luz do sol iluminando seu halo de cachos loiros.

Em meio às lápides cinzas do pequeno cemitério, a vitalidade dela é um lembrete bem-vindo de que a vida continua.

Extraio algumas margaridas do meu buquê improvisado e coloco uma delas no túmulo do meu avô Iain.

– Obrigada – sussurro. – Ela e eu não estaríamos aqui não fosse por você.

Então me levanto e pego Daisy pela mão, indo até o memorial dos Mackenzie-Grants. O anjo de pedra mantém seus olhos baixos, rezando pelas almas daqueles por quem olha.

– É preciso rezar mesmo – digo para ele. – *Sir* Charles Mackenzie-Grant era uma pessoa ruim, mesmo sendo meu avô.

Pego então a segunda margarida e a coloco ao lado da inscrição com o nome do meu pai. *Alexander Mackenzie-Grant, tomado pelos mares.*

– Queria tanto que você tivesse sobrevivido – sussurro. – Queria tanto ter te conhecido.

Agora, os nomes de meu pai e minha mãe estão de frente um para o outro no lugar em que compartilharam os dias mais felizes de suas vidas. Não é muito, mas, ao menos, é alguma coisa. E sei que sua história será mantida a salvo aqui, entre a comunidade que cuidou deles assim como cuida hoje de mim e da minha filha. Lembro-me de mamãe colocando flores neste túmulo. E sempre presumi que fossem para o meu pai.

Mas, quem sabe, não fossem também para *sir* Charles? Talvez a forma dela de dizer que o perdoava. Os nomes de Iain e *sir* Charles também se encaram, percebo, assim como os dois pais se encararam no alto da colina naquele dia por uma fração de segundo antes de o meu avô disparar o tiro que salvou minha vida, antes mesmo de ela começar propriamente.

Daisy cantarola para si mesma ao caminhar cambaleante entre os túmulos do cemitério, colocando ervilhacas-roxas e cabeças de algodão do pântano em cada uma.

Pergunto-me onde está o memorial de *lady* Helen, minha avó. Mairi e Bridie me disseram que ela morreu no início de 1945, nos meses finais da guerra. Nessa época, com os Aliados na Europa, imagino que todos acreditaram que Londres seria um lugar mais seguro para se viver. Mas não contavam com os atos finais e desesperados dos nazistas, que haviam desenvolvido mísseis V-2 capazes de serem disparados da Alemanha diretamente no coração da capital inglesa, com efeitos devastadores. Na manhã do dia 3 de janeiro, *lady* Helen Mackenzie-Grant havia acabado de chegar a Londres para trabalhar como voluntária no Hospital Real em Chelsea. E foi uma das vítimas fatais do míssil, que atingiu a ala Nordeste do prédio.

    Enquanto passo os dedos pelo nome do meu pai, entalhado no memorial de granito polido, penso que o de *lady* Helen também deveria estar aqui em vez de, possivelmente, em uma lápide de um cemitério solitário em algum lugar de Londres que ninguém jamais visita. Prometo para mim que, da próxima vez em que eu vier, trarei um ramalhete adequado para colocar aos pés do anjo, em sua memória. Gostaria de tê-la conhecido também.

Flora, 1944

O cortejo fúnebre seguiu pela estrada, acompanhando o carro funerário que ia lentamente da Casa Ardtuath para o cemitério. Vestidos com seus trajes de luto, a comunidade assistiu, em silêncio, o caixão de *sir* Charles ser baixado na sepultura aos pés do anjo, o ministro recitando as palavras que se tornaram tão familiares para tantas famílias nos últimos anos.

Lady Helen permaneceu de ombros erguidos ao lado do túmulo, com seu chapéu preto e casaco enfatizando a palidez de seu rosto. Enquanto a multidão prestava suas condolências, Flora e o pai ficaram atrás, esperando até que todos tivessem passado pelo coveiro, que estava de lado, apoiado em sua pá. *Lady* Helen foi em direção a eles e abraçou Flora.

– Tudo bem com você, minha querida? – perguntou ela, com seus solícitos olhos escuros.

Flora assentiu, incapaz de falar. Iain parecia acabado, também não encontrando palavras.

– Bom, estive resolvendo algumas coisas. Precisei tomar algumas decisões, como vocês podem imaginar. Gostaria de ir vê-los amanhã, se estiver tudo bem para vocês.

– Com certeza – disse Flora, olhando para cima, surpresa. – Poderíamos ir até sua casa, se preferir.

– Não, acho que prefiro ir até a cabana. Sei o quão bem-vindo vocês sempre fizeram Alec se sentir lá. Me fará bem fazer essa visita. Vamos marcar amanhã, então, às dez da manhã?

O guarda-caça e sua filha observaram enquanto sua senhoria entrava no lustroso carro preto e era levada para casa. Em seguida, os dois seguiram, a pé, para trocar de roupa e continuar com seus trabalhos.

* * *

Lady Helen bateu à porta da Cabana do Guardião às dez em ponto na manhã seguinte. Ela vestia um casaco preto e usava um lenço amarrado no queixo.

– Sente-se, sua senhoria – disse o pai de Flora, indo na direção da sala, onde havia três cadeiras dispostas em uma fileira.

– Acho que a cozinha é muito mais aconchegante, não? Que tal nos sentarmos à mesa em vez disso? – disse *lady* Helen, enquanto tirava o lenço, ajeitando os cabelos e depois o casaco. Flora nunca a vira parecer assim tão relaxada. Era como se na Casa Ardtuath *lady* Helen precisasse se portar o tempo todo com cautela, enquanto na cabana ela pudesse relaxar. Assim como seu filho.

– Posso lhe servir uma xícara de chá, *lady* Helen? – perguntou Flora.

– Não, querida, obrigada. Acabei de tomar uma. Por favor, sentem-se – disse ela, olhando ao redor, observando o fogão e as prateleiras empilhadas com potes e panelas reluzentes e xícaras e pires florais, e acenando em aprovação.

– Não me admira que Alec gostasse de ficar aqui. Parece tão acolhedor – sorriu.

Iain apertava e soltava as mãos sobre a mesa, aparentemente sem saber o que fazer com elas. Flora então estendeu a mão, colocando-a sobre a dele para tranquilizar o pai.

Lady Helen limpou a garganta.

– Bom, não vamos tocar no assunto do acidente com meu marido. Isso ficou para trás, de uma vez por todas. O doutor Greig tomou conta de toda a papelada, e a polícia concordou que não havia necessidade de um interrogatório. Todos estão ocupados demais com trabalhos mais importantes ultimamente. – Ela sorriu para Iain, que assentiu lentamente, incapaz de expressar seus sentimentos de gratidão. – Estou conversando com meus advogados. Não tenho nenhum desejo de manter a Fazenda Ardtuath agora, e sei, já há algum tempo, que os Urquharts queriam comprá-la. Faz sentido para eles juntar a propriedade à deles. A intenção dos Urquharts é plantar árvores. Ao que parece, silvicultura é o futuro. A família usará a casa para eventos de caça vez ou outra, mas, fora isso, ela permanecerá fechada. Eles gostariam que você ainda ficasse de olho nas coisas por aqui, Iain, embora o próprio encarregado deles vá assumir a administração geral das terras. As pastagens comuns serão mantidas para uso da comunidade. Excluí, porém, a Cabana do Guardião da venda, e a transferirei para o seu nome, Iain. Esta sempre será sua casa. Sua também, Flora, e do meu neto. O meu advogado em Inverness está organizando a papelada.

Flora e Iain se entreolharam, pasmos.

– Mas e quanto à senhoria, *lady* Helen? Para onde vai? – perguntou Iain.

– Decidi voltar para Londres. Há muitas memórias aqui, boas memórias do Alec, claro, mas que também me deixam triste, pois me lembram que ele não está mais entre nós. E tenho outras que não são tão boas assim – disse, baixando os olhos, não sem antes Flora notar a dor neles. *Lady* Helen levantou a cabeça com um sorriso determinado. – Então o melhor será eu voltar para Londres. Felizmente, nossa casa lá escapou ilesa da Blitz, e acredito que eu vá gostar de estar mais próxima aos meus amigos e à minha família no sul, também. Hoje é muito mais seguro, agora que os Aliados tomaram controle de boa parte da Europa de volta. E há trabalho por lá no qual posso me envolver, ajudando com o esforço de guerra. Mas não se preocupem, pois manteremos contato. Virei visitá-los sempre. Posso até me hospedar na Casa Ardtuath se conseguir persuadir os Urquharts de que ficarei bem lá por conta própria. E você também virá me visitar de vez em quando em Londres, não virá, Flora? Quero ter contato com meu neto.

Ela se levantou, vestindo o casaco e pegando o lenço. Na porta, despediu-se, abraçando Flora com força.

– Significa tanto para mim saber que Alec vive por meio desta criança – sussurrou.

Começou então a amarrar o lenço na cabeça, mas mudou de ideia, enfiando-o no bolso do casaco em vez disso.

E Flora a observou se afastar pela trilha entre os pinheiros, o vento do lago soltando os fios prateados de seus cabelos.

Lexie, 1979

Davy veio jantar. Ele faz Daisy ter ataques de risos, perseguindo-a pela sala de quatro, fingindo ser um urso. Ela se permite ser pega e, em seguida, envolve os braços em volta do pescoço do urso antes de beijá-lo no nariz.

– *Histólia* – ela exige, e o urso obedece, colocando-a em seu colo na grande poltrona ao lado da lareira.

Suas pálpebras começam a cair após poucas páginas lidas de *Onde vivem os monstros*, e ela se aconchega no braço de Davy, repousando sua mãozinha na manga do casaco dele. Observo os dois, meu coração de repente se enchendo de tanto amor que acho que ele pode explodir a qualquer momento.

É uma sensação completamente nova para mim, todo este amor. Algo que até então eu não havia me permitido sentir. É como se antes eu estivesse caminhando sonâmbula pela vida e, uma vez que a história que Bridie e Mairi me contaram foi absorvida, repentinamente despertasse para o que estava bem aqui, ao meu redor, o tempo todo.

Esta comunidade me tomou em seu coração muito antes de eu nascer, ajudando a me proteger no momento em que permitiram ao meu avô continuar aqui, provendo à minha mãe e a mim. Minha avó foi a responsável por isso, colocando-se à frente para proteger sua neta ainda no ventre, e os outros concordando prontamente. E, desde então, mantiveram o segredo, tecendo em torno de mim sua teia de amor.

Sinto-me tão envergonhada em admitir que interpretei tudo isso mal. Interpretei os fios daquela teia como laços indesejados que me prendiam ao lugar que deixei assim que pude, cortando-os e me afastando sem mal olhar para trás. Agora, porém, vejo as coisas com novos olhos. Mas é claro que todos na comunidade sentiram um interesse em mim. Tenho por cada um deles uma dívida de gratidão. Afinal de contas, ao guardarem o segredo de Iain, estavam protegendo Flora enquanto ela enfrentava os desafios de uma mãe solteira. E, talvez, aquela bebê representasse ainda mais para eles. Talvez representasse esperança e vida para aqueles que, como Moira Carmichael, perderam tanto. A bebê de Flora Gordon seria um raio de luz nos meses sombrios que sucederam a morte de Alec e Ruaridh, e de tantos outros jovens desta pequena comunidade.

Tudo mudou. E nada mudou. A verdade é uma força poderosa.

Enquanto Davy vira a página final do livro, as pálpebras de Daisy se fecham. Coloco minha taça de lado e vou até os dois, tirando-a do colo de Davy. Eu a carrego e a coloco delicadamente em seu berço, puxando o xale que a avó tricotou para ela, envolvendo-a em amor. Ela se mexe um pouco, suas mãozinhas de estrela-do-mar se abrindo enquanto os dedos relaxam no contato com os fios da lã macia. Quando volto, Davy ainda está sentado na poltrona, olhando para o brilho alaranjado do fogo.

Ele está absorto em seus pensamentos.

Acomodo-me em frente a ele no sofá, perdida em meus próprios pensamentos.

Ele se levanta e atravessa a sala para se sentar ao meu lado. Aconchego-me no ombro dele, mas ele recua ligeiramente. Viro-me para encará-lo. Há alguma coisa ali, um olhar de incerteza misturado a algo mais que não consigo decifrar.

– O que foi?

Ele hesita, balançando a cabeça, e os cantos de seus olhos se enrugam como de costume quando ele me dá um sorriso reconfortante. Mas ainda há algo ali, à espreita sob a superfície, e preciso saber o que é.

– Diga – eu o pressiono.

Ele suspira. E então passa o dedo entre os cabelos, como se tentasse colocar seus pensamentos em ordem, e diz:

– Está bem.

Ele se vira para me olhar, e percebo pela expressão dele que é algo importante.

– Sei o que Bridie e Mairi contaram a você sobre a história da sua mãe. Só que há uma parte dela que as duas não sabem. Ninguém sabe, na verdade. Mantive isso em segredo por tanto tempo e estive em uma batalha interna decidindo se contava ou não para você. Mas é sua história, Lexie Gordon, então quem sou eu para não te contar? Além disso, não quero que haja nenhum segredo entre nós, jamais.

Assinto, impaciente, querendo que ele prossiga logo.

– Eu descobriria, de qualquer maneira. Posso ler você como um livro. Conte, por favor.

Ele respira fundo.

– Certo. Bom, na noite em que *sir* Charles levou o tiro, Stuart e eu ouvimos os Carmichaels conversando. Eles estavam na sala de estar, e, por ter apenas as tábuas do assoalho entre nós e eles, conseguíamos ouvir tudo o que falavam. O senhor C disse que o médico precisaria emitir um atestado de óbito e que poderia ter de chamar a polícia por ter sido um fato repentino, quer tivesse sido um acidente ou não. A senhora C estava chateada com aquilo. "O que acontecerá com aquela pobre menina se perder o pai assim como já perdeu o irmão e o amor da vida dela? E quanto ao neném que ela espera?", ela disse. "Não consigo nem imaginar. Você acha que *lady* Helen conseguirá persuadir o doutor Greig a deixar isso para lá?". E aí então o senhor C respondeu: "Será como uma pena de morte para Iain se isso não acontecer".

Stuart e eu deveríamos ficar nas nossas camas, mas nós nos levantamos e descemos as escadas, passando pela porta da sala de estar, que estava fechada para manter o calor do fogo, e saímos pelos fundos. Já tínhamos feito isso várias vezes antes quando a gente queria procurar minhocas na praia para usar como isca. Pegamos nossos estilingues e saímos correndo para vir até aqui. Nosso plano era defender sua mãe e Iain se a polícia viesse. Tínhamos nossos estilingues carregados e nossos bolsos cheios de pedregulhos. Estávamos preparados para lutar por eles, depois de tudo o que fizeram pela gente. Ficamos sentados aqui por um bom tempo, no escuro, na escada em frente à cabana. E, enquanto estávamos lá, acabamos ouvindo Iain e sua mãe conversando. – E se interrompe, sem parar de olhar nos meus olhos.

– O que eles disseram?

– Bom, a voz de Iain estava baixa e não conseguimos ouvir muito do que ele estava falando no início. Mas aí então Flora disse: "Não, Papai, não vou deixar o senhor assumir a responsabilidade pelo que eu fiz". Quando seu avô respondeu, conseguimos ouvir a voz dele, pois era alta e firme dessa vez. "Não vou deixar que levem você, Flora. Não vou deixar que levem meu neto. Você me salvou do primeiro tiro dele. E não tenho dúvidas de que o segundo seria em você." Sua mãe disse para ele falar baixo, e as vozes dos dois ficaram fracas de novo, então não conseguimos ouvir o resto.

Examino o rosto dele, tentando absorver o significado de suas palavras.

– Mamãe?

Davy assente.

– Logo depois disso, os dois foram dormir. Mas o Stuart e eu continuamos lá o máximo que aguentamos ficar com nossos olhos abertos, vigiando a porta. Quase congelamos. E aí chegamos à conclusão de que já estava tarde demais para a polícia aparecer. Voltamos para os Carmichaels, e ninguém percebeu.

– Alguém mais sabe? Que foi mamãe quem atirou no *sir* Charles?

– Ninguém, até onde sei. Stuart e eu nunca demos um pio sequer sobre o que ouvimos aqui. Todo mundo acreditou na palavra de Iain de que foi ele que disparou o tiro.

O fogo tremula, lançando seu jogo de luz e sombra sobre nós dois.

– De toda forma, depois, o doutor Grieg emitiu o atestado de óbito, sem questionamentos. Então suponho que ele fizesse parte daquele arranjo também. Imagino que *lady* Helen tenha sido bastante persuasiva. E o doutor deve ter tratado o bastante de seus machucados e ossos quebrados para saber o que acontecia atrás das grandes portas da Casa Ardtuath. Então, talvez, ele já estivesse inclinado mesmo a fazer o que ela pediu.

Fico sentada em choque, sem palavras, a angústia apertando minha garganta. Eu poderia chorar pela minha mãe, que não hesitou em defender o pai dela e a filha em seu ventre quando o momento chegou. Poderia chorar pelos dois garotinhos que se sentaram no frio, na porta desta cabana aqui, com seus estilingues feitos por eles mesmos, prontos para defender minha família. E sinto uma vergonha ainda mais profunda pela forma como deixei de valorizar tantas coisas em minha vida – uma vida que devo a tantos.

Davy me envolve em seus braços e me conforta, acariciando meus cabelos. E quando olho para ele, percebo o quanto sua angústia reflete a minha.

– Você fez a coisa certa em contar para mim. Fico feliz por saber disso agora.

Ele sorri, e seus olhos formam um oceano de amor tão profundo que tira meu fôlego.

– Todos têm sido tão gentis esse tempo todo – digo. – E eu nunca soube disso. Retribuí com má vontade e ingratidão. Como um dia eu seria capaz de agradecer a todo mundo?

Ele sorri.

– Retribuiu vivendo sua vida. Você deixou todo mundo aqui tão orgulhoso, Lexie, com seu nome nos letreiros da West End. Não tem ideia da satisfação que isso trouxe para a comunidade inteira, o sentimento de que fizeram parte disso.

– E agora decepcionei todos de novo, perdendo minha voz e destruindo minha carreira.

– Você não decepcionou ninguém além de si mesma, Lexie – diz Davy gentilmente –, pensando em você como um fracasso. Na verdade, você fez o que todos queríamos, no fim das contas. Veio para casa, trazendo Daisy. E é aqui que encontrou uma nova música para cantar.

    Absorvo as palavras dele, abrandando a dor que sinto, e o beijo.

    E então, com um sorriso, ele diz:

– Embora, claro, eu leve a maior parte dos créditos pelo lance da música.

– Ah, pare de se achar, Davy Laverock – digo, beijando-o de novo.

    E então, quando as brasas do fogo caem sobre si mesmas, enviando um último lampejo de chamas na sala agora escurecida, eu o pego pela mão e o levo, passando na ponta dos pés pela porta do quarto de Daisy, para a cama.

Lexie, 1979

Estou colocando as roupas para secar quando a pequena van vermelha do carteiro aparece, serpenteando ao longo do lago. Certifico-me de que os macacões de Daisy estão bem presos – o vento está sempre ansioso para arrancar as roupas do varal e espalhá-las pelos galhos dos pinheiros afora –, e vou ao encontro dele no portão. Ele me entrega um pequeno pacote de envelopes. Tenho uma sensação familiar de desconforto na boca do estômago quando os pego das mãos dele, notando que a maioria é marrom e quase certamente contém contas a pagar. Tenho vivido das minhas últimas economias, e elas têm diminuído rapidamente agora.

– Vi que há uma correspondência de seus advogados de Inverness – comenta ele, animado.

É prerrogativa do carteiro inspecionar as correspondências minuciosamente conforme as entrega todos os dias. Com isso, ele geralmente sabe exatamente quem faz aniversário, quem recebeu uma encomenda e – no meu caso – quem está recebendo ultimatos vergonhosos impressos à tinta vermelha para pagar sua conta de luz.

O advogado é o executor do espólio de mamãe. Esta carta, portanto, pode trazer a notícia de que tudo finalmente foi resolvido. Não que eu esteja esperando muito em termos de herança. Mamãe sempre viveu com simplicidade, ganhando seu dinheiro com as hortaliças que cultivava. Sempre insisti para pagar os bilhetes de trem dela para Londres, ciente de que eu estava ganhando um bom dinheiro naqueles tempos e que, embora fosse habilidosa em manter o equilíbrio financeiro da casa, ela não tinha muito o que compartilhar. Mas quem sabe esse pouco dinheiro me ajude a sobreviver por um ou dois meses mais na cabana antes de eu precisar encarar o inevitável e vendê-la?

O pensamento de ter que me mudar me entristece mais do que jamais achei possível ser. Durante os últimos meses, enquanto eu juntava as peças da minha história familiar, foi como se raízes tivessem começado a crescer, discretamente, sobre meus pés, conectando-me à Cabana do Guardião.

Este lugar se tornou um lar para mim e Daisy, e machuca pensar em sair daqui. Não consigo me imaginar me despedindo de Bridie e Elspeth, assim como das outras mães do grupo. Não consigo me imaginar não podendo mais fazer música com a próxima geração de crianças da comunidade, repassando-lhes as cantigas tradicionais daqui da mesma forma como elas nos foram repassadas através dos séculos. E, mais do que tudo, não suporto pensar em deixar Davy para trás. Mas acontece que ele conseguiu fazer sua vida aqui, e isso é algo que vou ter de procurar em outro lugar. Terei de deixar Ardtuath, mais cedo ou mais tarde, e encontrar um emprego em outra cidade para sustentar a mim e a minha filha.

Agradeço calorosamente ao carteiro, tentando não deixar transparecer meus problemas, e aceno para ele antes de pegar a pilha de correspondências e entrar. Jogo os envelopes marrons na mesa da cozinha, adiando a abertura deles enquanto leio a carta do advogado. Ela não é exatamente informativa, apenas um breve aviso solicitando que eu ligue para agendar uma reunião no escritório dele em Inverness quando puder. Coloco-o sobre a pilha de envelopes marrons e me ocupo fazendo o almoço de Daisy enquanto ela empurra um trator em volta dos meus pés, cantarolando para si mesma.

Quando Daisy está tirando sua soneca pós-almoço e eu já terminei de tirar o purê de batata de seu cadeirão – ela insiste em se alimentar esses dias, e o resultado normalmente é caótico –, ligo para o escritório do advogado. A gentil secretária que atende minha ligação diz que não pode me dizer do que se trata a reunião, mas marca um encontro entre mim e o senhor Clelland para a próxima segunda à tarde.

Então pego meu talão de cheques e, com um suspiro de resignação, começo a abrir o restante das correspondências.

* * *

O escritório dos advogados Macwhirter e Clelland fica em uma discreta rua lateral atrás do castelo. Sento-me no sofá de couro escorregadio e aliso nervosamente minha saia sobre os joelhos. Depois de tantos meses de vida rural, foi um pouco estressante dirigir até a cidade e encontrar uma vaga para estacionar. E estou ansiosa para saber o que o senhor Clelland tem a me dizer. Se, por um lado, nos meus momentos mais esperançosos, pensei em uma apólice de seguro de vida que me permitiria ficar em Ardtuath por mais alguns meses, por outro, nas minhas noites insones, imaginei um problema com impostos, o que significaria que eu estaria com dívidas até o pescoço.

Finalmente, o senhor Clelland surge de trás da porta com seu nome e sorri para mim, seus olhos ampliados pelos óculos de armação grossa.

– Senhorita Gordon? Entre.

Ele se acomoda do outro lado da mesa com tampo em couro e pega uma folha de aparência oficial da pilha à sua frente. E então olha para mim por cima de seus óculos e diz:

– Bom, vamos começar do começo, certo?

* * *

Eu havia planejado passar um dia em Inverness, indo até a Marks para comprar algumas roupas para Daisy (as que trouxe de Londres mal estão cabendo nela), além de alguns produtinhos diferentes para a despensa de casa, como curry em pó, que a mercearia local não tem. Mas, quando o senhor Clelland me acompanha até a saída, sigo como se estivesse sonhando acordada até o meu carro e dirijo direto de volta para casa. No caminho, mal registro a visão das colinas e do mar em toda a pressa de voltar para a Cabana do Guardião e compartilhar minhas notícias com Davy, Bridie, Mairi e Elspeth.

Saí de casa esta manhã mãe solteira e pobre. E volto uma mulher rica.

Uma mulher que jamais poderia ter sonhado com as oportunidades que estão diante dela agora.

Lexie, 1980

Davy enche minha taça, e as bolhas espumam até a borda antes de se acomodarem. E agora ergue sua própria taça em outro brinde.

– A *lady* Helen Mackenzie-Grant e Flora Gordon, as mulheres que tornaram tudo isso possível.

O brinde é sucedido por uma salva de palmas, seguido pelos acordes dos violinos e da flauta tocando *A valsa de Flora*, música que a banda compôs especialmente para minha mãe. Sua melodia cadenciada combina perfeitamente com mamãe, e suas subidas e descidas de tom são lindamente simples. Enquanto a ouço, consigo até imaginar seu sorriso gentil. Ela está aqui comigo hoje na grande casa, na inauguração do nosso Centro de Música Tradicional, que criei em seu nome. Ela pode nunca ter tido o lugar que lhe era merecido aqui, em vida, mas, a partir de hoje, estes cômodos antes vazios se encherão de vida, e sorrisos, e música. As canções que minha mãe costumava cantar, a partir de agora ressoarão das paredes e dos tetos e – finalmente – Flora Gordon será a senhora da Casa Ardtuath.

Este será um lugar para onde as pessoas virão de longe visitar, e todos serão bem-vindos: de todas as gerações e origens, de iniciantes a especialistas, pessoas que queiram fazer sua própria música. Pessoas que queiram encontrar suas próprias canções para cantar.

Acredito que minha avó, *lady* Helen, aprovaria isso também. Na reunião com o advogado em Inverness, o senhor Clelland me explicou que, com a morte dela, todas as receitas da venda da casa em Londres, bem como da venda da casa e dos terrenos em Ardtuath, foram colocadas em fideicomisso. Ela havia especificado que uma quantia mensal deveria ser paga a Flora Gordon, permitindo-lhe viver aqui e cuidar de sua filha. E, na ocasião da morte de Flora Gordon, o fideicomisso seria dissolvido e o capital repassado integralmente para a então neta prestes a nascer de *lady* Helen Mackenzie-Grant, sua única herdeira.

Após o senhor Clelland ter visto comigo todas as questões legais envolvendo o legado de *lady* Helen, ele então vasculhou sua pilha de papéis e voltou a atenção para o testamento de mamãe. Ela havia deixado a cabana para mim, logicamente. Mas o que eu não sabia é que ela havia depositado quase toda a sua pensão do fundo em uma conta poupança, optando por viver uma vida simples na pequena cabana, assim como seus pais. Enquanto eu estudava em Londres, ela me enviava uma pequena mesada, e imagino que teria usado suas economias para pagar pela escola de teatro caso eu não tivesse recebido uma bolsa integral. Mas mamãe sempre preferiu que eu caminhasse com minhas próprias pernas, provando a mim mesma e ao mundo que eu poderia ser bem-sucedida por conta própria, e assim, durante todo esse tempo, o dinheiro que ela havia economizado vinha se acumulando discretamente.

Sorrio para Davy enquanto ele se junta aos outros músicos no palco, pegando sua guitarra. Ele tem um novo emprego de meio período aqui como um dos professores, quando não está no barco. Elspeth e eu trabalhamos juntas na área administrativa do Centro, compartilhando nossas funções e cuidados infantis. Ela tem a pequena Katie agora, irmã de Jack, e Daisy adora passar seus dias com os dois. Acaricio a leve saliência em meu próprio ventre enquanto Davy começa a tocar *O cântico de amor de Eriskay*.

Ainda é segredo nosso, mas não tenho dúvidas de que, daqui a algumas semanas, no momento em que as urzes pintarem as colinas de roxo com a chegada do verão, será de conhecimento geral que Daisy Gordon terá sua própria irmãzinha ou seu próprio irmãozinho. E posso apostar que Bridie Macdonald será a primeira a saber.

Enquanto canta o verso da música, Davy me encontra em meio ao público e olha diretamente nos meus olhos:

Tu és a música do meu coração
Harpa da alegria
E nas noites
Lua de orientação
Força e luz tu és para mim

Foi ele quem me ajudou com a ideia do Centro. Assinamos um longo contrato de aluguel da propriedade. Assim, em vez de ficar fechada a maior parte do ano e ser usada apenas ocasionalmente por grupos de caça, ela se tornará um ponto central da comunidade, aberto a todos. Organizaremos concertos, festivais e retiros. E também haverá aulas de música para as crianças daqui, assim como o grupo de atividades para os bebês que Elspeth e eu manteremos. Ainda temos planos de criar um estúdio de gravação, de modo que as canções tradicionais possam ser preservadas para a posteridade.

Hoje, as janelas da Casa Ardtuath não parecerão mais com olhos sem vida encarando o lago, e a atmosfera opressora de tristeza e medo que costumava pairar nestes cômodos foi exorcizada. A luz se espalha pelo gramado, afastando as sombras, e a música flutua no ar, recepcionando a noite que se aproxima. Davy certa vez me disse que a Cabana do Guardião sempre foi cheia de música e alegria, e esta aqui é outra maneira pela qual o espírito de Flora finalmente é autorizado a habitar a casa onde ela uma vez sonhara em viver como esposa de Alec. Embora esse sonho não tenha se tornado realidade em vida, talvez o destino tenha uma forma particular de fazer com que as coisas se realizem de alguma forma, no fim das contas.

Quando a noite cai e o novo Centro é inaugurado para valer, vou de cômodo em cômodo para desligar as luzes. Demoro-me na biblioteca, traçando meus dedos na borda da cornija da lareira.

Davy entra.

– Ah, aí está você – diz ele, envolvendo-me com seus braços. – No que está pensando? Você parece tão distante.

– Estou pensando em Flora e Alec passando uma noite aqui juntos. Queria que a vida tivesse sido diferente para nós todos. Queria que ele tivesse sobrevivido à guerra e que os dois pudessem ter tido a oportunidade de se casar. Queria ter conhecido meu pai. Queria que mamãe o tivesse ao lado dela em vez de viver sozinha por tantos anos. Queria que sua mãe e Stuart ainda estivessem vivos. E queria que todos estivessem aqui agora para ver isto e compartilhar o momento com a gente.

Ele assente e beija minha cabeça.

– Mas sabe, Lexie, do seu jeito você fez com que eles vivessem, enchendo este lugar com a música que costumava ser a trilha sonora do mundo deles. Você pegou todas aquelas perdas e as transformou em algo que beneficiará tantas pessoas mais. Se as coisas tivessem sido diferentes, talvez você jamais tivesse encontrado sua própria música para cantar. E isso, acima de tudo, era o que a Flora queria para você.

Sorrio e me viro para beijá-lo.

– Nós manteremos as músicas dela vivas e as passaremos de geração a geração. Manteremos as músicas de todos eles vivas.

Sinto-me grata por ele e eu termos tido o luxo do tempo, que nos permitiu nos entender, assim como o nosso relacionamento, um luxo que Alec e Flora nunca tiveram. Sinto-me grata por tê-lo encontrado. E sinto-me grata por termos um ao outro e a música em nossas almas.

Apago a última das luzes e então saímos, fechando a pesada porta da frente e virando a chave antes de voltarmos pela trilha sob os pinheiros até a Cabana do Guardião. Olho para a casa por cima do ombro pouco antes de sua fachada ser tampada pelas árvores. E, embora as janelas estejam novamente obscurecidas, para mim, é como se a Casa Ardtuath tivesse despertado de seu longo e profundo sono e estivesse pronta para respirar, para viver, mais uma vez.

* * *

No dia seguinte, ponho Daisy em seu canguru e a prendo em minhas costas. E então subimos a colina até a lagoa, cantando conforme avançamos. Ao cruzarmos a encosta acima da Casa Ardtuath, acordes de um violino flutuam de uma janela aberta, trazidas até nós pela brisa do lago. As notas fundem-se naturalmente ao suspiro do vento nos galhos do pinheiro, enquanto os cantos flautados das cotovias na colina acrescentam sua própria harmonia à melodia.

Abaixo de nós, no pequeno cemitério, um novo banco foi colocado ao lado do memorial da família Mackenzie-Grant. Nele, está entalhada uma dedicatória a *lady* Helen. As palavras que escolhi são da minha bênção gaélica favorita: *Paz profunda das estrelas brilhantes para ti*. O nome dela enfim é lembrado ao lado de seu amado filho, mesmo que os corpos dos dois não repousem aqui, sob esta manta de algodões.

Lá nas águas, Davy partirá no *Bonnie Stuart* para verificar os cestos. Se tivermos sorte, haverá *squatties* para o nosso jantar esta noite.

Alcançamos a velha cabana, e, agradecida e já sem fôlego pelo esforço da caminhada, coloco Daisy no chão. Ao liberá-la do canguru, digo:

– Logo, logo, você será grande demais para isso, minha filha. E aí terá que andar com seus próprios pezinhos porque outro bebê é quem estará nele.

– Outro bebê – diz ela, apontando seu dedo rechonchudo para minha barriga. E então sai para colher algumas flores silvestres entre as pedras dos muros tombados.

Levanto meu rosto para o sol e vejo uma cotovia se erguer do tojo acima de nós, voando para o azul. Sua música me faz lembrar Davy Laverock, que manteve seu segredo por todos esses anos. Um segredo dentro de outro segredo, tudo para proteger minha mãe. Foi a forma de ele retribuir a gentileza dela para com ele e Stuart, parte do ciclo natural de dar e receber que constitui a vida dentro de uma comunidade unida.

Uma nuvem levada pelo vento cruza a face do sol, obscurecendo-o por alguns segundos. E lá está novamente, aquele truque de luz que traz os navios fantasmas para o lago. Penso em Alec Mackenzie-Grant, em Ruaridh Gordon, em Hal Gustavsen, em Johnny, Matthew e Jamie Carmichael, e nos tantos outros jovens que deram suas vidas pela guerra. Fico feliz por todos terem conhecido este lugar, a lagoa secreta, coberta de lírios brancos nas colinas acima de Loch Ewe. Por terem ouvido o canto das cotovias e sentido o quão boa a liberdade pode ser. Tão boa que, por ela, vale a pena a luta.

Pego Daisy e a aperto forte, enterrando meu rosto em seus cachinhos dourados. Ela é a cara da vovó, é o que todos dizem.

Então a coloco de volta no canguru e depois em meus ombros para a nossa caminhada de volta para casa.

Nota da autora

"Esta é uma comunidade temente a Deus, e seus habitantes devem ser tratados com respeito."

Winston Churchill, em discurso aos oficiais da Marinha na chegada da Frota Doméstica em Loch Ewe. 13 de setembro de 1939.

Ao escrever este livro, tentei a todo o tempo manter a diretiva de Winston Churchill em mente, tratando as memórias dos habitantes e suas trajetórias com o máximo respeito. Para os propósitos da história, todos os personagens são fictícios. Quaisquer semelhanças com indivíduos em particular são casuais e não intencionais.

Não há uma Fazenda Ardtuath nem uma Casa Ardtuath que poderiam ter sido transformadas em uma escola de música. No entanto, fico feliz em dizer que existe, sim, uma próspera cena de música tradicional nas Terras Altas, bem como o ressurgimento do ensino do gaélico, garantindo, assim, que as antigas canções continuem a viver. A ideia de uma escola para ajudar a difundir a música tradicional escocesa foi inspirada, em parte, no Centro

Nacional de Excelência em Música Tradicional, que fica em Plockton e oferece vagas de residentes para estudantes de toda a Escócia. A Associação de Músicas e Canções Tradicionais é um bom ponto de partida para conhecer mais sobre as canções mostradas neste livro: www.tmsa.scot.

Tentei ao máximo me manter fiel à linha cronológica dos eventos ocorridos na Segunda Guerra Mundial. Criei ou alterei alguns dos nomes dos navios em que Alec serviu para os propósitos da narrativa; contudo, reitero, procurei retratar os fatos históricos com a maior precisão possível.

Três mil homens perderam suas vidas nos comboios do Ártico. Aqueles que serviram, empreendendo o que Winston Churchill descreveu como "a pior jornada do mundo", foram finalmente condecorados com uma medalha especial – a Estrela Ártica – em 2012. A medalha foi concedida a militares e marinheiros mercantes. Os que serviram nos comboios do Ártico receberam uma boina branca e a alcunha de "Snowdrops", a flor Galanthus. No jardim do Museu de Comboios do Ártico Russo, em Aultbea, três mil sementes dessas flores foram plantadas para homenagear aqueles que perderam suas vidas, ressurgindo como um mar de flores brancas a cada primavera.

Vestígios do papel central representado por Loch Ewe como ponto de encontro dos comboios podem ser vistos ainda hoje. Em 1999, um memorial foi inaugurado em Rubha Nan Sasan, o local com vista para a entrada do lago, em celebração à coragem de todos os que participaram dos comboios, algo tão vital para a vitória dos Aliados.

Quando visitei o memorial, entre as flores que lá foram deixadas em homenagem àqueles que nunca voltaram ao porto seguro de Loch Ewe, havia uma pedra, pintada com uma única palavra: Спасибо.

A palavra russa para "Obrigado".

Agradecimentos

Graças ao Museu de Comboios do Ártico Russo, localizado em Aultbea, uma riqueza de materiais foi preservada para manter vivas as memórias dos anos de Segunda Guerra Mundial, quando aquela comunidade remota foi repentinamente transformada em uma ativa base naval e se tornou o lar de mais de três mil militares. O museu, cuja equipe é formada por voluntários acolhedores e com muito conhecimento no assunto, é um verdadeiro tesouro de informações. Vale a pena visitá-lo, pois as exposições ajudam a esclarecer o quão terríveis foram as condições de navegação para Murmansk e Arkhangelsk. Detalhes dos comboios e dos homens que neles serviram estão disponíveis em: www.racmp.co.uk.

Do mesmo modo, o livro *Loch Ewe During World War II*, de autoria de Steve Chadwick, é um trabalho maravilhoso para referência, um registro de reminiscências da população local, bem como de fatos históricos.

All Hell Let Loose: The World at War 1939-1943, por Max Hastings, tem um capítulo inteiro dedicado aos comboios do Ártico, e é um bom ponto de partida para qualquer um que queira ler sobre a história dentro do contexto mais amplo da guerra.

Senti-me uma pessoa extremamente afortunada, bem como honrada, por ter tido acesso a vários relatos em primeira mão registrados por pessoas que serviram nos comboios. Agradeço a Vivienne Giacobino-Simon, que compartilhou excertos dos diários de seu pai, Noel Simon, autor e conservacionista da vida selvagem africana. Durante a guerra, Noel foi um piloto de caça da Aviação Naval Britânica, pilotando *Wildcats* pertencentes ao porta-aviões *Illustrious*, um dos navios de escolta que acompanhou vários dos comboios. Seu nome foi mencionado em ofícios por toda sua bravura.

Jamie Jauncey muito gentilmente compartilhou comigo documentos de seu avô, intitulados "Random Naval Recollections", do Almirante *sir* Angus Cunninghame Graham, que comandou o destroier Kent em comboios do Ártico em uma das fases de sua ilustre carreira naval.

Também sou grata a Sandra Nicholl, de Tamarac, Flórida, por compartilhar fotos e memórias das carreiras de seus pais na RAF e no WRNS, incluindo a menção à guarda de honra do WRNS no casamento escocês dos dois.

Agradecimentos também ao meu vizinho, Ernie Carrol, por seus relatos sobre a carreira militar de seu pai, que serviram como inspiração para algumas das cenas deste livro. Espero que o cachorro dele, Braan, não se importe por eu ter pego seu nome emprestado. Também me apropriei do nome do cachorro da minha amiga Kiki Fraser, Corrie, com sua gentil permissão. E gratidão aos meus amigos Peter e Wendy Miller, que muito generosamente compartilharam informações sobre crianças refugiadas que frequentaram uma escola da Costa Oeste durante os anos de guerra.

Agradeço a Jamie Elder, da West Highland Marine, que me levou para Loch Ewe em seu barco, o *Striker*, e fez comigo um excelente e informativo tour por locais marcantes da Segunda Guerra Mundial ao longo do lago. Jamie é alguém com bastante propriedade para fazê-lo, pois pescou naquelas águas por toda a vida – assim como seu pai – e, em uma dessas ocasiões, até encontrou no mar uma bomba não detonada dos anos de guerra.

Meus sinceros agradecimentos, como sempre, à minha agente, Madeleine Milburn, e à sua brilhante equipe por apoiar e divulgar meus livros em todo o mundo.

Um enorme agradecimento aos meus editores, Sammia Hamer, Mike Jones e Gill Harvey, bem como a Emma Rogers por outra capa incrível e a todos os demais da equipe da Lake Union na Amazon Publishing, editora que publicou pela primeira vez o meu livro. Vocês são transformadores de vidas.

Um grande abraço, do fundo do meu coração, vai para todos os amigos e familiares que me encorajam e não me deixam faltar abraços. Especialmente a Lesley Singers e família; minha mãe, Aline Wood; minha tia, Flora Crowe; Karen e Michael Macgregor, pela inspiração da Costa Oeste; James e Willow; Alastair e Carey.

Por fim, sou imensamente grata aos meus leitores por todo o apoio. Gostaria de lhes agradecer um por um por lerem meus livros. Caso tenham gostado deste, em especial, eu também ficaria muito agradecida se considerassem escrever uma resenha sobre ele. Adoro receber *feedbacks* dos leitores, e sei que as resenhas desempenham um importante papel na descoberta de meus livros por parte de outras pessoas.

Saudações,
FIONA